Gulliver Taschenbuch 803

Graham Salisbury wuchs als Nachfahre von Missionaren auf den Hawaiischen Inseln auf. Er studierte Freie Kunst an der Norwich University, arbeitete als Kapitän, Matrose, Musiker und Grundschullehrer. Heute lebt er mit seiner Familie in Portland, Oregon. Er veröffentlichte in Literaturmagazinen Erzählungen, die mehrfach ausgezeichnet wurden. *Die blaue Haut des Meeres* ist sein erster Roman.

Graham Salisbury

Die blaue Haut des Meeres

Roman

Aus dem Amerikanischen von
Marion Sattler Charnitzky

BELTZ
& Gelberg

Für *Robyn, Sandi, Miles, Ashley, Melanie, Alex, Keenan und Zachary. Und natürlich für Anno, Pato, Carol, Rex und Loriann.*

Die blaue Haut des Meeres wurde mit dem »Luchs« von Radio Bremen und der ZEIT ausgezeichnet.

Gulliver Taschenbuch 803

Die Originalausgabe erschien unter dem Titel
Blue Skin of the Sea bei Delacorte Press,
Bantam Doubleday Dell Publishing Group, New York
Einbandgestaltung von Max Bartholl
Einbandillustration von Paul Gauguin, *Le repas*, 1891
Gesetzt nach der neuen Rechtschreibung
Gesamtherstellung Druckhaus Beltz, 69494 Hemsbach
Printed in Germany
ISBN 3 407 78803 7
1 2 3 4 5 03 02 01 00 99

Wenn du keinen Frieden in dir selbst findest,
hat es keinen Sinn, anderswo danach zu suchen.
La Rochefoucauld

Inhalt

PALANI ROAD
FLUGHAFEN
OCEAN VIEW INN
EMMAS LADEN
KAKINAS LADEN
KEOS HAUS
ONKEL RAZ' HAUS
GRUND-SCHULE
SONNYS HAUS
PALAST
KONA INN
HAFEN DAMM
MEER-ÄSCHEN TEICH
KOKOS PALMEN WÄLDCHEN
TANEGUCHIS SUPERMARKT
KING KAM HOTEL
PIER
BUCHT
ANLEGESTEG FÜR KLEINE BOOTE
THURSTONS HAFEN
DER ORT KAILUA-KONA, HAWAII
GRAHAM SALISBURY

1

Tiefe Wasser
(1953)

Die hoch stehende hawaiische Mittagssonne warf ihre Strahlen über die dschungelbewachsenen Hänge von Big Island bis hinunter in den Ort Kailua-Kona und auf die glühend heiße Ladepritsche von Onkel Harleys Fischlaster.

Keo und ich saßen einander gegenüber auf schwarzen Autoschläuchen, die Onkel Harley, Keos Vater, für uns an der Chevron-Station in Holualoa besorgt hatte. Es war so heiß, dass man nasse Linien aus Speichel auf das schwarze Gummi malen und dann zusehen konnte, wie sie in Sekundenschnelle verschwanden.

Ich hatte eigentlich vorgehabt, oben bei Aunty Pearl zu bleiben, wo es kühler war, und mit Keos neuem Luftgewehr auf Pappkartons zu schießen. Aber Keo wollte mit Onkel Harley zum Hafen hinunterfahren und schwimmen gehen. »Und wenn du nicht mitkommst«, hatte er gedroht, »lass ich dich kein *einziges* Mal mit dem Luftgewehr schießen.«

Onkel Harley hielt unter einer Gruppe von Palmen am anderen Ende des Ortes, wo sich der Pier befand. Noch bevor der Pick-up zum Stehen kam, sprang Keo herunter und sauste zwischen den Bäumen hindurch in die kleine, an den Pier angrenzende Sandbucht. Keo rannte ins Wasser, bis er fiel, und schwamm hinaus ins Tiefe.

Ich warf die Schläuche vom Wagen herunter und spurtete

hinter ihm her, blieb aber stehen, als mir das Wasser bis zur Hüfte reichte.

Onkel Harley stieß zurück, um auf den Pier hinauszufahren, hielt aber noch einmal an und schrie uns zu: »He! Bleibt ja ihm seichten Wasser!« Aber Keo war untergetaucht. Das glasklare Wasser kräuselte sich kaum merklich an der Stelle, wo er verschwunden war.

»Sonny«, wandte Onkel Harley sich mit finsterer Miene an mich. »Sag ihm, er soll nicht ins Tiefe gehen.« Er schüttelte den Kopf und fuhr weg.

Ich schaute auf die Stelle, wo ich Keo zuletzt gesehen hatte, und wartete darauf, dass er auftauchte. Der breite Pier aus Felsen und Beton erstreckte sich zu meiner Linken und schob sich ellbogenförmig an dem zur Bucht hin gelegenen Anlegesteg für kleine Boote vorbei in Richtung offenes Meer. Dads kleines Boot schaukelte schläfrig an seinem Liegeplatz ein Stück weit draußen.

Keo tauchte schließlich an einer ganz anderen Stelle wieder auf. »Komm!«, schrie er. »Es ist toll hier draußen.« Als ich keine Anstalten machte, fing er an, wie ein ängstliches Huhn zu gackern, »gack-gack-gack-gack-gaak«, und so zu tun, als schlüge er mit den Flügeln.

Er wusste genau, dass ich im tiefen Wasser Angst hatte. Keo war mit seinen sieben Jahren ohne Furcht. Er war wie Dad, und ich wünschte mir so sehr, wie die beiden zu sein, dass mein Herz schmerzte, wenn ich nur daran dachte. Für sie war das so normal wie Atmen. Und ich war ein Feigling, Keo hatte Recht. Warum nur? Obwohl ich mir alle Mühe gab, konnte ich noch immer nicht schwimmen, dabei war ich schon sechs und nur ein Jahr jünger als Keo.

»K.o., K.o., was schreist du so«, rief ich zurück. Onkel Raz sagte das manchmal, und Keo konnte es nicht leiden.

Ich watete hinaus, bis mir das Wasser an die Schultern reichte, und ahmte Keos Art zu schwimmen nach, wie ein Hund, blieb aber in der Nähe des Strands, wo das Wasser so flach war, dass ich mich jederzeit mit dem Fuß vom Boden abstoßen konnte, wenn ich unterzugehen drohte.

Keo schwamm ans Ufer und rannte den Strand hinauf, um die Schwimmreifen zu holen. Sein glänzender Rücken war ein paar Töne dunkler als meiner, denn seine Mutter, Aunty Pearl, hatte hawaiisches Blut in den Adern. Ich war portugiesisch-französischer Herkunft.

Keo kam mit beiden Schläuchen zurück und warf mir einen zu. Ich ließ ihn über meinen Kopf plumpsen, hakte meine Arme darüber und folgte Keo hinaus in die Bucht in Richtung Bootsanlegestelle. Mit den Schläuchen waren wir ebenbürtig, und für den Augenblick planschte ich neben ihm und hatte Onkel Harleys Warnung, nicht ins Tiefe zu gehen, vergessen.

»Schau.« Keo deutete auf die Öffnung zwischen Pier und dem Ende des Wellenbrechers.

Dads kleiner, blau-orangeroter Sampan verschwand gerade auf der anderen Seite des Piers. Von seinem alten Dieselmotor angetrieben, tuckerte das Boot langsam in den Hafen und klang etwas dumpfer, als es außer Sicht geriet. Mein Herz hämmerte gegen den Schlauch. Selbst damals, im Alter von sechs Jahren, war Dad noch immer ein Rätsel für mich, ein stiller, unwirklicher Mann, fast wie ein Schatten. Ich sah ihn jeden Nachmittag, wenn die Boote hereinkamen, aber ich kannte ihn kaum. Ich wohnte nicht einmal bei ihm, sondern bei Keo und seinen Eltern, Aunty Pearl und Onkel Harley, weil meine Mutter starb, als ich noch ein Baby war.

Ich folgte Keo zum Ufer, um auf den Pier hinauszugehen. Warum war Dad heute so früh zurückgekommen? Da hörte ich auf zu strampeln und ließ den Schlauch treiben. Wenn Dad uns im Tiefen gesehen hatte, war ich dran.

»Warte«, sagte ich.

»Was ist?«

»Komm, wir fangen an den Felsen Krabben.«

»Wieso denn? Wir gehen zum Boot.«

»Nö, Krabben fangen macht mehr Spaß.«

Keo schaute mich stirnrunzelnd an, drehte dann aber und paddelte hinüber zu den Felsen.

Eine halbe Stunde später kam Dad mit seinem kleinen Boot in die Bucht gebrummt. Sein Sampan lag gesäubert und vertäut draußen in der Bucht. Er stellte den Außenbordmotor ab, kippte ihn nach oben, damit der Propeller nicht über den Strand kratzte, und ließ das Boot zum Strand gleiten.

Keo kämpfte sich durchs seichte Wasser und hielt sich am Bug fest. »Fahr doch ein bisschen mit uns raus, Onkel Raymond.«

»Heute nicht, Keo. Sonny und ich haben etwas vor.« Dad lächelte mich an. »Wir gehen schwimmen.«

Aus den Augenwinkeln konnte ich erkennen, dass Keo mich ansah, tat aber so, als bemerke ich es nicht.

»Aber Onkel Raymond«, protestierte Keo. »Sonny kann doch nicht schwimmen. Er hat *Angst*.« Ich schaute zu Dad hoch. Als unsere Blicke sich trafen, sah ich weg.

»Es hat einmal eine Zeit gegeben, Keo, in der du auch

Angst gehabt hast«, sagte Dad. Seine Worte klangen scharf wie Angelhaken. »Geh und spiel eine Weile allein – in einer guten Stunde sind wir wieder da.«

Keo starrte Dad mit offenem Mund an. Keiner von uns hatte Dad je so ärgerlich erlebt. Es musste schon einiges passieren, bis er aus der Fassung geriet.

Dad warf mir die kleine orangefarbene Schwimmweste zu, die ich immer im Boot trug, und sagte: »Zieh das an.«

Ich kletterte ins Boot und setzte mich auf den Mittelsitz. Dads Flossen und seine Tauchermaske lagen unter dem hinteren Sitz neben der Kiste mit dem Glasboden, die Dad für mich gebaut hatte, mein Fenster zum Meeresgrund.

»Keo, schieb uns raus«, sagte Dad.

Keo gab dem Boot einen Stoß und sah ihm nach, wie es vom Strand wegtrieb. Dad ließ den Motor ins Wasser gleiten und zog leicht am Starterseil.

Beim Verlassen der Bucht warf ich einen schnellen Blick zurück und sah Keo auf den Pier hinausspurten. Als wir in den Hafen stießen, verfolgte er uns wie ein kleiner Hund, machte ein paar Schritte, blieb stehen, lief wieder ein paar Schritte.

Mein Vater war Fischer, genau wie sein Vater es gewesen war. Und vor ihm Urgroßvater Mendoza, der aus Portugal auf die Inseln gekommen war, um im Norden von Big Island Viehzucht zu betreiben, dann aber den Rest seiner Tage als Fischer verbrachte.

Und nun fischte Dad mit seinem Sampan in denselben Gewässern, Tag für Tag in der sengenden Sonne und meist ohne auch nur einen halben Tag Pause dazwischen. Wenn die Fischschwärme vorbeizogen, war jedes Boot draußen auf dem Meer. Schwiegen die Fische, ruhte der Pier träge mit wartenden Fischern.

Ich fragte Dad einmal, wohin die Fische zögen, wenn sie nicht anbissen.

»Sie bewegen sich zu Tausenden in Schwärmen durch den ganzen Ozean«, erklärte er und machte eine Handbewegung zum Horizont. »Sie folgen den Strömungen.«

Ich stellte mir Schwärme aus Blättern des Monkeypod-Baums vor, die sich in ihren schimmernden Baumwipfeldächern gemeinsam in den Passatwinden bewegten.

»Wenn die Strömungen auf die Inseln treffen«, fuhr er fort, »werden sie gebrochen und bilden an den Riffs Strudel. Dort in den Riffs ist die Nahrung. Alle Arten von Fischen kommen dahin – Marline, *ahi, mahimahi, ono, opakapaka.*« Dad beobachtete mein Gesicht beim Zuhören. Dann lächelte er und fuhr mir mit der Hand durchs Haar. »Zu wissen, wo man sie findet, Sonny – das ist die Kunst.«

Immer wieder flüsterte ich »*opakapaka*«, bis es mir so leicht über die Lippen ging wie Dad.

Ich wusste nicht mehr, wann Dad mich zum ersten Mal im Boot mit hinausgenommen hatte. Meine Erinnerungen, in die Schwimmweste gepackt worden zu sein, gingen bis zu einem bestimmten Punkt zurück, dann verschwammen sie, wurden unscharf und verworren. Sie tauchten stückchenweise auf, wie Teile eines seltsamen Puzzles. Ich wusste nicht, ob es sich dabei um wirkliche Erinnerungen handelte oder um Teile eines Traumes, den ich vor langer Zeit geträumt hatte. Sie flackerten auf, wenn ich am wenigsten darauf gefasst war, aber nie lang genug, um einen Sinn zu ergeben.

Mein Gesicht durchschnitt den Fahrtwind, als ich mich zum Bug bewegte. Dunkle Flecken von riesigen Korallenstöcken türmten sich drohend unten im Sand auf. Unter meinen Fingern spürte ich, wie die hölzernen Planken vom Dröhnen des alten silbernen zehn PS-starken Mercury vibrierten.

Dad würde mich zu einem geheimen Strand bringen, dachte ich, irgendwo an der Küste, an einen Ort, wo es nur uns beide gab. Ich hoffte, das Wasser wäre dort flach, ein Strand ohne Wellen.

Das Heulen des Außenbordmotors hallte im leeren Hafen wider. Dad musste fast schreien, damit ich ihn hörte. »Als ich ein kleiner Junge war«, sagte er, »ließ dein Großvater mich und deine beiden Onkel vom Ende des Piers springen und dann mussten wir allein zurückschwimmen. Dein Onkel Raz war sogar noch jünger als du. Harley konnte schon ganz gut schwimmen, aber Raz und ich konnten nicht einmal wie ein Hund paddeln. Wir hatten schreckliche Angst, aber schwimmen haben wir dabei gelernt. Wenn nicht, hätte er uns ertrinken lassen. Dein Großvater war ziemlich streng.«

Ich konnte mich kaum noch an Großvater Mendoza erinnern, nur daran, dass er einmal ein Fünfcentstück von einem Ohr zum anderen durch meinen Kopf befördert hatte. Er besuchte uns nicht sehr oft. Er und Tutu Mendoza waren auf die Insel Oahu gezogen, bevor ich geboren wurde.

»Man muss genauso gut schwimmen lernen, wie man laufen kann«, fuhr Dad fort. Er wies mit seinem Kinn hinaus aufs Meer. »Sieht friedlich aus, hm?« Ich drehte mich um und blinzelte in die Sonne, der Horizont war tief und weit weg.

»Jetzt ist es friedlich, aber es gibt Zeiten, da versucht es einen umzubringen.«

Als wir den am weitesten entfernten Liegeplatz erreichten, verlangsamte Dad sein Boot und deutete auf die Boje. Ich griff nach dem weißen, wasserballgroßen Schwimmkörper und Dad stellte den Motor ab.

»Bis hierher und nicht weiter, Sohn … Es ist Zeit.«

Ich starrte ihn an, und er betrachtete mich mit seinen erdbraunen Augen. »Bist du so weit?«

Ich zuckte mit den Schultern und Dad lachte. Während ich dastand und ihn ansah, spürte ich durch den dünnen hölzernen Rumpf die Bewegung des Ozeans unter den bloßen Füßen.

Dad streifte mir die Schwimmweste ab und zog mich neben sich. Ohne die Weste auf dem Boot überlief mich ein kalter Schauer. Ich suchte nach einem Halt, aber Dads Arm war geschmeidig und glatt und bot keine Sicherheit.

»Du kannst es«, flüsterte er. Dann ließ er mich trotz meines immer fester werdenden Griffs langsam ins Wasser hinunter.

Eine Welle der Angst durchflutete meinen Körper, meine Arme und Beine zitterten. Ich versuchte mich an Dad festzukrallen und hinterließ auf seinen Armen rote Streifen. Ein kleiner Schwarm grauer Fische, der sich um die Boje herum versammelt hatte, drehte sich in einer einzigen Wellenbewegung und huschte davon. Ich griff ins Leere, wollte Dad packen, suchte an der Bootsseite Halt, gab aber schnell auf und ergriff die Boje.

Ich atmete in kurzen und flachen Zügen, mir wurde schwindelig, ich trat wild um mich und versuchte auf die Boje hinaufzuklettern. Der Ozean unter mir schien tausend Faden tief. Ich spürte, wie er an mir saugte, nach mir ausholte und mich in die Tiefe zog, immer tiefer.

Dad nahm das Ruder und bewegte das Boot gut sechs Meter weiter. »Schwimm her zu mir!«, rief er.

Die Boje drehte sich und schoss immer wieder unter mir weg aus dem Wasser. Meine Finger glitten an ihr ab, und ich ergriff die bemooste Kette, die sich auf den Meeresboden senkte. Meine Beine bemühten sich verzweifelt um die richtigen Bewegungen, aber es gelang mir nicht, mich über Wasser zu halten. Das salzige Wasser des Ozeans brannte in den Augen, füllte meinen Mund.

Ich rang nach Luft, Wasser schluckend rief ich nach Dad, aber er kam nicht, um mich zu holen. Zwischen meinem verzweifelten Planschen und Spritzen erhaschte ich hin und wieder einen Blick auf ihn, wie er ganz friedlich im Boot saß. Er schien unendlich weit entfernt.

»Ganz ruhig, Sonny, nicht so hastig.«

Während er darauf wartete, dass ich mich beruhigte, ließ er die Glasbodenkiste ins Wasser und schaute hinein. Haie, Muränen und Stachelrochen schossen mir durch den Kopf und sammelten sich wie Gespenster um meine Beine. Ich zog die Füße dicht an den Körper heran, musste sie aber wieder ausstrecken, um zu treten.

Ich ließ die Boje los und versuchte zum Boot zu schwimmen wie vorher in der Bucht mit Keo, als ich so getan hatte, als schwämme ich, und mich mit dem Fuß vom sandigen Boden abgestoßen hatte. Jetzt sank mein Fuß nach unten und zog mich mit. Wasser schoss mir in den Mund und würgte mich.

Ich arbeitete mich wieder hoch, suchte mit Händen und Füßen verzweifelt Halt im Wasser und fand keinen. Wieder begann ich zu sinken, schnappte nach Luft und sog in großen, schmerzhaften Schlucken Wasser ein. Ich wollte schreien, bekam aber keinen Ton heraus. Arme und Beine waren wie Gummi und wollten mir nicht gehorchen, meine Hände … meine …

Da stieß ich an etwas Festes.

Das Ruder.

Dad hatte es mir entgegengestreckt, damit ich mich am Ruderblatt festhalten konnte. Ich packte es und arbeitete mich Hand über Hand mit fieberhaften Bewegungen an das Boot heran. Dad packte mich und zog mich wie einen frisch gefangenen Fisch an Bord.

Am ganzen Leib zitternd, völlig erschöpft, keuchend, hustend und vor Nässe triefend, saß ich Dad im Bug gegenüber.

Mach das nie wieder, Junge! Hörst du?! Nie wieder! Da war sie wieder, die Traumerinnerung, die ich nicht zu fassen bekam. Schon war sie verschwunden. Aber woher kam sie? *Nie wieder … Nie wieder …*

Mein Zähne hörten nicht auf zu klappern.

Als ich zu Atem kam, schaute ich hinüber zum Pier. Keo stand auf der Motorhaube eines Jeeps, die Augen mit der Hand beschattet, und beobachtete uns. Ich war froh, dass er das Zittern meiner Beine und die Angst in meinen Augen nicht sehen konnte.

Dad saß, die Ellbogen auf die Knie gestützt, wartend da. »Das hast du gut gemacht«, sagte er. »Ruh dich ein bisschen aus.« Und nach einer Pause: »Deine Mutter wäre stolz auf dich, Sonny. Aber sie hätte das hier nie gutgeheißen. Sie nannte deinen Großvater einen Barbaren, als ich ihr erzählte, wie ich schwimmen gelernt hatte. Sie war eine gute Schwimmerin, besser als ich. Wenn sie noch da wäre, könntest du schon längst schwimmen.«

Ich vermied es, Dad anzusehen. Er sollte denken, ich sei noch zu müde, um wieder ins Wasser zu gehen. Aber er schwieg. Als ich ihm einen verstohlenen Blick zuwarf und ihn auf seine Hände starren sah, wusste ich, dass er an meine Mutter dachte. Er hatte die Angewohnheit, seine Hände zu betrachten, wenn er an etwas dachte, das er nicht erklären konnte, oder an Dinge, die nicht zur Ruhe kommen wollten.

Aunty Pearl hatte mir von meiner Mutter erzählt, als ich zu fragen begann, warum ich bei Keo, Onkel Harley und ihr lebte und nicht bei meinem Vater in seinem Haus unten am Meer. Von ihr wusste ich, dass meine Mutter ein paar Monate nach meiner Geburt gestorben war. Ich verstand, dass sie nicht mehr da war und dass ich sie nie mehr sehen würde. Aber warum konnte ich nicht bei Dad leben?

»Dein Vater ist immer draußen beim Fischen«, hatte Aunty Pearl geantwortet. »Außerdem, was hätte er mit einem Baby anfangen sollen? Und ich war glücklich, dass ich für dich sorgen durfte.« Sie legte mir die Hand auf die Wange. Ihre Hand war warm, aber es gefiel mir. Ich versuchte mir Dad mit einem Baby auf dem Arm vorzustellen, aber es ging nicht. Aunty Pearl hatte wahrscheinlich Recht. »Ach, Sonny«, fuhr sie fort, »deine Mutter war wunderschön. Sie war Französin und hatte eine ganz helle Haut, so weich wie Seide aus dem Orient. Sie gab mir das Gefühl, dass ich wichtig für sie war – wenn wir miteinander sprachen, schaute sie mir immer direkt in die Augen. Wir hatten sie alle furchtbar lieb … Aber für deinen

Daddy war es am schlimmsten. Es war das einzige Mal, dass ich ihn hab weinen sehen. Er hätte alles für sie getan. Alles.«

Dad ruderte das Boot zurück zur Boje und ließ mich wieder ins Wasser hinunter. Der Ozean umschloss mich bis zum Kinn, nur mein Kopf schaute aus dem Wasser. Diesmal hatte ich ein ganz klein wenig mehr Zutrauen. Ich hielt mich an der Boje fest und ließ die Beine hinuntersinken. Suchend schaute ich zum Pier, aber Keo war verschwunden.

Ich schüttelte die Gedanken an Muränen und Haie unter mir im Wasser ab und konzentrierte mich auf Dad. Wieder ließ ich die Boje los und strampelte wild spritzend und gegen den unbarmherzigen Sog in die Tiefe ankämpfend durch die glatte Nachmittagssee.

Immer wieder ließ mich Dad von der Boje zum Boot schwimmen, bis ich keine Kraft mehr hatte. Ab und zu ermunterte er mich mit einem Zuruf, und jedes Mal, wenn ich das Boot erreichte, zog er mich an Bord und ließ mich ausruhen.

Während er darauf wartete, dass mein Atem ruhiger wurde, suchte er den Meeresgrund durch seine Glasbodenkiste ab. Nachdem ich vielleicht zum zehnten Mal von der Boje zum Boot geschwommen war, rief er mich zu sich, um mir eine alte grüne Flasche zu zeigen, die aus dem sandigen Grund ragte. Dann deutete er auf eine nur schwach sichtbare Spur, die aussah, als hätte jemand mit dem Finger eine dünne Linie tief unten im Sand gezogen.

»Manchmal findet man eine Muschel, wenn man um eine solche Spur herumgräbt«, sagte er.

Dad glitt ins Wasser und erschien unter mir. Er bewegte

sich so mühelos wie eine Schildkröte, war im Wasser ebenso zu Hause wie an Land. Ich versuchte die Luft so lange anzuhalten wie er, aber es war unmöglich.

Ich hielt die Glasbodenkiste so ruhig ich konnte und beobachtete, wie er sich der Spur von hinten näherte. Langsam, als schöbe er die Hand unter ein Laken, tastete er im Sand nach der vergrabenen Muschel.

Plötzlich explodierte der Boden um ihn herum, eine Wolke aus Sand stieg auf und spritzte nach allen Seiten. Dad bewegte sich mit heftigen Armbewegungen rückwärts und versuchte durch eine schnelle Drehung zu entkommen. Ich sah, wie etwas wie eine Peitsche vor seiner Brust niedersauste und ihn nur knapp verfehlte. Aus der wachsenden Wolke brach ein riesiges, geflügeltes Lebewesen hervor, das im Sand vergraben gewesen war. Es schwang sich empor und flüchtete vor Dads zappelnden Bewegungen, schneller als jedes andere Tier, das ich je unter Wasser gesehen hatte. Dann umkreiste es uns in weitem Bogen, zwei hörnerähnliche Arme stachen vorne aus seinem rautenförmigen Körper, und ein dünner Schwanz schwebte hinter ihm her. Dad kam an die Oberfläche, die Staubwolke unter ihm dehnte sich aus und verschwand aus dem Blickfeld der Glasbodenkiste.

Dad zog sich ins Boot. Mein Herz schlug gegen meinen Brustkorb wie die Wellen gegen den Hafendamm. War er getroffen worden?

»Mit dem … hab ich nicht gerechnet …«, sagte Dad, als er wieder bei Atem war. »Hab ihn aufgeschreckt … aus dem Schlaf … Hatte keine Ahnung, dass er überhaupt da war.«

»Was war das?«, fragte ich.

Dad antwortete nicht gleich, ließ erst seinen Atem ruhiger

werden. Ich suchte mit den Augen seinen Körper nach einem Schnitt oder einem Stich ab, sah aber nichts.

»Ein Teufelsrochen«, antwortete er schließlich. »Die greifen keine Menschen an ... aber einen Riesenschrecken können die einem einjagen.« Dad fing an, das Band an seiner Tauchermaske festzuziehen. Er atmete noch immer schwer.

»Ich möchte, dass du mit mir runtergehst«, sagte er, als ob nichts passiert wäre. Er setzte mir meine Maske auf und zog sie mir über die Augen. »Komm, wir tauchen runter und sehen uns mal um.«

Ich riss mir die Maske vom Gesicht, und er setzte sie mir wieder auf.

»Aber ... aber der *Teufelsrochen* ...«, sagte ich.

Ich hatte noch immer das Bild vor Augen, wie Dad vor der Peitsche zurückgeschnellt war – die Explosion, der vorbeischießende Schwanz und die sich aufblähende Staubwolke. Das Bild kam immer wieder: die Explosion, Dads Zurücktaumeln, Explosion, Taumeln. *Mach das nie wieder, Junge!*

»Wegen ihm brauchst du dich nicht zu sorgen«, sagte Dad. »Rochen tun Menschen nichts, das sind friedliebende Tiere. Außerdem ist er wahrscheinlich schon eine halbe Meile die Küste runter.«

Ich schob die Tauchermaske hoch und schaute noch einmal durch die Glasbodenkiste. Der Rochen war nicht mehr da. Geduldig setzte Dad mir die Maske wieder auf und wies mich an, durch den Mund zu atmen. Durch das Glas sah er ganz verschwommen aus. Ich hatte das Gefühl, als würde ich hinaus in eine Welt blicken, in die ich nicht gehörte.

Er ließ sich über den Rand des Boots ins Wasser gleiten und streckte die Arme nach mir aus. Er bewegte sich kaum. Seine

Flossen hielten ihn im Wasser, als hätte er Boden unter den Füßen. Ich klammerte mich am Sitz fest. Keo würde an meiner Stelle von alleine ins Wasser springen und ich würde vom Boot aus zusehen, wie er sich zum Meeresboden hinunterschlängelte. Ganz runter würde er es nicht schaffen, aber er würde es behaupten.

»Versuch nicht zu schwimmen«, sagte Dad, »atme nur tief ein und halt den Atem an. Dann lässt du dich mit mir hinuntersinken. Hab keine Angst, ich bring dich dann wieder rauf.«

Die Welt wurde ganz still, als wir hinuntersanken. Die Tauchermaske drückte sich fest an mein Gesicht, und dünne Rinnsale drangen an den Schläfen herein. Meine Ohren füllten sich mit Meerwasser und der Druck schmerzte. Wir schwebten durch einen schwerelosen Raum voll rauschender, schnalzender, dröhnender Geräusche. Ein wenig Wasser begann sich in der Maske unter meiner Nase zu sammeln und versetzte mich fast in Panik.

Aber einen Moment lang blickte ich an dem Wasser vorbei und staunte über die Koralleninseln, die den sandigen Meeresboden durchbrachen. Unter mir kreisten stumme Fische in kleinen Schwärmen. Von oben sahen sie dunkel und kugelförmig aus. Ein riesiger Papageifisch knabberte an einem Korallenstock, dann schoss er plötzlich davon und ließ sich zu einer Stelle weiter draußen treiben.

Unten im noch tieferen Wasser, wo alles verschwommen und schattenhaft blau war, sah man die lange gespenstische Kette der Boje auf eine gräuliche, moosbewachsene Betonplatte sinken.

Dad drehte sich langsam, so dass ich rundherum alles sehen konnte. Die Unterwasserwelt schien über mich hereinzubrechen wie eine turmhohe Welle, die gegen die Küste peitscht und den Sand hinaufstürzt.

Mit beiden Händen drückte ich Dads Arm, um ihm klarzumachen, dass er mich nach oben bringen sollte, da erstarrte ich. Genau hinter ihm stand bewegungslos ein dreißig Zentimeter langer grünen Fisch, der mich mit seinem runden Auge beobachtete. Ein harmloser Trompetenfisch, so nah, wie ich noch nie einen gesehen hatte. Ich zappelte und zerrte an Dad, da schoss der Fisch wie ein Pfeil davon und verschwand in der Ferne.

Auf dem Weg zurück zum Pier durfte ich meine Hand auf den Gashebel legen und das Boot durch den Hafen steuern. Ich war so müde, dass mir alles um mich herum wie ein Traum erschien.

Das lang gestreckte rote Dach des großen Hotels Kona Inn zog sich deutlich sichtbar und Vertrauen erweckend durch den dichten, grünen Palmenhain, der den Strand über einem schmalen Gischtstreifen säumte.

Dad saß mit seinen muskulösen, schlanken Armen und seiner unbehaarten, tiefrotbraunen Brust neben mir im Heck auf der anderen Seite des Motors.

Ich betrachtete die Korallenstöcke, als wir über sie hinwegglitten. So schlimm war es gar nicht gewesen, dachte ich. Ich könnte es wieder tun. Ich könnte, wenn ich wollte.

Aber jetzt spürte ich fast schon den festen, heißen Beton des Piers unter meinen nackten Füßen.

Dads Augen ruhten lange auf seinem Sampan, als wir daran vorbeifuhren. Drei weiße Buchstaben zierten das blaue Heck: *Ipo* – Liebste. So hatte Dad meine Mutter genannt.

Mit Dads Hilfe zog ich langsam eine weite Kurve um das Boot, so nah, dass ich den Salzrand am Rumpf erkennen konnte. Es schaukelte gelassen an seiner Vertäuung wie eine alte Kokosnuss in einer Lagune. Dad drehte mir den Rücken zu und betrachtete den neun Meter langen Sampan, auf dem er sein Leben verbrachte. Ich schaute verstohlen an ihm vorbei und versuchte zu sehen, was Dad sah.

Keo war allein in der Bucht und trieb auf einem der Autoschläuche. Als wir vorbeifuhren, schaukelten ihn die kleinen Wellen des Bootes. Dad ließ mich in der Nähe des Strands aussteigen und fuhr hinüber zum Anlegesteg.

Keo rollte aus dem Schlauch ins Wasser und schwamm hinaus zur tiefsten Stelle der Bucht. »Los, komm!«, schrie er.

Ich schaute zu ihm hin und ließ die Arme herunterhängen wie alte zerschlissene Schiffstaue.

»Feigling!«, rief er. »Gack-gack-gack-gack-gaak!«

Das Wasser stieg mir bis zu den Knien, zur Hüfte, zur Brust, ich watete langsam hinein. Als es mir bis zum Kinn reichte, begann ich wie wild zu strampeln und nach dem Meer zu greifen. Wasser schoss in Fontänen um mich herum auf, spritzte mir ins Gesicht und verschleierte meinen Blick. Ich reckte mein Kinn zum Himmel und arbeitete mich verbissen hinaus zu Keo, schwamm an ihm vorbei, umrundete ihn und hielt wieder auf den Strand zu. Dabei erhaschte ich einen Blick auf Dad, der vom Pier aus zusah.

Keo klatschte beim Schwimmen auch aufs Wasser, aber nur ganz leicht, ohne zu spritzen. »Komm, wir tauchen bis runter«, sagte er. Ich gab keine Antwort. Mit Müh und Not schaffte ich es ans Ufer.

Eine halbe Stunde später kam Dad und setzte sich neben mich in den Sand. Keo hing bewegungslos draußen in seinem Autoschlauch, als schliefe er.

»Du hast deine Sache heute da draußen gut gemacht, Sonny«, sagte Dad und deutete mit dem Kinn hinaus aufs Wasser. Dann nach einer kleinen Pause: »Ich bin stolz auf dich.«

Keo hob den Kopf, sah uns und kam ans Ufer gepaddelt.

Dad stand unvermittelt auf, als hätte man ihn aus einem Traum gerissen. »Es wird Zeit für ein paar Veränderungen«, sagte er. »Sag Keo, er soll herkommen. Ich nehm euch im Auto mit.«

Dad ging hinüber zu seinem Jeep. Keo kam aus dem Wasser gelaufen, den tropfenden schwarzen Schlauch über seiner Schulter.

Dad fuhr die steinige Fahrstraße zum Haus hinauf. Staub wirbelte hinter dem Jeep hoch und breitete sich über die trockenen Bäume. Aunty Pearl, das schwarze Haar streng zurückgekämmt und am Hinterkopf zu einem festen Knoten gebunden, trat heraus auf die Veranda. Sie winkte uns zu, als wir in den Hof geholpert kamen. Ihre kleine Hand wirkte verloren an dem Arm, der so dick wie mein Bauch war. Sie sah genauso aus wie die hawaiischen Königinnen auf den alten Fotos: groß und beleibt und in lange *muumuus* gehüllt, mit riesigen nackten Füßen, so zäh wie Kokosschalen. Wenn eine Orchidee schön war, dann war Aunty Pearl wie Tausende von Orchideen zusammengenommen.

Keos struppige Hunde Bullet und Blossom fingen wie wild zu bellen an. Aunty Pearl brachte sie mit einem Händeklatschen zum Schweigen.

Auf der rechten Seite etwas unterhalb des Hauses stand in einiger Entfernung Onkel Harleys Eishaus, das wie eine riesige, fensterlose Kiste aussah und fast halb so groß war wie das Haus selbst. Er stellte darin Eis her für die Boote und bewahrte Fisch auf, bevor er ihn zum Fischmarkt auf die andere Seite der Insel transportierte. Ein kleiner eingezäunter Schweinepferch, groß genug für drei bis vier wohlgenährte Schweine, mit Schatten spendenden Bahnen aus Wellblech darüber, schloss sich bergwärts an.

Die Hunde rannten neben uns her, als wir zum Haus hinauffuhren. Keo sprang aus dem Jeep und rief: »Komm! Wir gehen zu den Schweinen.« Ich wollte hinter ihm herrennen.

»Sonny, warte!«, rief Dad. »Komm einen Augenblick mit rauf ins Haus!« Keo rannte weiter, ohne sich umzudrehen.

Aunty Pearl nahm uns beide in den Arm. Es war erst ein paar Stunden her, seit sie mich gesehen hatte, aber trotzdem drückte sie mich an sich, als sei ich einen Monat lang weg gewesen. Mit missbilligendem Blick fragte sie Dad: »Und was machst du hier oben mitten an einem idealen Tag zum Fischen?«

Dad schaute zu mir herunter, fuhr mir mit der Hand über den Kopf und legte mir den Arm um die Schulter. »Ich glaube, ich komm jetzt zurecht, Pearl.«

Aunty Pearl legte die Hand an ihre Wange, dann umarmte sie uns erneut und begann zu weinen. Ein paar Minuten konnte sie nicht sprechen, denn immer, wenn sie etwas sagen wollte, fing sie wieder an zu weinen. Schließlich winkte sie uns ins Haus.

Keo kam vom Schweinepferch zurück und kickte dabei eine alte Dose vor sich her.

Dad und ich folgten Aunty Pearl in das Zimmer, das Keo

und ich teilten. Ich glaubte zu wissen, was Dad gemeint hatte, versuchte aber, nicht darüber nachzudenken, falls es nicht wahr sein sollte. Er und Aunty Pearl begannen, meine Sachen aus der Kommode zu räumen.

Keo platzte ins Zimmer. »Hey, was ist denn hier los?«

Aunty Pearl legte den Arm um ihn und zog ihn an sich. »Sonny geht nach Hause, Keo – er wohnt jetzt bei seinem Vater unten am Meer.« Dann sagte sie an mich gewandt: »Aber, Sonny, du kommst uns doch oft besuchen, oder?«

Ich nickte, musste aber ausgesehen haben, als wäre ich da nicht so sicher, denn Aunty Pearl zog Keo näher an sich heran und begann wieder zu weinen.

Dads altes Holzhaus stand auf Pfählen gut einen Meter über dem Boden. »Um Ratten und Mungos fern zu halten«, hatte er mir erklärt.

Kiawe-Bäume und Kokospalmen säumten das lang gezogene rechtwinklige Grundstück und erstreckten sich dahinter bis hinauf zur Küstenstraße, die von Kailua nach Keauhou führte. Dad parkte den Jeep im Gras, seine fünf Hunde jaulten und wedelten mit dem Schwanz, als wir uns dem Haus näherten.

»Du kannst mein Zimmer haben«, sagte Dad, als wir eintraten. Es war das einzige Schlafzimmer. Dad deutete mit dem Kinn auf die große Couch im vorderen Zimmer, wo ich bisher immer geschlafen hatte, wenn ich mal ein oder zwei Tage zu Besuch da war. »Ich schlafe sowieso lieber hier draußen.«

Außer den paar Sachen, die ich mitgebracht hatte, gehörte mir nichts in diesem Haus. Aber es gab nichts, was ich besaß oder gerne besessen hätte, das ich nicht aufgegeben hätte, um hier bei Dad zu sein. Jetzt und für immer waren unsere Betten nur noch durch eine dünne Wand getrennt.

»Komm, wir gehen runter zum Meer, bevor wir deine Sachen auspacken«, sagte Dad, als er den Pappkarton mit meinen Kleidern auf den Tisch stellte. »Vielleicht noch ein bisschen schwimmen. Hier drin ist es heißer als in einem Höllenofen.« Eigentlich hatte ich für heute genug vom Schwimmen, aber es machte mir nichts aus.

Ich folgte ihm über die Veranda hinunter durchs Gras zum Meer. Man konnte hinaus bis zum meilenweit entfernten Horizont sehen, und nur die in klarem Blau und Türkis schimmernde Weite des Ozeans lag zwischen Dads Grundstück und dem Ende der Welt. Die Hunde folgten uns, trotteten vor uns her und schnüffelten an allem, was sie sahen, als seien sie noch nie hier gewesen.

Der größte Teil der Küste bestand aus Lava, dazwischen schmiegten sich immer wieder ein paar sandige Stellen um kleine Tümpel. Dad und ich suchten uns einen Weg hinaus über die Felsen zum Wasser, das in der späten Nachmittagssonne glitzerte. Kleine Wellen zischelten herein und umschlossen uns, als wir vorsichtig ins Meer glitten. Dad schwamm voran, ich folgte ihm und schlug das Wasser mit meinen heftigen Bewegungen schaumigweiß.

Plötzlich wurde mir bewusst, dass ich *schwamm* – weg vom sicheren Ufer hinaus ins tiefe Wasser. Ich versuchte mit Dad auf gleicher Höhe zu bleiben, wurde aber müde und musste zurück zum Ufer.

Die feinsandigen Stellen waren wohltuend warm. Ich ließ mich darauf nieder und schaute hinaus zu Dad, der jetzt lange stille Tauchausflüge auf den Meeresboden machte. Plötzlicher

Schlaf zupfte an meinen Augenlidern, ich lehnte mich zurück auf einen Ellbogen und ließ mich schließlich auf den Rücken fallen. Die niedrig stehende Sonne verwandelte das Wasser auf meinem Gesicht schnell in feine Salzkristalle. Um meine Schulter kräuselte sich die Wärme des Sandes, der mir an Rücken und Armen klebte.

Als Dad mich weckte, blieb mir als Erinnerung nur der Gedanke, die Erde sei eine Frau. Eine Frau wie Aunty Pearl, die mich mit ihren starken Armen umschloss und leise summend in den Schlaf wiegte.

»Noch nicht schlappmachen, Sonny«, sagte Dad. »Wir müssen noch einen großen *mahimahi* essen. Ich denke, dass du einen halben vertragen kannst – zumindest nach dem zu urteilen, was ich heute gesehen habe.« Er stand über mich gebeugt, das Wasser tropfte von seinen tief gebräunten Schultern. Er zog mich hoch und strich mir den Sand vom Rücken.

Als Dad den Nachhauseweg antrat, eilten ihm die Hunde voraus und fegten über die Felsen. Ich setzte Fuß um Fuß an die Stellen, wo Dad ging, und folgte ihm heim.

2

Malanamekahuluohemanu
(1956)

Onkel Raz stand an Onkel Harleys Schweinepferch und hatte die Arme locker über den Zaun gelegt. Die Sonne sah weißlich aus in der feuchten Luft, und auf der Insel war es so windstill wie in einem Wagen bei geschlossenen Fenstern. »Ich wette, Pearl wiegt mehr als das Schwein«, sagte Onkel Raz.

Dad, Keo und ich warfen Onkel Harley einen kurzen Blick zu. Er stand neben Onkel Raz und sah gebannt auf das Schwein hinunter, als habe er nichts gehört. Wir hielten die Luft an und warteten. Nie im Leben würde Onkel Harley ihm eine solche Bemerkung durchgehen lassen.

Onkel Raz verzog das Gesicht. »Das verdammte Vieh riecht schlimmer als ein Haufen verdorbener Fische, Harley. Ich verstehe nicht, wie du es so nah am Haus halten kannst.«

Dad und ich waren hergekommen, um Onkel Harley bei der Entscheidung zu helfen, was mit dem Schwein geschehen solle. Keo war neun, ich acht Jahre alt, und wie Onkel Harley hatten wir den alten Alii genauso lieb gewonnen wie die Hunde, obwohl wir längst wussten, dass irgendwann der Tag kommen würde, an dem er geschlachtet werden sollte.

Onkel Harley schnippte zweimal mit den Fingern. »Alii, komm her, mein Junge.«

Alii trottete schwerfällig zu uns herüber. Onkel Harley

langte hinunter und kraulte ihn hinter den Ohren. Ein Blick auf seinen haarigen, mit getrocknetem Schlamm verschmierten platten Rüssel und seine halb geöffneten Schweinsaugen, und man verstand, wie leicht es war, sein Herz an ihn zu verlieren. Alii war ein hawaiischer Keiler, dem man die Hauer entfernt hatte. Sein langes, raues schwarzes Fell fühlte sich an wie Angelschnüre aus Nylon. Er sah ziemlich gefährlich aus, und wer ihn nicht kannte, kam dem Zaun nicht zu nahe. Aber er war lammfromm wie die alte Blossom, denn Onkel Harley hatte ihn schon als Jungtier gefangen.

»Wiegt mindestens eine Tonne«, sagte Onkel Raz. »Vielleicht müssen wir ihn hier drin säubern.«

Onkel Harleys Hand verharrte auf dem Kopf des Keilers. »Er hat höchstens um die dreihundertsechzig, dreihundertsiebzig Pfund. Was meinst du, Raymond?«

»Immer noch schwer genug«, antwortete Dad. »Wir werden den Kerl zu dritt tragen müssen, wenn wir ihn totgeschossen haben.«

Ein paar Minuten lang sagte keiner etwas. Der letzte Tag im Leben des Keilers war angebrochen.

Wie üblich war es Onkel Raz, der das Schweigen brach und uns auf andere Gedanken brachte. »Nun, Harley, willst du wetten, wer mehr wiegt, Alii oder Pearl? Ich setze zwanzig Dollar.«

»Herrje!« Dad wandte sich kopfschüttelnd ab.

»Ehrlich«, sagte Onkel Raz, »wie viel wiegt denn Pearl?«

Meinte er das ernst?

Onkel Harley betrachtete die ganze Zeit das Schwein. Dann stieß er sich vom Zaun ab und sagte: »Ich hab sie nie gefragt, wie viel sie wiegt. Vielleicht weiß sie's selber nicht.«

»Also, ich glaube, Pearl wiegt mehr.«

»Nein, das Schwein wiegt mehr.«

»Zwanzig Dollar«, sagte Onkel Raz.

Onkel Harley grinste ihn an. Das hätten Keo und ich sein können, wenn ich zum Beispiel behauptet hätte, dass Keo sich unmöglich länger als fünf Sekunden auf Aliis Rücken halten könne. Wenn irgendetwas unsere Familie zusammenhielt, dann waren es Herausforderungen.

Onkel Harley legte den Arm um Keos Schulter und zog ihn an sich. »Okay, du Schlauberger«, sagte er zu Onkel Raz. »Rück einen Hunderter raus und die Wette gilt.«

Damit würde er Onkel Raz den Mund stopfen. Dad lachte vor sich hin. Keo schaute mich an. Wir hatten Onkel Harley noch nie um mehr als dreißig Dollar wetten sehen. Hundert Dollar! Das war, als wetteten sie um einen Jeep oder um ein Boot.

Onkel Raz' Augen wanderten umher, als überschlage er alles im Kopf. Er streckte die Hand aus. »Leicht verdientes Geld, du Holzkopf.«

Ihre Fingerknöchel wurden weiß, als sie die Wette per Handschlag bekräftigten.

»Wenn Maxine das herausfindet, werft ihr euch besser gleich den Haien zum Fraß vor«, sagte Dad. »Die riecht den Braten wahrscheinlich ein paar Meilen gegen den Wind.« Es war die Rede von Aunty Pearls Mutter, Tutu Max. »Außerdem hat die Sache noch einen anderen Haken«, fuhr Dad fort. »Kein Problem, das Schwein auf die Waage zu bringen, aber wie ist das mit Pearl?«

Einen Augenblick standen die drei mit nachdenklichem Gesicht da, Dad zwischen seinen beiden Brüdern, die er um ein paar Zentimeter überragte. Onkel Raz war der Jüngste und Kleinste, mit leichtem Bauchansatz vom vielen Bier. Dad war schmal, aber muskulös. Seine Haut war dunkler, weil er immer mit dem Boot draußen war. Auch Onkel Harley war muskulös, hatte aber nicht so scharf geschnittene Züge wie Dad. Er war der Älteste und zugleich der Weichste. Immer suchte er Aunty Pearls Nähe. Die beiden gehörten zusammen wie ein Schleppkahn zur Barkasse.

Onkel Raz stand barfuß in der staubigen Erde. Er hatte die Hände in den Hosentaschen und klimperte mit den Münzen. »Schießt du ihn heute oder was?« Seine Art ging einem manchmal ganz schön unter die Haut.

»Nee. Morgen ist auch noch ein Tag«, sagte Onkel Harley mit leiser Stimme.

»Komm, mach dir bloß nicht in die Hosen«, sagte Onkel Raz. »Wir trinken ein paar Bierchen und beratschlagen erst mal. Wenn wir Pearl auf die Waage kriegen wollen, müssen wir uns was einfallen lassen.«

»Hah«, spottete Onkel Harley. »Wenn du wüsstest, auf was du dich da einlässt, würdest du mir das Geld gleich freiwillig geben und die Sache vergessen.« Onkel Harley warf Dad einen Blick zu und zuckte mit den Augenbrauen. Zwischen den beiden ging etwas vor, das sich nicht in Worte fassen ließ. »Aber wir kriegen das schon hin.«

Obwohl Aunty Pearl seine Mutter war, schien Keo das alles nichts auszumachen.

»Keo«, sagte Onkel Harley. »Geh und hol drei Bier!«

Keo rannte zum Haus hinauf, und ich folgte ihm. »*Hundert Dollar*«, sagte ich beim Laufen.

»Dad würde nie um hundert Dollar wetten, wenn er nicht

sicher wäre, dass er gewinnt«, sagte Keo. »Ich weiß zwar nicht wie, aber er gewinnt bestimmt.«

Aunty Pearl saß in der Küche und schälte Kartoffeln. Sie summte die Melodie von »Akaka Falls« und ihre Stimme war so wohltuend, dass ich stehen bleiben und zuhören musste. Von ihrem goldenen Ehering, der in der fleischigen Masse ihrer Finger versank, war fast nichts mehr zu sehen. Sie würde ihn wahrscheinlich nie mehr ausziehen können, selbst wenn sie es wollte. Ich war immer davon überzeugt gewesen, dass königliches Blut in ihren Adern floss, obwohl sie nie etwas Derartiges erwähnt hatte. Je dicker hawaiische Königinnen waren, als desto schöner galten sie. Keo hatte also Glück, denn auch in ihm floss dieses Blut.

Aunty Pearl lächelte uns an und zeigt auf eine Holzschale mit orangeroten Mangos.

»Danke, Aunty.« Ich griff nach einer dicken Frucht.

»Dad möchte ein paar Bier«, sagte Keo und öffnete bereits den Eisschrank.

»So früh? Es ist noch nicht mal Mittag. Was haben die Mendoza-Jungs eigentlich vor, da draußen?«

»Das Schwein. Dad will es nicht schlachten.«

»Ahhh«, sagte Aunty Pearl, und es klang wie ein langer Seufzer. »Das hab ich ihm schon gesagt, als er es angebracht hat. ›Was willste'n damit?‹, hab ich ihn gefragt. ›Füttern und warten, bis es fett ist, und dann verkaufen oder ein *luao* feiern‹, hat dein Daddy geantwortet. ›Das glaubste doch selber nicht, dass du es weggeben kannst, wenn es groß ist‹, hab ich gesagt, ›geschweige denn totschießen und essen. Bist verrückt, Harley.‹ Dein Daddy ist zu gutmütig, Keo. Er bringt so was nicht übers Herz. Aber er wird's schon selber merken.«

Aunty Pearl dachte einen Augenblick lang nach. »Dieser Raz und dein Vater sind wie zwei kleine Jungs, die nicht erwachsen werden wollen. Aber das macht nichts, sind brave Jungs. Und ich hab Daddy lieb, gerade so, wie er ist. Wenn der erwachsen werden tät, tät er nur griesgrämig werden.«

Keo stellte drei kalte Bier auf den Tisch und nahm sich eine Mango. Ein Huhn gackerte draußen vor dem offenen Fenster. Aus Aunty Pearls Haar traten Schweißperlen und liefen ihr die Schläfen hinunter. »Sonny«, sagte sie. »Gib ihnen ein bisschen was zu fressen, nur ganz wenig.«

Auf der Theke hinter mir stand Aunty Pearls Hundertzwanzig-Liter-Aquarium, dessen Pumpe die Glaswände zum Vibrieren brachte. Onkel Harley hatte es für sie gebaut, nachdem es ihr zunehmend schwerer gefallen war, ihn wie in den vergangenen Jahren jeden Tag zum Pier hinunter zu begleiten. Mit der Zeit war Aunty Pearl immer dicker geworden. Sie ging kaum mehr aus, weil das fast ihre Kräfte überstieg, und blieb lieber bei ihren Goldfischen und Schwertträgern, anstatt die hereinkommenden Boote zu beobachten.

Keo steckte eine Bierflasche in die Gesäßtasche seiner Shorts und nahm die anderen beiden in eine Hand. Aunty Pearl schüttelte noch immer den Kopf, als wir aus der Küche gingen. »Macht euch keine Sorgen, Jungs«, rief sie uns nach. »Ich kenn den Mann. Er hat ein weiches Herz.«

Draußen standen Dad und seine beiden Brüder gegen den Jeep und Onkel Raz' leuchtend roten Toyota-Pick-up gelehnt. Onkel Raz lachte über etwas, das Onkel Harley gesagt hatte. »Das muss ich sehen«, sagte er. »Das muss ich sehen.«

Ich schaute Keo an. Er zuckte mit den Schultern.

Dad sagte: »Ich hatte schon immer den Eindruck, dass du

nicht richtig tickst, Harley. Eis machen, Fisch verkaufen und ein Schwein mästen strengt dein Gehirn zu wenig an. Vielleicht solltest du lieber etwas anfangen, bei dem du ein bisschen ins Schwitzen kommst.«

Keo reichte jedem von ihnen ein Bier. Wir blieben in der Nähe, um herauszufinden, worum es ging.

»Heute Abend«, sagte Onkel Harley.

Eine Mücke summte an meinem Ohr, und ich bürstete sie weg.

Später quetschten Dad, Onkel Raz und ich uns zu dritt in den Toyota und fuhren wieder hinauf zum Haus. Onkel Harley und Aunty Pearl saßen auf der Veranda und betrachteten den Sonnenuntergang, Keo war im Hof und schoss mit seinem Luftgewehr auf eine Schnapsflasche. Bullet und Blossom rannten bellend auf uns zu. Zu dem Anlass hatten wir uns Shorts und saubere T-Shirts angezogen und taten so unschuldig wie Aunty Pearl.

Drei leere Bierflaschen standen ordentlich aufgereiht neben Onkel Harleys Holzstuhl. Er trug ein blaues *aloha*-Hemd und hatte sich die Haare nach hinten gekämmt.

Aunty Pearl trug ein hübsches *muumuu* – rot mit gelben und weißen Blumen. Ihre Hand umschloss Onkel Harleys Hand. Wie immer wirkte er kleiner als sonst, wenn er neben ihr auf der Veranda saß.

»Seid ihr so weit?«, rief Dad.

»Wie immer«, antwortete Onkel Harley mit einem verschmitzten Lächeln.

Aunty Pearl machte einen glücklichen Eindruck, aber mit Sicherheit konnte man das nie sagen. Auf ihrem vollen, runden Gesicht waren die Züge zu einem stets gleichen Ausdruck zusammendrängt, der schwer zu deuten war.

Ich lief zur Veranda hinauf und umarmte sie. Das tat ich immer, auch wenn ich nur ein paar Stunden weggewesen war. Ihre Oberlippe war mit winzigen Schweißperlen übersät, obwohl die Tageshitze vorbei war und es ein wenig abzukühlen begann. Egal wie heiß es war, sie schien sich jedes Mal zu freuen, wenn ich kam.

Keo und ich folgten Dad, Onkel Harley und Onkel Raz zum Schweinepferch. »Willst du verdoppeln?«, fragte Onkel Harley und schaute Onkel Raz direkt in die Augen. »Auf zweihundert?«

Dad sah Onkel Harley an, als habe der gerade einen großen Fehler gemacht. Onkel Raz' Unterkiefer sackte leicht nach unten. Er warf Dad einen kurzen Blick zu und schaute wieder Onkel Harley an. Dann grinste er. »Abgemacht, du Oberholzkopf.«

Onkel Harley schien aufgeräumter als sonst, als wisse er etwas, was niemand sonst wusste. Aber so wirkte er eigentlich immer, wenn er um etwas gewettet hatte. Er machte eine Armbewegung zu Onkel Raz' Toyota hin. »Fahr deinen Pick-up zur Rampe.«

Die Rampe hatte sich Onkel Harley für Aunty Pearl einfallen lassen, damit sie nicht zu sehr ans Haus gefesselt war. Onkel Harley war nicht mehr stark genug, um sie auf den Vordersitz seines Pick-ups zu hieven, selbst wenn sie reingepasst hätte, woran wir allerdings langsam zu zweifeln begannen. Daher hatte er zwei kleine Stützmauern aus Gesteinsbrocken errichtet und einige Tage damit zugebracht, den Zwischenraum mit Erde auszufüllen und platt zu stampfen, bis das

Ganze die Form einer langen, flach ansteigenden Rampe angenommen hatte. Sie funktionierte bestens.

»Keo, Sonny!«, rief Onkel Harley. »Holt Alii raus.«

Keo ging in den Schweinepferch und band Alii ein Seil um den Hals. Dann lockten wir ihn mit einem an einer Angelschnur baumelnden Fischschwanz hinauf auf die Rampe. Gut, dass Keo an das Seil gedacht hatte, denn Alii wurde ein bisschen nervös, als Bullet und Blossom kläffend um ihn herumsprangen.

»Ihr beide fahrt hinten bei Alii mit«, sagte Onkel Harley, als wir ihn in Onkel Raz' Pick-up bugsiert hatten. »Seht zu, dass er nicht rumläuft, wenn wir auf die Landstraße kommen.«

»Wo bringen wir ihn denn hin?«, fragte Keo.

»Das wirst du schon sehen.« Offensichtlich wollte Onkel Harley nicht, dass wir Fragen stellten.

Onkel Raz fuhr seinen Pick-up weg und nun setzte Dad mit Onkel Harleys Pick-up an die Rampe zurück. Onkel Harley ging zu Aunty Pearl hinauf auf die Veranda, um ihr zu helfen. Sie sah glücklich aus. Es gab nichts Schöneres für sie, als auszugehen.

Dad ließ die Ladeklappe des Pick-ups herunter und wartete, während Onkel Harley Aunty Pearl feierlich vom Haus hinunter über den Hof und die Rampe hinauf begleitete. Aunty Pearl schritt über die Ladefläche des Pick-ups und setzte sich würdevoll auf eine speziell für sie angefertigte gepolsterte Sitzbank, die die gesamte Breite der Ladefläche einnahm und direkt hinter dem Führerhaus angebracht war. Sie sah lächelnd zu Onkel Harley hoch und hielt ihm die Hand hin. Onkel Harley drückte sie.

Der Pick-up hatte sich mindestens um fünf Zentimeter gesenkt, als sie den Fuß darauf gesetzt hatte. Sie war eine stattliche Frau. Ihr hawaiischer Name war Malanamekahuluohemanu, was »leicht wie eine Vogelfeder« bedeutete. Ein Name, der vollkommen zu ihrer Persönlichkeit passte.

»Okay, los geht's«, sagte Onkel Harley und stieg ins Führerhaus.

Aber wir waren noch keine zwei Meter weit gefahren, als Grampa Joe und Tutu Max mit ihrem verrosteten Impala, eine Staubwolke hinter sich herziehend, die Einfahrt heraufgedonnert kamen.

Wenn irgendjemand einen schönen Plan zunichte machen konnte, dann war es Tutu Max.

Wie üblich war sie es, die den Wagen fuhr. Grampa Joe saß neben ihr. Wie er so gegen die Tür lehnte und die Nase aus dem Fenster streckte, wirkte er wie ein Haushund. Sie hielten neben Onkel Harleys Pick-up, und Tutu Max schaute zu ihrer Tochter hinauf.

»Hoo-ie, Pearl, Schätzchen, wo willste denn hin?«, fragte Tutu Max, ohne Harley zu beachten.

Aunty Pearl sah lächelnd zu ihr hinunter. »In die Stadt runter zum Pier. Fischerboote ankucken.«

Wie eine argwöhnische Katze, die über ihr zutrauliches, offenherziges Katzenkind wachte, hatte Tutu Max die Gewohnheit, regelmäßig bei ihrem Töchterchen nach dem Rechten zu sehen, obwohl Aunty Pearl seit mehr als zehn Jahren mit Onkel Harley verheiratet war.

»Warum is'n das Schwein da oben?«, fragte Tutu Max und zeigte mit dem Daumen zu Keo und mir herüber.

»Wird gewogen. Morgen tut's Daddy schießen.« Aunty

Pearl und Tutu Max sprachen mit dem weichen singenden Tonfall der Hawaiianer.

Tutu Max drehte den Kopf zur Seite und sah Onkel Harley an. Er nickte langsam, nahm mit einer lässigen Geste die Hand vom Lenkrad und spreizte die Finger, als wolle er die Zahl fünf andeuten.

Die Augen von Tutu Max wurden schmaler. »Was macht ’n das Schwein auf ’m Pick-up?«

»So ’ne Art letzte Mahlzeit«, sagte Onkel Harley. »Wie bei einem Gefangenen, der am nächsten Tag erschossen wird. Der darf sich ja auch aussuchen, was er essen will, verstehst du? So in etwa. Nur ist das hier die letzte Spazierfahrt.« Er lächelte in der Überzeugung, dass er ihr eine Erklärung gegeben hatte, die eigentlich gar keine war. Zu mir und Keo hatte Onkel Harley einmal gesagt, Tutu Max sei der neugierigste Mensch, der ihm je begegnet sei.

Tutu Max funkelte Onkel Harley an. Sie wusste, dass er meisterhaft zu lügen verstand, ohne die Miene zu verziehen. Und seit dem Tag, an dem sich Aunty Pearl beim Versuch, in Onkel Raz’ Boot zu steigen, den Fuß gebrochen hatte, wachte Tutu Max über ihre Tochter wie eine halb verhungerte Katze über einen Fischkopf. Dass Onkel Harley sie meist nicht beachtete und sich von ihr nicht beirren ließ, half auch nicht weiter.

Tutu Max wandte sich wieder Aunty Pearl zu. »Wie lang bleibst du weg?«, fragte sie.

»Vielleicht zwei Stunden.«

»Wir warten hier auf dich«, sagte Tutu Max.

Grampa Joe hatte noch kein einziges Wort gesagt, aber damit rechnete auch niemand, nicht wenn Tutu Max dabei war.

»Frische *sashimi* im Eisschrank«, sagte Aunty Pearl. »Wir sind bald zurück.«

Keo und ich winkten, als wir abfuhren. Das Schwein wurde unruhig, und wir mussten es festhalten.

Ich schaute nach vorne auf die Ladefläche von Onkel Harleys Pick-up. Lange Haarsträhnen wehten über Aunty Pearls Gesicht. Sie füllte die Sitzbank fast ganz aus.

Einmal, als wir draußen fischen waren, hatte Onkel Harley zu mir gesagt, Aunty Pearl sei die liebste und schönste Frau, die er je kennen gelernt habe. Sie würde alles hergeben, was sie besaß, wenn jemand in Not war. Und wenn einen etwas bedrücke, würde sie kommen, sich zu einem setzen und über alles Mögliche sprechen, nur nicht über das Problem. Und ganz schnell würde jeder wie von selbst sein Herz bei ihr ausschütten. Sie habe so eine Art, sagte er. Er wisse nicht, womit er diese Frau verdient habe, aber er sei der glücklichste Mensch auf der ganzen Insel.

Die Fackeln entlang dem Ufer am Kona Inn brannten schon, als wir den Pier erreichten, und der Himmel färbte sich rotgolden von der Sonne, die gerade hinter dem Horizont verschwand. Der heiter vibrierende, schmachtende Klang einer Hawaii-Gitarre wehte mit dem Duft verlockend riechender Steaks von den Restaurants herüber und verursachte in mir ein warmes, wohltuendes Gefühl, als umgäbe mich bereits alles, was ich mir vom Leben wünschen könnte.

Wir parkten auf dem Pier, den Kühler des Pick-ups landeinwärts gerichtet, damit Aunty Pearl im Sitzen die Charterboote beim Hereinkommen beobachten konnte. Sie war ein ganz besonderer Anblick, da oben, umgeben von Onkel Harley und einer großen Auswahl ihrer unzähligen Freunde und Verwandten. Einige hatten sich vor ihr auf der Ladefläche niedergelassen und saßen da wie Diener zu Füßen ihrer Königin. Leute, die Aunty Pearl zum ersten Mal sahen, betrachteten sie gebannt aus einiger Entfernung. Aunty Pearl lächelte allen zu und winkte.

Die *Kakina* hatte gerade angelegt. Die Besatzung war dabei, einen großen Blauen Marlin aus dem Wasser zu ziehen, und ein Strom aus Blut und Meerwasser ergoss sich aus seinem spitzen gezackten rauen Maul. Ein Mann zog den Marlin mit dem Fischhebekran heraus und schwang ihn über den Pier. Der Skipper rief sein Gewicht. »Siebenhundertachtundfünzig Pfund.« Ein Raunen ging durch die Menge.

Onkel Harley, Dad, Onkel Raz und ein paar Freunde standen um Aunty Pearl herum, tranken Bier und tauschten Geschichten aus. Inzwischen war es fast halb acht, und die meisten waren bereits nach Hause gegangen.

Alii schnarchte auf dem Wagen, und Keo und ich hockten uns an den Rand des Piers und schauten in den dunkler werdenden Hafen hinaus. Die flackernden Lichter der Stadt lagen auf dem Wasser. Keo war den ganzen Nachmittag über ziemlich still gewesen, hatte nur aufmerksam alles beobachtet und ein wachsames Auge auf Aunty Pearl gehabt.

»Raz, stoß mit deinem Pick-up zurück zur Waage.« Onkel Harleys Worte schreckten mich auf. »Keo, Sonny, klettert hinauf zum Schwein.«

»Was machst du, Daddy?«, fragte Aunty Pearl.

»Das Schwein wiegen«, antwortete Onkel Harley.

»Ah, gute Idee.«

Dad schlang Alii ein alte, zerschlissene Plane um den

Bauch, zog sie mit einem Stahlseil fest und hakte das Seil über die Fischwinde. Onkel Raz zog die Kette hoch, und Alii hob sich von der Ladefläche. Keo und ich hielten ihn fest und sorgten dafür, dass er nicht zu unruhig wurde. Er grunzte und quiekte sich die Seele aus dem Leib.

Als sich sein Körper ein paar Zentimeter von der Ladefläche gehoben hatte, rief Onkel Harley Dad zu, er solle das Gewicht ablesen.

»Dreihundertzwanzig«, rief er. »Nein, warte, dreihundertzweiundzwanzig.«

»Nicht schlecht, nicht schlecht«, sagte Onkel Raz unbeeindruckt.

»Ganz recht!«, sagte Onkel Harley und ging über den Mangel an Begeisterung in Onkel Raz Stimme ungerührt hinweg. »Schwer zu schlagen.« Er warf Onkel Raz einen Blick zu, der ihn dazu ermuntern sollte, die Wette um noch ein paar Dollar zu erhöhen.

Onkel Raz beachtete ihn nicht. »Schwer, aber nicht unmöglich«, antwortete er.

»Wie viel wiegt er?«, rief Aunty Pearl vom Pick-up herüber, die zu weit entfernt war, um hören zu können, worüber Onkel Harley und Onkel Raz sprachen.

Dad rief Aunty Pearl zu: »Dreihundertzweiundzwanzig.«

»Hooo-ie!«, sagte sie.

»Okay, und was jetzt?«, murmelte Onkel Raz leise.

Onkel Harley wandte Aunty Pearl den Rücken zu. »Mach dir keine Sorgen«, sagte er. Dann rief er Dad zu, er solle noch ein paar Bier holen.

Ich folgte ihm hinunter zum Taneguchi-Supermarkt. Wir gingen langsam, und ich spürte das warme Pflaster des Piers unter den nackten Füßen. Wie wäre Dad wohl zu Mute, wenn er an Onkel Harleys Stelle wäre und Aunty Pearl *meine* Mutter wäre? Würde *er* dann so eine Wette abschließen? Dad sprach fast nie über meine Mutter.

»Dad«, sagte ich, kurz bevor wir das Geschäft erreichten, »wie findest du es, dass Onkel Harley und Onkel Raz eine Wette über Aunty Pearl abschließen?«

Zuerst ging er einfach weiter, als wir aber in den hell erleuchteten Laden traten, sagte er schließlich: »Es geht mich nichts an, was Harley macht, aber ich kann dir eins sagen: Er würde nie etwas tun, das Pearl verletzt.« Dann holte er zwei Sixpacks Oly aus der Kühltheke und ging zur Kasse, als sei alles in bester Ordnung.

Als wir mit dem Bier zurückkehrten, kam Onkel Harley auf uns zu. »Wenn wir nicht bald zu Hause sind, haben wir die neugierige Maxine hier am Hals.« Er schaute die Straße hinunter, die sich am Hafendamm entlangzog.

Onkel Raz kam, um sich ein Bier zu holen. »Sie hat schon acht Bier intus. Dauert nicht mehr lange und sie will vom Wagen runter.«

Keo und ich begannen zu begreifen, was vorging. Aunty Pearl verließ fast nie den Pick-up, wenn wir zum Pier fuhren. Wenn sie allerdings zu viel Bier getrunken hatte, wurde sie so ausgelassen, dass sie überraschende Dinge tat. Wir hatten das eines Nachts erlebt, als wir alle bei einem großen *luau* unten am Kahaluu-Strand gewesen waren. Damals hatte Aunty Pearl uns beiden ein Bier gegeben, was sie bei klarem Kopf nie getan hätte.

Der Plan war ganz einfach. Erster Schritt: Aunty Pearl mit Bier abfüllen. Dann würde sie sicherlich vom Pick-up herunterwollen, um auf dem Pier einen langen, gemächlichen Spaziergang mit Onkel Harley zu machen. Das tat sie sehr gerne. Der Schlüssel zum Ganzen lag in ihrem Wunsch, den Wagen zu verlassen. Da gab es nur eine Möglichkeit: den Fischhebekran. Und während Onkel Harley sie von der Ladefläche hochhob, würde jemand zufällig auf der Anzeige das Gewicht ablesen.

Keo kletterte auf den Pick-up und setzte sich zu seiner Mutter. Und ich bedachte Onkel Harley mit bösen Blicken, sooft ich nur konnte.

Um acht Uhr hatte Aunty Pearl drei weitere Bier versenkt und fing an, über alles zu lachen, was man nur sagte. Onkel Harley quetschte sich auf die Sitzbank neben sie und ließ ein Bein über die Seite des Pick-ups hängen. Er scherzte und erzählte verrückte Geschichten und hatte den Arm um Aunty Pearls Hals gelegt. Mit der freien Hand reichte er ihr noch eins von den Bieren aus der Kühlbox, die er von zu Hause mitgebracht hatte. Dad und Onkel Raz teilten sich die neu gekauften Six-packs.

Aunty Pearl hörte überhaupt nicht mehr auf zu lachen. Mich beschlich schon der Gedanke, Onkel Harley könnte seinen ganzen Plan vergessen haben, da rutschte er schon vom Pick-up herunter, streckte sich und rief Keo und mich zu sich. »Rennt mal schnell zum andern Ende des Piers und schaut nach, ob von Tutu Max was zu sehen ist«, flüsterte er.

Es war fast zu dunkel, um etwas zu erkennen, aber Keo war ziemlich sicher, dass niemand kam. Gerade als wir uns auf den Rückweg machen wollten, sah ich das Auto von Tutu Max an Emmas Laden vorbeischleichen. Ich folgte Keo und sagte niemandem etwas.

Aunty Pearl stand auf der Ladefläche des Pick-ups.

»Komm schon, Mama«, sagte Onkel Harley, »wir machen einen Spaziergang den Pier entlang. Die Nacht ist so schön.«

Die Farbe des Sonnenuntergangs hatte sich verflüchtigt. Der Himmel war schwarz. Nur zwei Lampen warfen gelbe Lichtkegel auf den Beton, eine davon hing über der Fischwaage.

Onkel Harley reichte Aunty Pearl noch ein Bier aus der Kühlbox, das sie in einem Zug leerte, als wäre es Guavensaft. Dad wandte sich kopfschüttelnd ab. Ich glaube, er hörte nie auf, sich über seine Brüder zu wundern. Aunty Pearl hatte mir einmal gesagt, dass Dad immer der ruhigste von den Mendoza-Söhnen gewesen war, der immer alles richtig gemacht hatte. Als Onkel Raz und Onkel Harley noch Jungen waren, hätten sie den ganzen Tag miteinander gerauft. Aber Dad sei immer brav gewesen. Er habe sich nie mit jemandem angelegt. Deshalb habe er auch das schönste Mädchen der Inseln zur Frau bekommen, sagte sie. »Sie hat ihn so lieb gehabt, Sonny. Und ich habe nie gehört, dass dein Daddy ein böses Wort zu ihr gesagt hat.« Aunty Pearl musste immer weinen, wenn sie an meine Mutter dachte. »Sie war eine meiner besten Freundinnen.« Und obwohl die Leute immer viel Wind um die Hautfarbe machten, hatte es Aunty Pearl nie gekümmert, dass meine Mutter weiß, also eine *haole* gewesen war. Aunty Pearl strahlte eine Sanftheit aus, etwas, das auf dich zukam und dich einhüllte.

»Okay, Daddy, okay. Wie willst du mich denn hier runterkriegen?«, fragte Aunty Pearl.

»Raymond, bring uns die Kette«, rief Onkel Harley Dad zu. »Und Raz, besorg was zum Draufstehen.«

Onkel Raz versetzte dem Keiler einen Klaps und schob ihn zur Seite, weil er es sich auf dem benötigten Brecheisen bequem gemacht hatte. Alii schnaubte ihn wütend an und erhob sich umständlich.

Aus dem kurzen Ende eines Seils knüpfte Onkel Raz eine Schlinge und befestigte das Seil in der Mitte des Brecheisens. Dann warf er die Schlinge über den riesigen Haken der Fischwaage, der sich am Ende der Kette befand. Dad zog die Winde hoch und hob so das Brecheisen an, bis es in Höhe der Ladefläche war. Dann legte Onkel Harley Aunty Pearl die Stange vor die Füße.

»Okay, Mama. Stell dich da drauf, einen Fuß auf jede Seite, und halt dich an der Kette fest. Wir heben dich runter.«

Aunty Pearl brachte ihre enormen Füße kichernd in Position, und Onkel Harley küsste sie auf die Stirn. »Bist du bereit, Mama?«

Ich sah verstohlen zum Hafendamm hinüber. Tutu Max und Grampa Joe waren mit dem Wagen gerade auf den Pier gebogen und kamen direkt auf uns zu, ein Scheinwerfer funktionierte nicht und der andere zeigte nach oben in die Bäume.

»Onkel«, sagte ich, »wir bekommen Gesellschaft.«

Onkel Harley stöhnte. Aunty Pearl schaute zu dem einäugigen Auto hinüber.

Tutu Max hielt neben dem Pick-up an und stieg aus. »Du bist ja immer noch da? Was is'n los? Was machst'n du, Pearl?«

»Sie steigt gerade vom Wagen«, beeilte sich Onkel Harley in unschuldigem Ton zu antworten.

Onkel Raz hielt krampfhaft das Lachen zurück.

»Was lachst'n?«, fragte Tutu Max und schaute Onkel Raz streng an. Sie war einen guten Kopf kleiner als er, aber eine ordentliche Portion schwerer. Von ihm hielt sie fast ebenso wenig wie von Onkel Harley. Mit dir muss doch irgendwas nicht stimmen, hatte sie schon tausendmal zu Onkel Raz gesagt, ein achtundzwanzigjähriger Mann und noch immer nicht verheiratet.

Onkel Raz beruhigte sich etwas und trat einen Schritt zurück, um ein bisschen Abstand zwischen Tutu Max und sich zu schaffen. Es machte ihr nichts aus, ihre Hand zu gebrauchen, wenn sie ihren Worten Nachdruck verleihen wollte.

»Nichts, nichts«, sagte er und breitete die Arme aus.

Tutu Max schob sich an Onkel Raz vorbei und versetzte ihm dabei einen Stoß, er fiel nach hinten und verschwand. Ich hörte ein Platschen und rannte zum Rand des Piers. Onkel Raz tauchte gerade auf und hielt sich an den Fendern aus Lastwagenreifen fest, die den Pier säumten. Dad lachte und streckte ihm die Hand hin, um ihm hochzuhelfen. Onkel Harley bewahrte die ganze Zeit eine ernste Miene.

»Was ist'n hier los, Pearl, mein Liebling?«, fragte Tutu Max.

»Nichts, Mama. Ich komm nur aufn Pier runter und geh mit Daddy spazieren.«

»Du weißt, dass du vorsichtig sein musst, Kleines. Musst schön aufpassen …«

»Schon gut, Mama. Ich komm nur runter und geh 'n bisschen spazier'n.«

Onkel Raz zog sich am Pier hoch und ging in die Hocke, um seine Sachen auszuwringen.

»Okay, Mama«, sagte Onkel Harley, »Halt dich fest, wir holen dich jetzt runter.«

»Ein Augenblick«, verlangte Tutu Max. »Wo steht sie'n da

drauf? Lass mich mal gucken. Und was is, wenn das durchbricht?«

Onkel Harley bückte sich und zog das Brecheisen unter Aunty Pearls Füßen hervor.

»Das probier ich erst mal aus, hier unten«, sagte Tutu Max.

Der kurze Blick, den Onkel Harley seinen Brüdern zuwarf, spiegelte den unerwarteten Verlauf der Dinge wider. Dad ließ die Kette tiefer sinken. Onkel Raz begab sich an eine Stelle, von der aus er einen Blick auf die Waage werfen konnte, Onkel Harley platzierte das Brecheisen auf dem Beton und Tutu Max trat darauf. Dad hob sie ein paar Zentimeter vom Boden hoch. Onkel Raz warf einen flüchtigen Blick auf die Waage und hob eine Augenbraue, verzog aber keine Miene.

Tutu Max schaute Onkel Harley stirnrunzelnd an. »Okay«, sagte sie dann, und Dad ließ sie wieder auf den Boden herunter.

Mit vereinten Kräften wurde Aunty Pearl nun auf den Pier befördert, so langsam, wie es sich für eine Königin gebührte.

Es wurde halb elf, bis wir sie schließlich wieder nach Hause brachten. Tutu Max und Grampa Joe, der unten am Pier die ganze Zeit bei offener Tür im Wagen gesessen hatte, fuhren zurück zu ihrem Haus auf dem Berg. Alii trabte schwerfällig vom Pick-up herunter und steuerte geradewegs auf sein Schlammloch zu.

Onkel Harley setzte seinen Pick-up zurück an die Laderampe, kletterte dann auf die Ladefläche und nahm Aunty Pearls Hand. Sie erhob sich und lächelte auf Keo und mich herunter. Ich antwortete ihr mit einem schmalen Lächeln und schaute zu Boden.

Im warmen Schein des einsamen Hoflichts fing Aunty Pearl leise an zu lachen. »Jungs«, sagte sie, und ich sah sie an. »Kommt mal kurz mit rauf.«

Keo und ich trotteten hinter Onkel Harley und Aunty Pearl her, und Onkel Harley ließ uns auf der Veranda allein.

Aunty Pearl setzte sich auf ihren Verandastuhl. »Ach, Jungs«, begann sie lachend und hielt dann inne, um zu Atem zu kommen. »Jungs, ihr seht so traurig aus.« Wieder kicherte sie. »Geht mal zur Kühlbox auf dem Pick-up. Da ist noch Bier. Holt euch eins«, sagte sie und scheuchte uns mit einer Handbewegung weg.

Dad, Onkel Harley und Onkel Raz standen am Zaun und betrachteten Alii im Schweinepferch. Keo und ich gingen zu Onkel Harleys Pick-up und besahen uns das Bier in der Kühlbox. Keo öffnete eine Flasche mit dem Daumen – der Deckel saß nur lose drauf.

Wasser. Jede Bierflasche in der Kühlbox war mit Wasser gefüllt.

Sie hatte die ganze Zeit Bescheid gewusst! Onkel Harley hatte sie in die Sache eingeweiht.

Dad winkte mich zu sich herüber, und wir wandten uns alle erwartungsvoll Onkel Raz zu: *Wie viel hat sie gewogen?*

Onkel Raz kratzte sich am Kinn, rieb sich den Nacken und schaute konzentriert auf den Boden, wo er einem Erdklumpen einen Stoß versetzte. Manchmal konnte er einen verrückt machen.

Schließlich sagte er: »Maxine hatte zweihunderteinundvierzig.« Dann, mit leiser Stimme: »Pearl brachte es auf dreihundertzwölf.«

»Hah!«, sagte Onkel Harley und schlug auf den Zaun. Ich

hätte mich am liebsten direkt neben ihn gestellt, so wohl tat mir das. Aber ich stand einfach nur da.

Onkel Raz stützte sich auf den Zaun, die Arme auf dem obersten Balken, und starrte in den Pferch.

»Ist in Ordnung, Raz«, sagte Onkel Harley. »Kannst mir das Geld morgen geben.« Er schlug Dad auf den Rücken und zwinkerte mir zu.

Onkel Raz starrte noch immer in den Pferch. Alii grunzte und atmete langsam pfeifend aus, es klang wie ein Seufzen.

Dad stieß sich vom Zaun ab und ging zurück zum Pick-up. Onkel Raz folgte ihm.

Eine seidige, klare Meeresbrise rauschte in den Bäumen um den Schweinepferch, und der metallische Geruch nächtlicher Kühle erhob sich von der Erde und vom Gras der Weiden. Plötzlich war es sehr still geworden, wie es nachts auf Inseln immer zu sein scheint. Zu dritt bestiegen wir das Führerhaus von Onkel Raz' Toyota und schlichen im ersten Gang davon, lautlos wie Fische.

Ich drehte den Kopf und schaute zurück. Keo kauerte neben seinem Vater am Zaun des Schweinepferchs. Onkel Harley langte hinein und kraulte Alii hinterm Ohr, so wie er es beim alten Bullet machte.

Aunty Pearl hatte Recht: Die Mendoza-Jungs dürfen nie erwachsen werden, sonst werden sie nur griesgrämig.

3

Der alte Mann
(1957)

Keo und ich saßen am Ende des Piers auf einem alten Lastwagenreifen und beobachteten zwei riesige Haie, die rückwärts schwammen. Als sie ungefähr zwanzig Meter weit draußen waren, blieben sie leblos im Wasser stehen wie zwei graue, knapp unter der Wasseroberfläche ruhende Torpedos.

»Sieht lustig aus, oder?«, sagte Keo.

Ich schüttelte den Kopf. Es war so ziemlich das Merkwürdigste, das ich je gesehen hatte.

Der alte Mann in dem offenen, gut vier Meter langen Fischerboot direkt vor der Spitze des Piers setzte sich wieder hin und wartete darauf, dass die Haie zurückkehrten. Er nahm den Hut ab und wischte sich mit dem Ärmel seines zerschlissenen Khakihemds den Schweiß vom Gesicht.

»Meinst du, der hat je einen echten Hai gesehen?«, fragte Keo.

»Keine Ahnung«, sagte ich.

Draußen auf dem Boot fächelte sich der alte Mann mit dem Hut Luft zu.

»Sieht unecht aus«, sagte Keo. »Bei einem richtigen Hai wäre er viel aufgeregter als jetzt.«

»Stimmt.«

»Die sollten echte Haie nehmen, nicht diese Attrappen. Guck mal.« Er deutete auf die Drahtseile im Wasser, die sich von den beiden bewegungslosen Haien zum Pier zogen. »Jeder merkt sofort, dass die nicht echt sind.«

Die Menge hinter uns verhielt sich ziemlich ruhig, vor allem deshalb, weil ein Mann jeden Einzelnen immer wieder ermahnte, doch bitte still zu sein. Jemand rief dem Alten im Boot zu: »Sind sie bereit, Mr. Tracy?«

Der alte Mann hob die Hand ohne aufzusehen. Er wirkte müde.

»Action!«, rief der Mann auf dem Pier. Die beiden Haie erwachten zum Leben und bewegten sich entlang den Seilen auf das Boot zu. Der alte Mann sah sie kommen und erhob sich: »Ay! *Galanos*. Los geht's, *galanos*!«, schrie er.

Die Haie arbeiteten sich an den riesigen, zur Hälfte aufgefressenen Marlin heran, der auf der Hafenseite des Boots festgemacht war. Es war einer von drei Marlin-Attrappen, die man in einem eingezäunten Bereich des Piers aufbewahrte. Einer war ein ganzer Marlin, der fast echt aussah. Der zweite sah aus, als wäre er zu einem Drittel aufgefressen worden. Vom letzten war nur noch ein Viertel übrig.

Der alte Mann schlug mit dem Ruder auf die Haie ein und versetzte ihnen harte, aber nicht zu schwere Schläge, weil in jedem von ihnen ein Mann mit Atemgerät steckte. Wenn er mit dem Ruder aufs Wasser schlug, erinnerte er mich an Dad bei der Arbeit, wenn er unter einer aufschäumenden Wasserfontäne einen zweihundert Pfund schweren Thunfisch an seiner Handleine herauszog und mit dem Baseballschläger das Leben aus ihm herausprügelte.

»Sieht zu unecht aus«, sagte Keo. Er klang fast traurig.

Keo ähnelte sehr Onkel Raz, der den Dingen gelassen ins Auge sah, sich aber zur gleichen Zeit Gedanken um Einzelheiten machte, auch wenn sie nicht von Bedeutung waren. Irgendetwas schien ihn bei solchen Dingen zu fesseln und nicht wieder loszulassen.

»Ein echter Hai«, fuhr er fort, »würde sich von *unten* her dem Fisch nähern und sich beim Zubeißen drehen. Die hier stoßen einfach wie Kanus dagegen.«

»*Cut*!«, rief der Verantwortliche. Die Leute hinter uns klatschten. Der alte Mann machte eine abweisende Handbewegung und setzte sich zurück ins Boot, um sich wieder Luft zuzufächeln.

»Wir müssen ihm zeigen, wie ein richtiger Hai aussieht«, sagte Keo.

Ich sah zu, wie die Attrappen zu ihrem Standort zurückschwammen. Das Wasser war so klar, dass man bis zum Grund sehen konnte. Es war heiß, und ich wäre am liebsten reingesprungen.

»Wo sollen *wir* denn für ihn einen Hai herbekommen?«

»Onkel Raz könnte uns helfen«, sagte Keo. »Er weiß alles über Haie.«

»Meinst du nicht, dass er gerade genug zu tun hat, jetzt wo er so wichtig ist?«

»Er braucht uns ja nur zeigen, wo wir am besten einen finden.«

Stimmt, dachte ich. Aber die *Optimystic*, Onkel Raz' Boot, war von der Filmgesellschaft geheuert worden, um das Filmteam zur Jacht, die ein paar Meilen weit draußen auf See vor Anker lag, und zurück zu bringen. Er verdiente dabei achtundsechzig Dollar am Tag, und deshalb ließen wir ihn mehr oder weniger in Frieden, bis es dunkel war.

Der alte Mann stellte sich den angreifenden Haifischattrappen noch achtmal, bevor er zurück an Land kam.

In dieser Nacht blieb Keo bei mir, damit wir Zeit hatten zu beratschlagen, wie wir dem alten Mann einen Hai beschaffen könnten. Auch Onkel Harley und Onkel Raz kamen auf ein Weilchen vorbei.

Keo und ich gingen zu den Felsen hinaus und setzten uns so nahe ans Meer, wie wir konnten, ohne von der flachen Dünung, die bei ruhiger See statt der Wellen hereinrollt, nass zu werden. Dads Hunde scheuchten schwarze Krebse ins Wasser. Von Zeit zu Zeit gesellten sie sich zu uns, als wollten sie teilhaben an dem, was wir taten, ließen die Krebse dabei aber nie aus den Augen.

»Wir brauchen Pferdefleisch«, sagte Keo und kraulte einen der Hunde hinterm Ohr.

»Gar nicht so einfach«, sagte ich. »Wer von den Leuten, die wir kennen, hat denn Pferdefleisch?«

»Keine Ahnung, aber ich wette, dass Grampa Joe das weiß.«

Als wir zum Haus zurückkamen, fanden wir Dad, Onkel Harley und Onkel Raz draußen auf den Holzstufen sitzen und Bier trinken. Es war ein friedlicher Anblick, die drei vor dem letzten tieforangeroten Streifen Himmel, der sich langsam über den Rand der Insel schob.

»Sechzig Esspakete«, sagte gerade Onkel Raz, »bringe ich denen jeden Tag raus. Mein lieber Mann! Da verdient einer 'ne Kleinigkeit mit, bei zwei fünfzig pro Stück. Und fünfundfünfzig Hotelzimmer haben die!«

Dad schüttelte den Kopf. Es klang wirklich unglaublich.

»Willst du einen Hai fangen?«, fragte Onkel Harley.

»Keine Zeit«, antwortete Onkel Raz. »Bin zu beschäftigt.«

Keo und ich horchten auf.

»Was für einen Hai?«, fragte ich.

Onkel Raz nahm einen langen Schluck Bier und zwinkerte mir zu. »Sonny fängt einen«, sagte er und lachte. Dad und Onkel Harley lachten mit. »Mr. Sturges braucht Haie. Große Haie. Wer ihm einen lebendigen bringt, kassiert hundert Dollar.«

»Wer ist Mr. Sturges?«, fragte Keo.

»Der Filmboss.«

Dad und Onkel Harley lachten wieder. Keo und ich gingen weg. Wir hatten andere Dinge im Kopf.

Wir beschlossen, unten am Keahole Point auf Haifischjagd zu gehen, da wo das Ufer steil zum Pazifik abfiel, vorausgesetzt, wir konnten Grampa Joe dazu überreden, uns Pferdefleisch zu besorgen. Unsere hundert Dollar Belohnung würde die Aufmerksamkeit auf uns lenken und auch, so rechneten wir, die des alten Mannes. Wir würden ihm unseren Hai vorführen, und dann wüsste er, wie er bei den Attrappen an den Seilen zustoßen musste, damit es echt aussah. Keo war sich dessen ganz sicher.

Das Glück war auf unserer Seite, als wir Grampa Joe am nächsten Morgen anriefen und ihm von unserem Plan erzählten. Tutu Max war die ganze Woche über in Honolulu. So gesprächig hatte ich ihn noch nie erlebt, und er war so glücklich wie einer, der gerade einen großen *ahi* gefangen hatte. »Gebt mir zwei Stunden, Jungs«, sagte er. Grampa Joe würde alles für Keo, seinen einzigen Enkel, tun. Und dass Keo nach ihm benannt war, machte ihn in Grampa Joes Augen so wichtig wie König Kalakaua persönlich.

Grampa Joe bekam das Fleisch und brachte es gegen drei Uhr zum Pier hinunter. Grampa Joe war in Ordnung. Er flüsterte sogar, als er uns mitteilte, dass sich das Pferdefleisch im Kofferraum befand, und tat so, als freue er sich, dass wir ihn in unser Geheimnis eingeweiht hatten. »Eine halbe Seite von einem Pferd«, sagte er. Aber in Wirklichkeite hatte es eher die Größe einer Schwimmweste.

Dad war wie immer draußen auf seinem Sampan, um Thunfische zu fangen. Ich schwamm hinaus zum Liegeplatz, wo sein Boot vertäut war, und brachte es herein. Wir hatten nicht viel Zeit, denn ich musste es vor sechs Uhr zurück bringen.

Grampa Joe trug das Pferdefleisch zum Boot. Es war in Zeitungspapier und Sackleinen gewickelt und roch ziemlich streng. »Ihr beide seid nicht die Einzigen, die heute mit Pferdefleisch fischen«, sagte er. »Augie hat mir erzählt, dass sie zwei alte Klepper hätten schlachten müssen als Haifischköder. Ich hab ihm nicht gesagt, für wen ich das Fleisch hole. Kommt bloß nicht zurück, bevor ihr einen habt, hört ihr?«

Er drehte sich um und ging weg, wie immer etwas schroff. Aber das war seine Art.

»Wartet!«, rief er. »Ich hab was vergessen.« Er zerrte einen weißen Zwanzig-Liter-Plastikeimer mit Deckel vom Vordersitz seines Wagens und brachte ihn zu uns rüber.

»Köder«, sagte er und hob den Deckel. »Pferdeinnereien. Zieht Haie an wie Scheiße Fliegen.«

Keo stellte den Eimer ins Boot, und Grampa Joe fuhr weg.

Ich startete den Motor, und wir machten uns auf den Weg nach Norden die Küste entlang in Richtung Keahoulu.

Wir brauchten eine halbe Stunde, bis wir dort waren. In einer kleinen Bucht gingen wir vor Anker.

Da Haie nachts fressen, beschlossen wir, eine Schnur fest zu verankern und sie bis zum nächsten Morgen dort zu lassen. Wenn wir einen Hai haken würden, wollten wir ihn ganz langsam zum Hafen zurückschleppen, damit er am Leben blieb. Keo und ich hatten Stunden damit zugebracht, die ganzen Teile zusammenzusuchen, die wir für unsere Falle brauchten. Jetzt mussten wir den Köder nur noch auslegen.

Ich benutzte einen Zwanzig-Zentimeter-Haken aus gehärtetem Stahl und machte ihn an einem Stahlvorfach fest, einem ungefähr sechs Meter langen Seil von einem halben Zentimeter Dicke. Keo bereitete den Anker und den Schwimmer vor. Er tauchte auf den Grund und verkeilte in einer Spalte im Vulkangestein einen klauenförmigen Anker, der dem Zug eines gehakten Haifischs standhalten sollte. Von dem Anker führte er die Hauptschnur aus Nylon zu einem orangefarbenen Schwimmer. Nun befestigte ich das Stahlvorfach an der Hauptschnur, und Keo kletterte zurück ins Boot.

Das Pferdefleisch war feucht und roch schon leicht verdorben. Ich grub den Köderhaken des Stahlvorfachs tief ins Fleisch, achtete aber darauf, dass der Widerhaken frei blieb, damit er beim Anbiss auch seine Wirkung tun konnte.

Keo öffnete den Plastikeimer. »Igitt!«

Die darin herumschwappenden, glitschigen Innereien rochen wie drei Tage alter Krötenkadaver. Ausgezeichnet!

»Eigentlich ist es noch zu früh«, sagte ich. »Wir dürften das erst im Dunkeln reinkippen.«

Keo stimmte zu, aber wir hatten keine Wahl. Wir mussten den labbrigen Brei sofort ausbringen und hoffen, dass seine Duftspur irgendetwas anzog. Keo schüttete die Innereien nach und nach über Bord und goss die rote Brühe hinterher. Das Wasser wurde braun. Die Köderschnur mit dem Pferdefleisch warf ich mitten hinein. Der Schwimmer hüpfte, versank und tauchte wieder auf.

Als wir am nächsten Tag kurz vor Mittag zurückkehrten, war der Schwimmer nicht mehr da. Auf der Suche danach umkreisten wir die Bucht mit dem Boot, und keiner sagte etwas. Für einen gehakten Hai war es ein Leichtes, durch Zug an der Leine den Schwimmer unter Wasser zu halten. Aber auch der Anker könnte nachgegeben haben. Oder der Hai könnte den Schwimmer verschlungen haben.

»Da!«, rief Keo. Er deutete ins Wasser in Richtung Steuerbord. Etwas Winziges, Orangefarbenes schwebte im Blau weit unterhalb des Boots. Ich machte den Motor aus. Es folgte eine Stille, die so gewaltig war, dass sich meine Ohren beim Lauschen weiteten.

»Mist …«, dachte ich laut. »Einer von uns muss runter und nachsehen.«

Wir schauten uns an und lachten. Das war vielleicht ein Ding. Wer wollte da schon reinspringen, wenn er bei Verstand war, und sehen was unten vorging? Aller Wahrscheinlichkeit nach hing da ein fünf Meter langer Tigerhai am Haken. Und keiner hatte daran gedacht, Schwimmflossen und Tauchermaske mitzubringen.

»Hol dein Geld raus«, sagte Keo. Alle unsere Entscheidungen lösten wir mit Münzen. Jeder von uns zog drei Münzen aus der Tasche und hielt sie hinter dem Rücken in den Händen. Wenn ich verlor, hatte ich keine Wahl. Ich schob zwei Münzen in die eine Hand und behielt eine in der anderen. Keo hielt seine Hand hin, die Faust fest geschlossen. Ich streckte ihm die Hand mit den zwei Münzen entgegen.

»Sechs«, sagte er.

»Vier«, konterte ich.

Wir öffneten die Hand und zählten die Münzen. Es waren fünf. Keo lächelte und schaute mir direkt in die Augen. Wir nahmen die Hände wieder hinter den Rücken, verteilten die Münzen neu und starrten einander an. Keo hätte es überhaupt nichts ausgemacht, sich da unten umzusehen. Aber mir machte es eine Menge aus, und Keo wusste das.

Beim vierten Versuch gewann Keo. Er ließ mich nicht aus den Augen, diesmal lächelte er nicht. Ich blinzelte und bewegte mich zum Rand des Boots.

Du bist doch kein Baby mehr. Woher kam das bloß? Wieder diese Traumerinnerung, ein Gedächtnis-Schatten. Ich betrachtete das Wasser unter dem Boot, und der Magen drehte sich mir um. Schon jetzt spürte ich, wie mich das Meer knebelte und würgte.

Das zusammengeschrumpfte Stückchen Orange schaukelte friedlich gut fünf Meter unter der Wasseroberfläche und schien so leicht zu holen wie eine Münze vom Boden eines Schwimmbeckens. Es beruhigte mich ein wenig, dass Haie, besonders Tigerhaie, eine gewisse Unbekümmertheit zeigen, wenn sie gefangen werden. Sie legten dann ein Warum-dagegen-ankämpfen-Verhalten an den Tag, schwammen mit dem Haken im Mund umher und warteten darauf, dass irgendetwas geschah. Ich wusste aber auch, dass ihr Kampfwille nicht im mindesten gebrochen war. Haie wissen nicht, was Aufgeben bedeutet.

Es kostete mich einige Überwindung, ohne Maske zu tauchen. Alles, was mehr als einen Meter weit entfernt war, verschwamm mir vor den Augen. Unter dem Boot hielt ich inne und schaute mich nach allen Seiten um. Keine riesigen Schatten, die sich bewegten. Der Schwimmer trieb nicht so weit unten, wie es ausgesehen hatte, und ich erreichte ihn in wenigen Sekunden. Ich zog daran, und er gab nach.

Wieder schaute ich in die Runde. Nichts. Keine Sorge. Onkel Raz meinte, Haie seien wie Hunde. Es gab eine Menge davon, aber sie griffen normalerweise keine Menschen an. Doch ich zählte nicht zu den Sorglosen. Ich war so gespannt wie ein *opihi*, der sich an einem Felsen in der Brandung festgesaugt hatte.

Dann glitt etwas über den Meeresgrund hinweg, Muster verschoben sich. Mein Magen bewegte sich wie eine Welle, und mich überlief ein kalter Schauer, als wäre ich über eine Süßwasserquelle geschwommen. Eine riesige graue Masse erhob sich von den Korallen. Sogar mit verschwommenem Blick sah ich, dass wir einen Hai gehakt hatten, und zwar einen großen.

Einen Augenblick lang hatte ich das Gefühl, keine Kraft in mir zu haben, wie in einem Alptraum, wenn man verfolgt wird und nicht schnell genug vorwärtskommt. Das graue Ding zog einen Kreis. Ich musste sehen, dass ich wegkam. *Sofort.* Ich ließ den Schwimmer los, schlug verzweifelt mit den Armen und hastete nach oben. Mein Herz hämmerte.

»*Zieh mich rein!*«, keuchte ich, als ich neben dem Boot auftauchte.

Keo ergriff mich am Arm und bei den Shorts. Ich strampelte wie wild und zog mich am Boot hoch. Mit der Vorstellung, ein Bein im Maul des Hais zurückzulassen, rollte ich übers Dollbord.

»Was ist los?«

»Wir haben einen ... einen Hai ... einen ganz großen ...« Ich schnappte nach Luft und startete den Motor. Der Schwimmer schoss hoch. Ich umklammerte mit der Hand den Gashebel, damit Keo nicht sah, wie sie zitterte, und griff mit der anderen Hand nach der Bootsseite, um meinen Körper zu beruhigen. Keo ging zum Bug, lehnte sich mit ausgestreckten Armen hinaus und schnappte sich beim Vorbeifahren den Schwimmer. Ich schaltete, noch immer schwer atmend, in den Leerlauf.

»Was jetzt?«, fragte ich.

»Wir holen den Anker hoch und schleppen den Hai in den Hafen.«

Der Plan war gut – nur funktionierte er nicht. Der Anker saß so fest in der Felsspalte, dass wir ihn nicht losbekamen, ohne dass einer hinuntertauchte und ihn von Hand löste. Und keiner von uns beiden war so dumm, *darüber* die Münzen entscheiden zu lassen.

»Okay«, sagte Keo, nachdem er eine Zeit lang mich und dann das Wasser angestarrt hatte. »Kein Problem. Wir bringen den alten Mann einfach hier raus.«

Ich konzentrierte mich darauf, meinen Körper zu beruhigen. »Und wie?«, fragte ich, aber eigentlich war es mir egal. Dass ich aus dem Wasser raus war, war alles, woran ich im Augenblick denken konnte.

»Im Boot.«

»Er arbeitet den ganzen Tag auf dem Kahn, und du glaubst, er würde auf dem Boot mit hier rausfahren?«

Keo dachte einen Moment nach. Mein Körper entspannte sich allmählich. Der Schwimmer zerrte in Keos Hand, und er warf ihn ins Wasser zurück. Er sank, tauchte dann wieder auf.

»Wenn er hört, dass wir einen großen Hai an der Leine haben, wird er kommen und ihn sich ansehen. Warum sollten sie hundert Dollar für einen Hai zahlen, wenn sie keinen sehen wollten?«

Wir fuhren zurück zum Hafen. Nur das Dröhnen des Außenbordmotors und das Aufklatschen des Bootes auf dem Wasser unterbrach unser Schweigen.

Der alte Mann war immer von so vielen Leute umringt, dass wir nie nah genug an ihn herankamen, um ihm von dem Hai zu erzählen. Als wir Onkel Raz fragten, ob er eine Möglichkeit sähe, wie wir mit ihm in Kontakt kommen könnten, lachte er. »Ihr könnt ins Kino gehen.«

Keo sagte Onkel Raz nichts von dem Hai, also behielt auch ich es für mich. Jetzt, da Onkel Raz so wichtig geworden war, hatte er keine Zeit für andere Dinge.

Keo und ich gingen hinaus zum Ende des Piers, setzten uns an die Kante und ließen die Füße über dem Wasser baumeln.

»Ich hab eine Idee«, sagte Keo. Sein Blick hing an etwas Unsichtbarem unter der Wasseroberfläche. Er war wieder mal völlig in Gedanken versunken.

»Der Hai stirbt, wenn wir ihn zu lange da draußen lassen …«

Ich nickte. »Zwei Tage höchstens.«

Keo kaute auf der Unterlippe herum. Wenn er sich an etwas festbiss, war er wie der alte Mann, der die Haie von seinem Marlin wegscheuchte. Er würde erst aufhören, wenn er gewonnen hätte oder total erledigt war.

»Ich hab's, ich hab's!«, schrie er und schlug sich auf den Schenkel. »Die Esspakete! Onkel Raz bringt doch jeden Tag sechzig Stück raus zu der Jacht, oder? Na, und eins davon bekommt der alte Mann.«

»Stimmt«, sagte ich, verstand aber nicht, was er wollte.

»Wir legen in jedes Esspaket eine Nachricht, immer dieselbe.« Keo stand auf.

»Aber dann sehen es doch alle anderen auch«, sagte ich.

»Umso besser. Wenn er nichts isst, dann werden die Zettel die anderen wenigstens ein bisschen aufheitern. Es kann nicht schief gehen.«

Wir verbrachten in dieser Nacht zwei heimliche Stunden damit, sechzig Zettel zu schreiben und sie ganz klein zusammenzufalten. Darauf stand:

> *Lieber alter Mann,*
> *wir sind Keo und Sonny. Wir haben einen Hai für Sie. Halten Sie um halb sechs nach uns Ausschau, wenn Sie mit der Arbeit fertig sind. Wir stehen unter der Fischwaage.*

Am nächsten Morgen fuhren wir mit Dad zum Pier und erklärten uns bereit, Onkel Raz das Boot zu schrubben, bevor die Leute vom Film kamen und hinaus zur Jacht wollten. Dad tuckerte mit seinem Sampan zum Fischen raus. Onkel Raz fuhr mit seinem Pick-up zum Kona Inn hinüber, um die Esspakete zu holen. Als er zurückkam, boten wir ihm an, sie ins Boot zu laden.

»Ist mir recht«, sagte er, »aber glaubt bloß nicht, dass ich euch mit zur Jacht rausfahren lasse. Sind sowieso viel zu viele Leute aufm Boot.«

»Schon in Ordnung, Onkel«, sagte Keo. »Wir wollen nur helfen.«

Onkel Raz stieg hinunter zum Kielraum, um nach den Motoren zu sehen. Keo und ich entluden den Pick-up und schoben unter den Deckel jedes Päckchens einen Notizzettel.

»Wenn das nicht klappt«, sagte ich, »müssen wir den Hai freilassen.«

»Wird schon klappen.«

Um halb sechs standen wir unter der Fischwaage und warteten, während die Filmleute zurückkehrten. Zwei davon grüßten und lächelten uns an, als sie an uns vorbeigingen. Der alte Mann kam mit dem letzten Boot.

Wir scheuchten eine Hand voll kleiner Kinder in der Nähe weg, damit sie dem alten Mann nicht die Sicht auf uns versperrten. Er musste nur den Blick heben, und schon würde er uns sehen.

Er stieg aus dem Boot und war sofort von einer Menschenmenge umringt. Ich hatte den Eindruck, dass er in unsere Richtung schaute, war aber nicht sicher. In Sekundenschnelle tauchte er in einem Meer von Köpfen unter. Ich reckte mich auf die Zehenspitzen, Keo kletterte ein Stück den Pfosten der Fischwaage hoch und winkte mit dem Arm.

Der Chef vom Film kam hinzu und trieb die Menge auseinander. Der Hut des alten Mannes bewegte sich an den Köpfen entlang wie eine Sandkrabbe am Strand.

»Hallo!«, schrie Keo, aber keiner schien ihn zu hören.

Der alte Mann setzte seinen Hut ab und nahm auf dem Rücksitz eines großen Wagens Platz. Er schaute nicht mehr zu uns herüber.

Am nächsten Tag brachten wir Dads kleines Boot zurück an dieselbe Stelle. Der Hai lebte noch, war aber geschwächt. Einen Augenblick lang saß Keo mit der Drahtschere in der Hand da und starrte auf das Seil. Unter dem Boot konnte man die schwankenden Umrisse des Hais erkennen. Auch ich fühlte, dass die Stunde der Wahrheit, wie Onkel Raz sagen würde, gekommen war, der Augenblick, in dem man weiss, ob man gewonnen oder verloren hat. Ein hohles Klatschen drang vom Bootskörper herauf, als sich Keo über die Seite lehnte, um den Hai loszuschneiden.

Er kappte das Seil schnell und warf es über Bord. »Los, hau ab!«, rief er dem Hai zu.

Wir warteten zehn Minuten, damit der Hai das Gebiet auch verlassen hatte, bevor wir nach dem Anker tauchten.

»Da gehen sie hin, die hundert Dollar«, sagte Keo.

»Was hätten wir denn damit auch anfangen sollen.«

»Ja, was schon.«

Wir saßen da und schauten aufs Wasser. So sehr ich mir sonst wünschte, meilenweit von einem Hai entfernt zu sein, tat es mir Leid, diesen einen wegschwimmen zu sehen.

Als der alte Mann später am Nachmittag von der Jacht wieder hereinkam, stand er, die Hände in die Hüften gestemmt, auf dem Vordeck der *Optimystic* und balancierte auf dem schaukelnden Boot wie ein Matrose. Keo und ich saßen auf der Haube von Onkel Raz' Pick-up und sahen zu, wie alle auf dem Pier zum Anlegesteg strömten, um einen Blick auf ihn zu erhaschen.

Zwei Männer machten Platz für ihn, damit er vom Boot steigen konnte. Die Menge trat zur Seite und klatschte Beifall. Er nahm den Hut ab, machte ein kurze, winkende Bewegung und setzte sich in den langen schwarzen Wagen, der jeden Nachmittag auf ihn wartete. Als er an uns vorbeifuhr, sahen wir, dass er uns durch das getönte hintere Seitenfenster anschaute.

Pötzlich hielt der Wagen an und fuhr zurück, der alte Mann ließ die Scheibe herunter. »Habt ihr beiden mir die Nachricht geschickt? Die in den ganzen Esspaketen war?«

Wir rutschten vom Wagen wie Eisstückchen von einer kalten Bierflasche. »Ja«, sagte Keo. »Die war von uns. Haben Sie sie gesehen?«

»Wie hätte ich sie übersehen sollen?« Der alte Mann schüttelte den Kopf und lachte, als denke er an etwas Lustiges.

»Wir waren an der Fischwaage«, sagte Keo.

»Ich weiß«, sagte er und warf die Hand in die Luft. »Ich hab euch gesehen. Aber könnt ihr euch vorstellen, wie schwierig es für mich ist, auch nur einen Augenblick lang allein zu sein?«

Einige Leute am Pier hatten bemerkt, dass sein Wagen angehalten hatte, und waren auf dem Weg zu uns.

»Hört zu«, sagte er. »Ich möchte euren Hai sehen. Wir treffen uns morgen früh um sechs hier, dann bringt ihr mich hin. Geht das?«

»Wir können um sechs hier sein, Mister, aber den Hai können wir Ihnen nicht zeigen. Wir mussten ihn freilassen, sonst wäre er gestorben.«

Der alte Mann kratzte sich unter dem Kinn am Bart und dachte einen Augenblick nach. »Da ist nichts mehr zu machen, wie? Warum wolltet ihr mir den Hai denn zeigen?«

Keos Gesicht hellte sich auf. Ich konnte kaum fassen, was er für ein Glück hatte. Er redete mit Händen und Füßen, deutete zuerst auf die falschen Haie in dem umzäunten Gebiet, dann aufs Meer. Er redete und redete, erklärte, dass alles zu unecht aussähe, und wie Haie sich auf die Seite drehten, wenn sie etwas angriffen, das weit aus dem Wasser ragte.

Der alte Mann betrachtete mich, dann Keo. Er sah müde aus, eher wie einer, der mit der Angel auf dem Hafendeich sitzen sollte als in einem großen Wagen mit Leibwächtern.

Ich dachte, Keo hätte zu viel gesagt. Aber der alte Mann lächelte und schüttelte den Kopf. »Hast du irgendwelche Verbindungen zu Sturges?«, fragte er Keo.

»Zu wem?«

»Zu meinem Regisseur.«

Keo zuckte verneinend mit den Schultern.

»Wie steht's mit einem gewissen Hemingway?«

Keo schaute etwas verwirrt, aber man sah, dass er ernsthaft darüber nachdachte.

Die Schultern des alten Mannes bewegten sich leicht, als er den Kopf nach vorne beugte und leise in sich hineinlachte.

Die kleine Gruppe von Leuten hatte uns erreicht und versammelte sich am Heck des Wagens. Der alte Mann schaute sich um. Er blies die Backen auf und ließ die Luft langsam heraus. Dann lächelte er uns an. »Ihr beide seid in Ordnung«, sagte er und hob die Hand zum Gruß. »Danke für die Tipps, ich werde über das, was ihr gesagt habt, nachdenken.«

Er blinzelte uns zu und lehnte sich in seinen Sitz zurück,

das Seitenfenster schloss sich geräuschlos. Der Wagen passierte die Einfahrt und bog nach rechts. Über dem Hafendamm sah man nur noch das schwarze Dach, als der Wagen zum Hotel in den Ort zurückrollte.

Zwei Tage später saßen Dad, Onkel Raz und Onkel Harley mit Keo und mir am Ende des Piers. Wieder war der alte Mann draußen in seinem Kahn, er hatte die Ellbogen auf die Knie gestützt und wartete auf die Haie. Diesmal war der zu drei Vierteln aufgefressene Marlin an der Reihe. Die anderen beiden lagen nebeneinander auf dem Pier wie riesige Kanus.

Onkel Raz fuchtelte mit seiner Bierflasche in der Luft herum und erklärte uns alles. »Das ist der Teil, in dem die Haie den Fisch des alten Mannes ganz auffressen«, sagte er. »Was für ein Jammer. Es war so ein schönes Exemplar.«

Dad lachte, aber ich hatte nicht den Eindruck, dass Onkel Raz das scherzhaft gemeint hatte.

»Ruhe auf dem Set!«, rief ein Mann hinter uns. Die Menschenmenge verstummte, und es wurde völlig still. Irgend jemand hustete. Onkel Raz drehte stirnrunzelnd den Kopf, um zu sehen, wer es war.

»Action!« Die Haie ruckten ein bisschen beim Anlaufen, aber nach ein, zwei Metern glitten sie ruhig durchs Wasser. Der alte Mann erhob sich, diesmal hatte er einen Knüppel in der Hand.

»Los, *galanos*«, sagte er. »Auf geht's!«

Die Haie gingen auf den Marlin los, und der alte Mann schlug nach dem einen, der ihm am nächsten war.

»*Cut!*«, rief die Stimme aus der Menge.

»Sieht immer noch unecht aus«, sagte Keo kopfschüttelnd.

»Sie verwenden nur einen kleinen Teil davon«, sagte Onkel Raz. »Sie mischen es mit Aufnahmen von echten Haien.«

Der alte Mann setzte sich wieder ins Boot. Er nahm den Hut ab und schaute zu den Leuten am Pier hinüber. Als er Keo und mich sah, winkte er und lächelte. Dad legte mir die Hand auf die Schulter. Onkel Raz meinte, der alte Mann winke ihm, und winkte zurück.

Der Regisseur tuckerte in einem Fiberglasboot hinaus zu dem alten Mann und unterhielt sich mit ihm. Die beiden Haie schwammen rückwärts aufs Meer hinaus.

»Ich hab gesehen, wie ihr beide euch vor ein paar Tagen mit dem alten Mann unterhalten habt«, sagte Onkel Raz. »Da habt ihr Glück gehabt, dass ihr gerade zur rechten Zeit am rechten Ort gewesen seid. Es ist schwierig, ihn zu Gesicht zu bekommen, geschweige denn, mit ihm zu sprechen.«

»Wir hatten einen Hai, den wir ihm zeigen wollten«, sagte Keo, »aber wir mussten ihn wieder freilassen. Wir wollten ihm etwas über Haie erzählen, damit er weiß, was er tun muss, wenn sie filmen.«

»Und wir wollten ihm zeigen, wie Haie sich drehen, wenn sie einen treibenden Fisch angreifen«, ergänzte ich.

»Hah!«, sagte Onkel Raz. »Habt ihr 'ne Ahnung, wie viele sie von den Kerlen da draußen an der Leine haben? Seit Wochen sitzt der da draußen auf der Jacht und schaut sich Haie an. Er hat es nicht nötig, sich von euch was erzählen zu lassen.«

Ich sah Onkel Raz überrascht an. Keo schaute noch immer zu dem alten Mann hinaus.

Der Regisseur kam zum Pier zurück.

»Guck doch mal, wie unecht es aussieht, wenn die Haie das

nächste Mal reinkommen«, sagte Keo. »Wenn die da draußen an der Jacht Haie haben, dann muss er sie nicht gesehen haben.«

»Bist du verrückt, Junge?«, sagte Onkel Raz. »Der alte Mann ist ein berühmter Filmstar. Er weiß, was er macht. Was glaubst du denn? Meinst du, *du* könntest ihm etwas sagen, was er noch nicht weiß?«

Keo schaute unentwegt zum Kahn hinaus. Er war genauso eigensinnig wie Onkel Raz.

»Ruhe auf dem Set.«

Als die Haie den Marlin des alten Mannes ein weiteres Mal angriffen, beobachtete ich, wie er sich ihnen entgegenstellte. Die Khakihosen waren zerknittert und hingen wie ein Sack an ihm, sein Hemd war zerrissen. Der Knüppel hob und senkte sich in den letzten Augenblicken des hoffnungslosen Kampfes dramatisch ins Meer. Jetzt weiß er, dass alles vorüber ist, dachte ich. Er ist müde. Die Haie werden siegen. Ich sah noch immer die Seile, und die Haie waren steif wie Gummipontons, aber diesmal bemerkte ich es kaum. Der schwingende Knüppel, das nicht endende Auf und Ab schlug mich völlig in seinen Bann, wie bei Dad, wenn er mit vor Anspannung verzerrtem Gesicht auf einen zappelnden *ahi* einschlug, der nicht sterben wollte. Der alte Mann hielt mich auf eine Art gefangen, die ich nicht erklären konnte. Eine unsichtbare Kraft zog meine gesamte Aufmerksamkeit auf sich, so wie es die verschwommene Masse getan hatte, die sich vom scheinbar unbeweglichen Meeresboden erhoben hatte.

Der Regisseur ließ die Kamera laufen, und der alte Mann hörte nicht auf, ziellos auf die Umrisse im Wasser einzuschlagen, bis er schließlich auf die Knie sank und gebrochenen

Herzens die letzten stammelnden Worte an den verwüsteten Marlin richtete. Die Menge auf dem Pier war totenstill. Es war, als hätte sie zu atmen aufgehört.

»*Cut*!« Die Stimme des Regisseurs wehte übers Wasser hinaus. Der alte Mann verharrte kniend auf dem Boden des Bootes. Niemand sprach ein Wort.

Außer Keo.

»Die Seile«, flüsterte er kopfschüttelnd.

Der alte Mann kam im Boot mit dem Regisseur zum Pier zurück. Die Menge löste sich langsam auf, flüsternd und leise murmelnd.

Ich ging zu Fuß nach Hause, weil ich eine Weile allein sein wollte. Als ich ankam, hatte sich der Himmel blauschwarz verfärbt. Das warme Gelb des Küchenlichts lag auf dem Gras vor dem Haus. Dad briet Hamburger, der Duft drang aus dem Fenster. Dampf stieg um ihn herum auf, und in der Pfanne knisterte und zischte es.

Bevor ich ins Haus trat, ging ich hinaus zu den Felsen und setzte mich an den Rand der Insel. Von der Glut des verblassenden Sonnenuntergangs zog sich eine warme, goldene Spur auf dem dunklen Ozean bis zu meinen Füßen, als wäre ich mit einer riesigen, glühenden Quelle verbunden, die sich kaum außerhalb meiner Sichtweite befand. Das stetige Tosen der Wellen klang wie das Dröhnen von Dads Sampan, wenn er sich hinaus zu den Fischgründen aufmachte. Von dem Leuchten des Abendrots ging eine solche Stille aus, dass ich einen Stein aufhob und ihn hinaus ins Meer schleuderte. Ich fragte mich, ob auch der alte Mann das Hereinbrechen der Nacht beobachtete und die gleichen brennenden Bögen mit den Augen verfolgte, auf denen sich die Wolken am Horizont wiegten. Dann stünde auch er am Ende der langsam verblassenden Lichtspur.

Der alte Mann arbeitete noch drei Tage am Pier, aber Keo und ich blieben oben auf dem Hügel bei den Hunden und schossen mit dem Luftgewehr. Keo hatte genug gesehen. Das Ganze sei Zeitverschwendung, meinte er. Der Film würde unecht wirken.

Auch ich hatte genug gesehen. Genug, um zu wissen, dass Keo diesmal völlig falsch lag.

4

Das Jahr der Schwarzen Witwen
(1958)

Jack Christensen, der neue Junge aus Kalifornien, hatte Keo und die übrigen Jungen aus der sechsten Klasse davon überzeugt, dass sie jede Menge Ärger bekommen würden, wenn sie erst in die große Schule gingen, die oben im Hochlanddschungel lag. Denn dort würden sie sich mit den Siebt- und Achtklässlern herumschlagen müssen. Keo, der ein Jahr älter war als ich, musste als Erster dem Unbekannten ins Auge sehen – der zehn Meilen entfernt auf dem Berg gelegenen Schule, deren düsteres Bild plötzlich vor uns auftauchte wie eine vom Meer hereinziehende lange graue Sturmfront.

So dunkel das alles auch erschien, es existierte nur in unseren Köpfen. Allerlei Gerüchte und verdrehte Geschichten kursierten, die von älteren Geschwistern stammten, aber keiner wusste Genaueres. Außer Jack. Er war zwar nie in diese Schule gegangen und kannte auch keinen, der sie besucht hatte, trotzdem wusste er Bescheid, denn er hatte das alles schon in Los Angeles erlebt. Sie rauchen dort und trinken, und es gibt eine Menge Schlägereien, sagte er. Sie schließen sich in Banden zusammen und tragen Messer.

Keiner wollte ihm so recht glauben, aber es war auch keiner da, der sich ganz davon freimachen konnte. Wir würden eine eigene Bande gründen, sagte er, und sie Schwarze Witwen nennen. Jeder Sechstklässler, der Schutz wollte, konnte ihn haben. Er musste lediglich schwören, jedem anderen Mitglied der Schwarzen Witwen, das in Schwierigkeiten geriet, zu helfen, und – fügte Jack hinzu – tun, was er sagte.

Eines Morgens im April kam ich in den Schulhof, als Mrs. Carvalho, die Direktorin, einen toten Mungo am Fahnenmast herunterließ. Fast alle siebenundachtzig Schüler standen um sie herum und sahen zu. Man hatte den Mungo am Schwanz an der Flaggleine festgebunden.

Keo, Jack und vier andere Jungen beobachteten das Ganze von den Stufen zur Veranda aus, die sich an der Stirnseite des L-förmigen, vier Klassenzimmer umfassenden Schulgebäudes befand. Bobby Otani, einer aus der fünften Klasse, saß neben Keo und versuchte krampfhaft, das Lachen zurückzuhalten. Die anderen, allesamt Schwarze Witwen aus der Sechsten, saßen mit unbeweglichen Gesichtern da. Ich ging zu ihnen hinüber.

»Was ist los?«, fragte ich.

Keo beachtete mich nicht. Bobby Otani kicherte und bekam von Keo eins mit dem Ellbogen versetzt. Ich hockte mich auf die unterste Stufe vor Keo. Mrs. Carvalho band den Mungo los, packte das Tier mit einem Taschentuch am Schwanz und marschierte auf uns zu. Die Schüler traten beiseite und machten ihr Platz.

»Wer von euch war das?«, fragte sie.

Ich senkte schnell den Blick auf meine Füße. Erst in diesem Augenblick wurde mir bewusst, wie schuldig wir aussehen mussten, so abseits von den anderen. Zugleich verblüffte es mich, dass ich plötzlich zusammen mit den anderen beschuldigt wurde. Die jüngeren Schüler versammelten sich um Mrs. Carvalho und schauten zu uns herauf.

Sofort sagte einer nach dem anderen hinter mir: »Ich war's nicht, Mrs. Carvalho. Wir haben das nicht gemacht. Bestimmt nicht.«

Mrs. Carvalho forschte mit strengem Blick in unseren Gesichtern. »Nach dem Unterricht kommt ihr alle zu mir ins Büro.« Sie ging an uns vorbei die Stufen hinauf, den Mungo noch immer in der Hand, und die ganzen Kinder folgten ihr. Einige Mädchen aus der fünften und sechsten Klasse grinsten uns hämisch an, als sie an uns vorbeigingen.

Sobald Mrs. Carvalho außer Sichtweite war, brach Bobby Otani in Lachen aus. Keo stand auf und wandte sich mit angewidertem Gesichtsausdruck von ihm ab. Bobby wollte genauso wie ich zu den Schwarzen Witwen gehören, aber Jack nahm keinen aus der fünften Klasse auf, solange er nicht bewiesen hatte, wie sehr ihm daran lag. Jack wollte sich eine Mutprobe für uns ausdenken. Er erwartete, dass wir etwas taten, was wir eigentlich nicht wollten, sozusagen als Treuebeweis.

Jetzt kam Jack die Stufen herunter und packte Bobby beim Hemd. »Wenn du noch vor Sonnenuntergang ein toter Mann sein willst, mach nur so weiter.«

Bobby riss sich zusammen. »Schon gut, alles klar.« Jacks Blick durchbohrte ihn, dann funkelte er uns böse an. Bobby wollte Jacks Hand abschütteln, die ihn immer noch bei der Schulter festhielt, aber ein Blick von Jack ließ ihn innehalten. Keiner sagte ein Wort. Dann stieg Jack die Stufen hinauf und schritt betont lässig über die Veranda zum Klassenzimmer. Der Rest von uns folgte ihm schweigend.

Keo brachte mich mit ausgestreckter Hand zum Stehen. »Jack sagt, der Mungo ist eine Warnung. Irgendjemand aus der High-School hat ihn hingehängt, um uns zu zeigen, wer der Boss ist.« Dann kicherte Keo. »Bobby denkt, dass Jack ihn selber hingehängt hat.«

»Hat er das?«

»Wer weiß.«

Mrs. Lee, die Lehrerin der fünften und sechsten Klasse, schüttelte den Kopf, als wir hereinkamen. Dann begann sie mit dem Unterricht, als ob nichts geschehen wäre.

Gegen Jack Christensen hatte man keine Chance. Was man ihm auch erzählte, er konnte und wusste alles besser. Er hatte viel mehr Erfahrung als wir. Er kam vom Festland, und das war ein Ort, vom dem wir anderen uns kaum eine Vorstellung machen konnten. Kurz vor Beginn des Schuljahres war er aus Kalifornien nach Hawaii umgezogen. Dad sagte, seine Mutter und sein Stiefvater gehörten zu der Sorte Leute, die auf die Inseln kommen, weil sie denken, das Leben sei hier einfach, und dann finden sie raus, dass es hier genauso viele Probleme gibt wie anderswo.

Wir gaben Jack den Spitznamen Jack da Lolo, was Jack, der Verrückte bedeutete, denn irgendwie schien bei ihm eine Schraube locker zu sein; Onkel Raz jedenfalls nannte ihn einen schrägen Vogel. Onkel Harley dagegen fand, dass Jack nur einsam war. Keo und ich stritten das ab, aber Onkel Harley meinte, dass wir zu jung seien und zu eingenommen von ihm, um das zu verstehen.

Keo und ich mochten an Jack, dass er uns immer aufs Neue überraschte, und wir trieben uns mit ihm herum, weil wir neugierig darauf waren, was er als Nächstes tun oder sagen würde. Und er hielt uns mit seinen Geschichten in Atem, wie zum Beispiel mit der über die Siebt- und Achtklässler. Dann kam ihm auch noch zugute, dass er der Größte in der Schule war. Er überragte mich um mindestens fünf Zentimeter und Keo um zwei bis drei. Er ging nie barfuß wie wir anderen zur Schule, sondern trug immer schwarze Tennisschuhe, Jeans und ein T-shirt mit aufgerollten Ärmeln. Das Haar hatte er gewöhnlich mit Pomade nach hinten gekämmt, nur eine Strähne hing ihm in die Stirn. Er war in Keos Alter, wirkte auf uns aber älter wegen seiner Größe und weil er so viel mehr von der Welt kannte.

»Warte nur bis nächstes Jahr«, sagte er zu Keo. »Du lernst besser schon jetzt, wie man sich verteidigt, denn da oben wird's jede Menge Kämpfe mit den Siebtklässlern geben.« Jacks Geschwätz zog Keo wie ein riesiger Strudel nach unten, man konnte es an seinem Gesicht ablesen, an seinem Blick und an den beiden senkrechten Sorgenfalten, die sich zwischen den Augenbrauen bildeten.

Als die Schule aus war, ließ Mrs. Carvalho uns sieben an der Wand ihres Büros nebeneinander Platz nehmen. Alle außer den Lehrern waren nach Hause gegangen. Bevor sie etwas sagte, musterte sie uns von ihrem Schreibtisch aus eine Zeit lang mit strengem Blick, als versuche sie von unseren Gesichtern abzulesen, wer den Nerv hatte, einen Mungo die Fahnenstange hinaufzubefördern.

»Ich weiß, dass einer von euch den Mungo da raufgehängt hat«, sagte sie schließlich. »Und ich weiß, dass ihr *alle* wisst, wer es war. Ich sehe euch das schlechte Gewissen an der Nasenspitze an.«

Wir saßen da und schauten zu Boden.

»Bobby Otani«, rief sie. »Was kannst du mir dazu sagen?« Es war ganz schön schlau von Mrs. Carvalho, sich geradewegs an den zu wenden, der ihr am ehesten verraten würde, was sie wissen wollte. Aber Bobby zuckte nur mit den Schultern.

Sie stellte jedem von uns dieselbe Frage, erhielt aber nichts als Schulterzucken zur Antwort und Schweigen oder ein geflüstertes »Ich weiß nicht«. Dann ließ sie uns ungefähr zwanzig Minuten da sitzen und arbeitete an ihrem Schreibtisch, als wären wir nicht da.

Als ich gerade am Einschlafen war, erhob sie sich. »Na gut«, sagte sie. »Ihr könnt gehen, aber denkt daran, ich werde von jetzt an ein Auge auf euch haben.« Als wir uns zum Gehen wandten, machte sie eine Kopfbewegung zu Jack hin und sagte: »Ihr solltet eurem neuen Klassenkameraden ein besseres Beispiel geben.«

Ein paar Wochen später, an einem Samstag kurz nach Mitternacht, stahl Jack seinem Stiefvater das Auto und holte zuerst Keo, dann Bobby Otani und dann mich ab. Als Jack hörte, dass keiner von uns jemals in der Nacht ausbüxte, traute er seinen Ohren nicht. In Kalifornien büxen *alle* nachts aus, sagte er. Dann befahl er uns, wir sollten um Mitternacht auf der Straße vor unseren Häusern auf ihn warten.

Die Hunde standen um mich herum und sahen zu, wie ich, Jacks Rat folgend, aus dem Schlafzimmerfenster stieg. Dad schlief im Wohnzimmer, und ich konnte ihn durch die Wand atmen hören. Ich war mit Shorts und einem Sweatshirt bekleidet, obwohl die Luft auf Meereshöhe noch immer warm war.

Jacks Stiefvater hatte ein nagelneues, grünes Oldsmobile mit vier Türen, auf dessen glänzender Motorhaube sich das Mondlicht spiegelte. Als sich der Wagen näherte, blinkten die Lichter mehrmals auf als Erkennungszeichen. Jack hielt an und machte das Licht aus. Die Straße wurde schwarz.

Keo saß vorne mit dem Kleinkalibergewehr von Onkel Harley, Bobby auf dem Rücksitz. Er streckte den Kopf aus dem offenen Fenster. »Los, steig ein«, flüsterte er. Keo und Jack sagten nichts. Ich schlüpfte neben Bobby nach hinten, und Jack drehte den Wagen in unserer Einfahrt. Ich fragte mich, was Dad wohl sagen würde, wenn er wüsste, was ich hier machte.

»Wohin fahren wir?«, fragte ich.

»Ratten schießen«, sagte Jack. »Auf der Müllkippe.«

»Ohne Gewehr geht keiner nachts auf die Müllkippe«, sagte Bobby. »Ich hab gehört, dass da ein Verrückter haust, aber noch keiner hat ihn gesehen. Er versteckt sich am Tag, und nachts streift er in der Müllkippe rum auf der Suche nach was Essbarem. Stimmt doch, Keo, oder?«

»Das isses, was ich gehört hab.«

Wenn Keo das gehört hätte, hätte auch ich es gehört, hatte ich aber nicht. Trotzdem konnte es stimmen. Wer wusste schon, was da oben los war? Die Müllkippe war schon am helllichten Tag ein ziemlich merkwürdiger Ort. Irgendetwas war da immer unterwegs – Vögel, Ratten, wilde Katzen, halb verhungerte Hunde, Mungos. Warum nicht ein Verrückter?

»Wo hast du Auto fahren gelernt?«, fragte ich Jack.

»Ist ganz leicht. Ist ein Automatik. Wir haben immer einen Automatik. Meinem Stiefvater gefällt das. Mit dem Ding kann jeder fahren.«

»Weiß er, dass du damit fährst?«

»Klar.«

»Weiß er, dass du das Auto jetzt hast?«

»Natürlich nicht.«

»Es macht mehr Spaß, wenn man es klaut«, sagte Keo, und es klang, als kenne er Jack schon seit Jahren.

»Das ist kein Klauen«, sagte Jack. »Ich leih ihn mir nur kurz aus.«

Keo saß da wie ein Soldat, das Gewehr wie eine Fahnenstange in der Hand, Schaft auf dem Boden, Lauf gerade nach oben. Er schaute aus dem Seitenfenster, als führe er ständig mitten in der Nacht durch die Gegend.

Ich legte die Arme auf Keos Sitz und lehnte mich nach vorn. Vor uns lag die alte Straße, die hinauf zur Müllkippe führte und nur von den Lichtkegeln der Scheinwerfer beleuchtet war. Als wir so schweigsam durch das Dunkel fuhren, stellte ich mir vor, wir wären eine kleine Gruppe von Banditen, die zu einem Verbrechen unterwegs war. Niemals würden wir gefasst werden. Ich fühlte mich unbesiegbar.

Jack fuhr langsam auf die Müllkippe zu, ein riesiges, abschüssiges Rechteck, das man aus dem Dschungel am Berg herausgeschnitten hatte und sich wegen des Gestanks in einiger Entfernung vom Ort befand. Vorsichtig kurvte Jack mit dem makellos glänzenden Wagen seines Stiefvaters um zerbrochene Glasscherben und Schlammpfützen herum. In der kühlen Nachtluft roch die Müllkippe anders als in der Hitze des Tages, nicht widerwärtig süßlich, sondern scharf und beißend.

Direkt oberhalb der Müllkippe war eine ebene Stelle, die gerade groß genug war, damit ein Lastwagen wenden konnte.

Die Müllkippe zog sich bucklig den Berg hinunter. Jack parkte den Wagen in der Mitte der Wendeschleife mit dem Kühler zum Hang, machte das Licht und dann den Motor aus. Wir blieben noch einen Augenblick sitzen und horchten auf die Nachtgeräusche, die von der grau im Mondlicht daliegenden Müllkippe aufstiegen.

»Hast du die Taschenlampe dabei?«, fragte Jack.

Keo knipste sie an, und der Lichtstrahl fiel auf einen umgekippten alten Kühlschrank. Er schaltete sie wieder aus und band sie mit einem Stück Angelschnur an dem Lauf von Onkel Harleys Gewehr fest.

»Warum machst du das?«, fragte Bobby. Er war so aufgeregt wie ein Hund, den man im Jeep mitnimmt.

»Damit wir sehen, auf was wir schießen, oder was hast du gedacht?«

Wir stiegen aus dem Wagen, gingen zum Rand der Halde und schauten hinunter auf die geisterhaften Hügel. Schwarze Bäume ragten dahinter auf, und den Mond umgab ein heller Ring aus leuchtendem Dunst. Jack nahm Keo das Gewehr aus der Hand und schaltete die Taschenlampe an. Der Strahl folgte der Bewegung des Laufs, fiel zuerst auf eine Flasche, dann auf einen Reifen. »Peng!«, sagte er und knipste das Licht aus. »Sperrt mal die Ohren auf.«

Um uns herum war Leben, überall bewegte sich etwas, Geräusche in den entfernteren Ecken, das Rollen von Blechdosen irgendwo in der Mitte. Jack schaltete das Licht wieder an und ließ den Lauf über die Müllkippe schweifen, bis der Schein der Taschenlampe auf die glasigen Augen eines Mungos traf, der erstarrt im Lauf innehielt und sich dicht auf den Boden kauerte wie eine Ratte. Jack schoss. Die Kugel streifte den Mungo, der quietschte und zuckte, bevor er im Müll verschwand.

Wir mussten oben im erdigen Bereich bleiben, weil wir wie immer barfuß waren. Jack trug zwar seine schwarzen Tennisschuhe, wollte aber nicht allein in die Müllkippe hineingehen. Er legte mir die Hand auf die Schulter und sagte: »Such dir eine Katze. Hier wimmelt es von Katzen.« Der Strahl huschte über die Bäume, als er mir das Gewehr reichte. Keo sagte, er habe weiter links eine gesehen, als Jack das Gelände mit der Lampe abgesucht hatte.

»Wie wär's mit einer Flasche?«

»Mach dir nicht in die Hosen. Los, leuchte mal rum.«

Ich bewegte den Lichtstrahl langsam über die Hügel zu unseren Füßen, die schätzungsweise acht Autolängen entfernt waren, und stöberte einen Mungo auf.

»Nur zu«, sagte Jack. »Mach einen Probeschuss.«

Der Mungo war ein leichtes Ziel, wie die Kaffeedosen, die Keo und ich rund ums Haus auf den Weiden aufstellten. Der Mungo gab keinen Mucks von sich, als ich ihn traf, fiel nur in sich zusammen und bewegte sich nicht mehr.

»Guter Schuss!«, sagte Keo.

Jack sagte nichts. Ich hielt den Strahl auf den toten Mungo gerichtet, dessen brauner Körper wie ein kleiner Erdhaufen aussah. Ich hatte noch nie ein Tier getötet. Mir war übel. In Kona schoss jeder auf Mungos, sogar Dad. Sie waren eine Landplage, wühlten im Abfall, selbst in der erkalteten Glut, wenn man Abfälle verbrannt hatte, drangen in Garagen ein und machten einen Höllenlärm unterm Haus. Trotzdem war mir, als hätte ich plötzlich irgendwo ein Loch in mir, durch das die ganze nächtliche Begeisterung entwich.

»Jetzt such eine Katze«, sagte Jack. »Du willst doch Mitglied bei den Schwarzen Witwen werden, oder?«

»Klar«, sagte ich.

»Also, dann ist dein Aufnahmetest, dass du eine Katze schießt.«

»Aber …«

»Eine Katze. Schieß eine oder vergiss die Witwen.«

Wir verbrachten eine Stunde damit, eine Katze zu suchen, fanden aber nur Mungos. Selbst der Verrückte war nicht da, was Jack nicht davon abhielt, uns mit plötzlichen ruckartigen Bewegungen und geflüsterten Worten wie: »Was war das?«, zu erschrecken.

Auf dem Rückweg hinunter auf Meereshöhe fuhr Jack schnell und schwatzte dabei die ganze Zeit mit Keo. Ich saß auf dem Rücksitz und klammerte mich am Türgriff fest. Jack wettete mit Keo, dass er durch den Ort fahren konnte, ohne erwischt zu werden, und verlangsamte die Fahrt, als wir von der Palani Road hinunter zum Pier einbogen.

»Ich hab eine Idee«, sagte Jack, halb zum Rücksitz gewandt. »Ihr beide wollt doch Schwarze Witwen werden, oder? Gut, dann kann Sonny wieder rauf zur Müllkippe gehen und eine Katze schießen. Das reicht, um zu beweisen, wie ernst es ihm damit ist. Und du, Bobby, versteckst die Katze dann in einem Sack in Mrs. Carvalhos Büro.«

»Was?«, fragte Bobby entgeistert. »Dafür könnte ich von der Schule fliegen.«

»Mach, was du willst«, sagte Jack.

Keo hielt den Mund, als wäre es ihm vollkommen gleichgültig, ob Bobby oder ich zu den Schwarzen Witwen gehörten oder nicht.

Ich fand die ganze Sache blöd. »Warum müssen *wir* eine Mutprobe bestehen und du nicht?«, fragte ich.

»Weil ich der Anführer bin.«

Ich lehnte mich zurück und begann mich zu fragen, warum alles so kompliziert war, seit Jack auf der Insel wohnte. Keo gehörte jetzt zu den Schwarzen Witwen, und seither war er mir fremd geworden.

Jack schaute beim Fahren über die Schulter. »Von allen hier im Auto solltest gerade *du* darum betteln, dass du von den Schwarzen Witwen aufgenommen wirst.«

»Was soll das heißen?«, fragte ich.

»Ich meine Betteln mit einem großen B, weißer Junge.«

Meine Stirn schien sich zusammenzuziehen, meine Augen verengten sich zu Schlitzen. *Weißer Junge?*

»Weiß, verstehst du«, fuhr Jack fort. »Weil sie dir einen Arschtritt verpassen werden in der Siebten. Die mögen nämlich keine weißen Jungs da oben.«

Keo sagte keinen Ton und schaute stur geradeaus. Ich wünschte mir, er würde etwas sagen – dass Jack nicht wusste, wovon er eigentlich redete – aber er sagte nichts. Ein *weißer Junge* – war ich das? Sah mich Keo auch so? Ich war doch wie er ... oder etwa nicht? Er hatte etwas dunklere Haut, aber war ich im Innern nicht genauso Hawaiianer wie er?

»Weißer Junge oder Schwarze Witwe«, sagte Jack, und es klang endgültig. »Du kannst wählen.«

Wir schafften es, durch die Stadt zu fahren, ohne erwischt zu werden. Es war niemand unterwegs, der uns hätte erwischen können. Die Straße lag unter dem fahlen Licht der sie säumenden spärlichen Laternen verlassen da. Bobby schwafelte während der ganzen Fahrt bis zu mir nach Hause davon, was Mrs. Carvalho tun würde, wenn sie die Katze in ihrem Büro fände.

Kurz vor der Abzweigung zu unserem Haus hielt Jack am Straßenrand an und schaltete das Licht aus. Ich stieg aus und schaute in den Wagen zurück. Jack beugte sich vor, eine dunkle Gestalt, die mich an Keo vorbei ansah. »Bring die Katze«, sagte er.

Keo schaute weg, als ich seinen Blick suchte und sagte: »Bis bald.«

Dichte Bäume zu beiden Seiten der steinigen Straße streckten ihre nächtlichen Schatten nach mir aus, verschlangen das Mondlicht. Weiter hinten lag es wie ein Seidenband auf dem ruhigen Meer.

Die Hunde hatten mich gehört und trotteten auf mich zu. Ich schlich ins Haus, vorbei an meinem schlafenden Dad, und schloss leise die Zimmertür hinter mir. Bis auf das schwache Tosen der Brandung war die Nacht still.

Ich saß auf meinem Bett und starrte aus dem Fenster. Noch immer klang mir das Echo von Jacks Ermahnung ihm Ohr: *Bring die Katze*!

Eine Woche später kam Grampa Joe, um Keo und mich hinauf zu seinem Haus zu fahren, damit wir in seiner Kaffeepflanzung mithalfen, einer kleinen, fünf Morgen großen Farm mit ungefähr zweitausendfünfhundert Sträuchern. Immer wenn er Hilfe brauchte, zahlte er uns fünfzig Cent pro Stunde.

Morgens streuten wir Rattengift an den Rändern der Pflanzung aus, dann versprühten wir Dieselöl unter den Bäumen, wo Unkraut durchzubrechen begann. Später sollten wir

Grampa Joe helfen, die alten Bretter und Reifen einzusammeln und aufzuschichten, die schon, solange ich denken konnte, auf seinem Grundstück herumlagen. Tutu Max hatte ihm anscheinend Beine gemacht.

Das Land fiel in mehreren Terrassen von der weiter oben verlaufenden Straße ab, und zur Mittagszeit saßen wir zu dritt im Garten in einer kleinen grasbewachsenen Ecke auf Grampas Farm, die auf einem Hügel lag, wie eigentlich ganz Kona, nur der Küstenstreifen, wo ich wohnte, war flach. Die Insel war nur der obere Teil eines Berges, der sich aus der Tiefe des Pazifischen Ozeans erhob.

Den ganzen Morgen hatte ich darüber nachgedacht, wie still und trübsinnig Keo geworden war. Jacks Geschichten über die High-School, die Ängste und Zweifel, die sie in uns hervorriefen, schienen an ihm zu nagen, und nicht nur an ihm, an uns allen.

»Vergiss den Mist, den Jack erzählt«, sagte ich schließlich zu ihm.

»Du bist ja nicht mal in der Lage, dein eigenes Hirn von einer toten Qualle zu unterscheiden«, antwortete er mir und starrte mich so lange mit zusammengekniffenen Augen an, bis ich wegsah.

»Na, was treibt ihr beide denn so in der Schule?«, fragte Grampa Joe.

Keo biss schulterzuckend in eines der Thunfisch-Sandwiches, die Tutu Max für uns gemacht hatte. Grampa Joe wandte sich mir zu, und auch ich zuckte mit den Schultern. Er ließ seinen Blick auf mir ruhen und wartete.

»Keo gehört zu den Schwarzen Witwen«, sagte ich schließlich. »Das ist eine Bande.«

Keo hielt mit der einen Hand sein Sandwich fest und starrte hinauf zu den Bäumen.

Grampa Joe nahm einen Schluck aus einer verbeulten alten silbernen Thermoskanne, dann schaute er zu Keo hinüber. »Was machen denn Schwarze Witwen?«

Keo zuckte wieder mit den Schultern. »Nichts … rumhängen.«

Grampa Joe stocherte im Gras herum, dann schüttelte er den Kopf und lachte, es klang wie ein kurzes »Hmff!«. »Schwarze Witwen«, murmelte er.

»Ich gehör auch bald dazu«, sagte ich.

»Wann ist das denn, *bald*?«

»Ich muss erst als Beweis, dass ich es wert bin, eine Katze schießen.«

»Herrje, soll das ein Witz sein? Im Ernst? Eine Katze schießen? Von wem ist denn die dumme Idee?« Er warf Keo einen Blick zu, aber der aß einfach sein Sandwich weiter.

»Von einem Jungen, der Jack heißt«, sagte ich. »Er ist der Anführer. Das mit den Schwarzen Witwen war seine Idee.«

Grampa Joe sah mich an, als warte er auf mehr. »Eine *Katze* schießen?«

Keo warf mir einen wütenden Blick zu.

Ich schaute auf das Gras vor mir und hielt es für besser, nicht viel mehr zu sagen. »Ja, eine Katze«, wiederholte ich.

»Ihr braucht Katzen? Wenn wir das Zeug auf die Müllkippe bringen, werden wir eine Menge von denen zu sehen kriegen«, sagte Grampa Joe. »Ist kein großer Verlust, wenn du eine erschießt, aber was für eine dumme Idee. Was soll das beweisen? Nichts. Nur dass du schießen kannst.« Er wandte sich an Keo. »Hast du auch eine schießen müssen?«

»Nein.«

»Er ist in der sechsten Klasse«, sagte ich. »Und Jack auch.«

Grampa Joe nickte, dann schüttelte er den Kopf und fuhr fort, schweigend sein Mittagsbrot zu essen. Seine von Dieselöl geschwärzten Finger umfassten dabei das weiße Brot seines Sandwichs, als wären sie so sauber wie das Innere einer Mango.

Auf dem Weg zur Müllkippe machte Grampa Joe an Keos Haus Halt, damit wir das Kleinkalibergewehr holen konnten. Aus dem weit geöffneten Kofferraum des alten Wagens ragten die Bretter heraus. Grampa Joe hielt es nicht einmal für nötig, die Klappe festzubinden. Wir würden zweimal fahren müssen, so viel Zeug hatte sich angesammelt.

Auf der Müllkippe war es ruhig, außer uns war niemand da. Aber die Hunde liefen herum, scheue, ausgemergelte Geschöpfe, bei denen die Knochen herausstanden. Sie schnüffelten weiter unten im tiefer gelegenen Teil. Überall waren Mungos, huschten von einem Versteck zum anderen, lange, geschmeidige Tiere mit rattenartigem Schwanz, der ebenso lang war wie ihr Körper. Nachdem wir den Kofferraum entleert hatten, schoss Keo ein paar Mal auf sie, traf aber nicht. Der Lärm verscheuchte die Hunde, aber sobald das Schießen aufhörte, kamen sie zurück.

»Sonny!«, rief Grampa Joe und deutete auf einen Fleck weiter unten am Hang, abseits von den Hunden und Mungos. »Eine Katze. Ist jetzt kaum zu erkennen. Wart einen Augenblick, gleich bewegt sie sich wieder.«

Ich blinzelte in die Sonne und hielt die Hand über die Augen. Die Katze war orange und schwarz gescheckt und pirschte sich scheinbar an etwas heran. Ganz langsam hob sie eine Pfote nach der anderen, verharrte damit einen Moment in der Luft, bevor sie sie auf den Boden setzte.

Keo reichte mir das Gewehr. Ich stieg hinunter in den Müll und suchte mir einen Weg, diesmal mit einem Paar Gummisandalen an den Füßen. Grampa Joe und Keo hatten sich hinter mir auf den Boden geduckt und beobachteten mich.

Die Katze war ein ebenso leichtes Ziel wie der Mungo. Ich folgte ihr mit der Kimme und nahm ihre Schulter aufs Korn. Der hölzerne Schaft an meiner Wange war warm von der Sonne und trotz des Gestanks, den die Müllkippe verbreitete, roch ich das frische Öl vom Verschluss. Ein Schuss und ich hätte zu den Schwarzen Witwen gehört.

Aber ich bewegte den Lauf ein paar Millimeter nach links und schoss einen halben Meter daneben. Die Katze sprang hoch, dann verschwand sie im schützenden Müll.

»Du Waschlappen«, sagte Keo und stand auf.

Grampa Joe blieb leise lachend in der Hocke sitzen und schüttelte den Kopf, als hätte er die ganze Zeit gewusst, dass ich nie auf die Katze schießen würde.

Ich zuckte die Achseln und sagte: »Daneben.«

»Ach, tatsächlich«, sagte Keo. Er verschränkte die Arme und drehte den Kopf zur Seite, um auszuspucken.

Grampa Joe fand einen Stock und erhob sich stöhnend. Er kam zu mir herunter und stocherte im Abfall herum. Schließlich spießte er ein ranzig riechendes, längliches Etwas auf, das wie Tintenfisch aussah, und hielt es hoch. »Nimm das«, sagte er und gab mir den Stock. »Stell ihr eine Falle, die kommt bald zurück – Keo und ich auch. Mit der nächsten Ladung. Warte hier, die kommt schon.«

Nachdem der Wagen hinaus auf die Hauptstraße gerumpelt war, bahnte ich mir einen Weg dorthin, wo die Katze verschwunden war. Ich fand sie in einer kleinen Höhle, die sich unter einem Berg aus Pappkartons gebildet hatte. Ihre Augen funkelten mich an wie in Zellophan gewickelte Münzen. Sie war nicht allein. Vier gescheckte Kätzchen kuschelten sich dicht an sie. Die Mutter fauchte mich an, duldete dann aber meine Anwesenheit, solange ich mich nicht bewegte. Ich ging in die Knie, um sie zu beobachten, und verhielt mich dabei so still wie der alte Kühlschrank.

Nach einer Weile wurden die Kätzchen unruhig und krochen langsam aus dem Schatten in die Sonne. Sie nahmen sich vor mir in Acht, wurden aber zusehends mutiger, sprangen übereinander und verteilten sich am Eingang der Höhle. Die Mutter blieb, wo sie war, die Vorderpfoten unter den Körper gezogen.

Ich legte den Tintenfisch so langsam ich konnte eine Armlänge weit entfernt auf den Boden. Nach und nach kamen drei von den Kätzchen näher, um daran zu schnuppern. Das vierte traute sich nicht. Aber eines der drei mutigen schlich Zentimeter für Zentimeter um den Tintenfisch herum und kam in meine Reichweite, als hätte es meine Anwesenheit vergessen. Es war schmutzig-weiß mit vielen kleinen schwarzen und orangefarbenen Flecken.

Das Kätzchen schnüffelte an dem Tintenfisch, leckte daran, merkte aber schnell, dass er sich nicht zum Fressen eignete und drehte den Kopf weg. Ganz langsam streckte ich die Hand aus und packte es am Nacken. Die anderen Kätzchen rannten zurück in die Höhle.

Wie es so zusammengekrümmt in der Luft hing, war es so

leicht wie ein *lei* aus Plumeriablüten. Hin und wieder wehrte es sich ein bisschen, aber meist hing es in gekrümmter Haltung da, die Augen etwas nach oben gezogen und möglicherweise zu Tode verängstigt.

Ich zerrte mir mit der freien Hand das T-Shirt über den Kopf und den Arm hinunter, zog dann den Kopf des Kätzchens durch den Ärmel und schlang das restliche Hemd um seinen Körper. Ein zusammengeknäueltes T-Shirt, aus dem ein struppiges Kätzchen herausschaute, das fauchte, als ich seinen Nacken losließ.

Als Keo und Grampa zurückkamen, saß ich auf einem Holzstuhl, den ich gefunden hatte. Das Kätzchen hatte sich inzwischen an mich gewöhnt. Ich streichelte sein Köpfchen, um es zu beruhigen, ließ es aber im T-Shirt eingewickelt. Keos Kleinkalibergewehr lag auf dem Boden neben dem Stuhl.

Grampa Joe lachte, als er das Kätzchen sah. »Sie ist geschrumpft«, sagte er.

»Es gibt noch drei da unten, wo die große Katze war.«

Grampa Joe schüttelte den Kopf und fing an, das Gerümpel aus dem Wagen zu laden. Keo kam herüber und beugte sich über das Kätzchen, um es hinter dem Ohr zu kraulen, wurde aber angefaucht. »Es muss sich erst an dich gewöhnen«, sagte ich.

»Was willst du damit machen?«, fragte er.

»Weiß nicht. Behalten.«

»Wozu?«

Ich zuckte mit den Schultern.

»Was ist mit Jack?«

»Er hat gesagt, ich soll ihm eine Katze bringen.«

»Er hat gesagt, du sollst eine Katze *schießen*«, sagte Keo.

»Ich weiß, aber vielleicht überlegt er sich's noch mal.«

Keo stand auf. »Jack? Bestimmt nicht. Nur wenn du eine Katze schießt, erkennt er das an. Du musst alles genau so machen, wie er es sagt.«

»Machst *du* alles, was er sagt?«

Keo hob sein Gewehr hoch. »Bis jetzt hat er noch nichts von mir verlangt.«

»Und wenn, würdest du es dann tun? Wenn er zu dir sagen würde, schieß eine Katze, würdest du's tun?«

»Ohne Probleme.«

»Na gut. Und einen Hund? Würdest du einen von denen schießen?«, fragte ich und deutete auf die Hunde, die auf der Müllkippe herumschnüffelten. Keo mochte Hunde. Wenn er jetzt ja sagte, wusste ich, dass er log.

»Dumme Frage. Ich gehöre schon zu den Schwarzen Witwen. Ich muss überhaupt nichts machen.« Keo ging mit dem Gewehr zum Wagen.

Als Grampa Joe mich zu Hause ablud, war das Kätzchen bereits ziemlich unruhig geworden und wollte aus dem T-Shirt heraus. Grampa Joe riet mir, mein Hemd in Alkohol zu tauchen, wenn ich räudige, von Flöhen wimmelnde Katzen von der Müllkippe darin spazieren trug. Er ließ den Arm aus dem Wagenfenster hängen, der Motor lief im Leerlauf.

»Hör zu«, sagte er. »Ich hab schon eine Menge Kerle wie diesen Jack kennen gelernt, die große Sprüche klopfen und einem Angst einjagen. Manchmal waren das schlimme *pachooks*, da bin ich sicher. Aber meistens war da viel Rauch und kein Feuer. Lass dich von ihm zu nichts zwingen, was du nicht willst.« Dann kraulte er die Katze am Kopf und stieß mit dem Wagen zurück zur Hauptstraße.

Als Dad vom Fischen nach Hause kam, saß ich auf den Stufen der Veranda und machte das Kätzchen mit den Hunden bekannt. Ich hatte ihm ein Stück Nylonschnur als Leine um den Hals gebunden, damit es nicht weglaufen konnte und von einem Mungo getötet wurde. Die Hunde waren neugierig und schlichen heran, um an ihm zu schnüffeln, hielten sich aber zurück, wenn es sie anfauchte.

Dad fragte, wo ich es herhatte, und ich erzählte ihm die ganze Geschichte. Seine Augen verengten sich, als er hörte, dass Jack als Treuebeweis von mir verlangt hatte, eine Katze zu schießen, um in die Bande aufgenommen zu werden.

»Macht Keo da auch mit?«, fragte er.

Ich nickte. »Er gehört schon zu den Schwarzen Witwen.«

Dad stand im Gras, die Hände in die Hüften gestützt, und schaute zu mir hoch. Er trug nur Shorts, deren Taschen vom Händeabwischen voll von glänzendem getrocknetem Fischschleim waren. »Du hättest also fast auf eine Katze geschossen, um Mitglied in Jacks Bande zu werden?«

Ich nickte.

»Hat Keo eine geschossen?«

»Er brauchte nicht. Er ist ein Sechstklässler.«

»Und Jack?«

»Er hat einen Mungo angeschossen.«

»Jeder schießt Mungos«, sagte Dad. »Aber Katzen?« Er machte eine kleine Pause. »Warum willst du überhaupt in diese Bande?«

»Zum Schutz. Jack sagt, dass wir in der neuen Schule dauernd mit den Siebt- und Achtklässlern kämpfen müssen. Er sagt, die haben Messer.«

»Und das glaubst du?«

Ich zuckte mit den Schultern. »Ja, schon.«

Dad schaute mich an, als wolle er meine Gedanken lesen. »Denkst du, dein Onkel Harley und ich würden dich und Keo in eine Schule schicken, wo die Schüler Messer tragen?«

Ich dachte einen Augenblick darüber nach, dann zuckte ich wieder mit den Schultern und sagte: »Weiß nicht.«

Es war mir nie in den Sinn gekommen, dass Dad oder Onkel Harley auch nur einen Gedanken daran verschwenden könnten, was wir in der Schule machten, außer uns hin und wieder mal nach unseren Noten zu fragen.

Dad stieg die Treppe hinauf und legte mir beim Vorbeigehen die Hand auf die Schulter. »Wenn Sonny Mendoza auf die Katze hier schießen kann oder auf eine andere, dann kenn ich meinen eigenen Sohn nicht.« Er griff sich an den Kopf. »Nimm die Katze und halt sie so lange ins Meer, bis alle Flöhe raus sind, dann kannst du sie mit ins Haus bringen.«

Am Montag ging ich später als üblich von zu Hause weg und ließ mir sehr viel Zeit mit dem Schulweg. Ich wollte erst bei Unterrichtsbeginn da sein, damit ich nicht vor der Pause mit Jack reden musste.

Ich hatte einen kleinen kuppelförmigen Käfig aus Hühnerdraht gebastelt und ihn vor unserem Haus fest in die Erde gesteckt. Dort konnte das Kätzchen bleiben, bis es sich an sein neues Zuhause gewöhnt hatte. Ich hatte rausgekriegt, dass es ein Weibchen war, und beschloss, es *popoki* zu nennen, was auf Hawaiisch Katze bedeutet. Als ich am Morgen das

Haus verließ, lagen die Hunde in ihrer Nähe im Gras und betrachteten sie japsend mit heraushängender Zunge.

Bevor wir in der Pause nach draußen gingen, kam Keo auf mich zu. »Wie geht's der Katze?«

»Gut.«

»Jack erwartet, dass du sie ihm zeigst, und zwar eine *tote* Katze. Er weiß nicht, dass du eine lebendige hast.«

»Na und?«

»Nichts und. Ich erinner dich bloß.«

Keo schaute mir einen Moment in die Augen, dann spazierte er davon und hatte den gleichen abschätzigen Ausdruck im Gesicht wie damals bei Bobby Otani.

Ich blieb im Klassenzimmer. Keo ging hinaus zu den Schwarzen Witwen und setzte sich unter *ihren* Baum, einen weit ausladenenden *monkeypod*, den Jack zu ihrem Treffpunkt auserkoren hatte. Nur Schwarze Witwen und geladene Gäste durften darunter sitzen.

Mrs. Lee fragte mich, ob ich mich nicht wohl fühlte, ich antwortete, es ginge mir gut. Sie saß am Pult und beobachtete mich. »Mein lieber Mr. Mendoza, nach all den Jahren, in denen ich Fünftklässler unterrichte, kannst du mir nicht erzählen, dass mit dir alles in Ordnung ist. Von euch Jungen bleibt *keiner* alleine im Klassenzimmer, es sei denn, es regnet oder ihr seid krank oder ihr habt ein Problem.«

Ich log und sagte gleichzeitig die Wahrheit. Mit der Schule sei alles in Ordnung, aber ich würde mir um meine neue Katze Sorgen machen. Ich hätte Angst, dass ein Mungo sie erwischen könnte, und dann ging ich nach draußen, bevor sie zu viele Fragen stellen konnte.

Keo, Bobby Otani, Jack und vier Schwarze Witwen aus der

sechsten Klasse saßen unter dem »Baum der Spinnweben«, wie Jack ihren Treffpunkt jetzt nannte. Jeden Tag ließ er sich etwas Neues einfallen, um seiner Idee von den Schwarzen Witwen mehr Gewicht zu verleihen. Drei Mädchen aus der sechsten Klasse saßen bei ihnen.

»Hey!«, rief Jack, als ich auf den Hof trat. »Wo ist sie?« Die Mädchen und die Schwarzen Witwen drehten sich zu mir um. Keo in dieser Gruppe spöttisch blickender Gesichter zu sehen gab mir ein Gefühl des Verlorenseins, als wäre ich in einer fremden Schule und er einfach ein Junge, den ich noch nie vorher gesehen hatte.

»Ich hab sie«, sagte ich.

»Gut!«, sagte Jack. »Zeig sie uns.«

»Ich hab sie zu Hause.«

Bobby Otani hielt sich die Nase zu. »Muss ganz schön stinken.«

Jack stand auf, reckte die Brust und kam mit der Gruppe im Schlepptau zu mir herüber. »Schwarze Witwen!«, rief er und winkte auch die Mädchen herbei. »Kommt hierher.«

Eine Welle leisen Gekichers ging durch die Reihe, als sie sich um mich herum versammelten. Keo blieb einen Schritt zurück und hielt den Blick fast die ganze Zeit gesenkt.

Jack fuhr fort. »Sonny will Mitglied bei den Schwarzen Witwen werden, und auch wir wollen das. Deshalb habe ich ihm eine Prüfung auferlegt. Jeder, der kein Sechstklässler ist, muss eine Prüfung bestehen.« Jack schaute allen in der Runde in die Augen und forderte ihre volle Aufmerksamkeit. »Wenn er sie besteht«, fuhr er fort, »gehört er zu uns. Wenn er versagt, ist er draußen.« Die Schwarze Witwen und die Mädchen warteten schweigend. »Seine Prüfung bestand darin, eine

Katze auf der Müllkippe zu schießen und sie mir in einer Kiste auszuhändigen.«

Ich glaube, das erschreckte die Mädchen. Alle drei rückten näher. Eine öffnete den Mund, um etwas zu sagen, blieb aber still und kniff die Augen zusammen, als wäre Jacks Befehl so entsetzlich, dass sie keine Worte dafür fand.

»Morgen«, sagte Jack und schaute mich streng an, »bringst du sie in die Schule mit.«

Keo schüttelte den Kopf, als ich zu ihm hinsah. Er malte sich wohl Jacks Reaktion aus, wenn er das mit dem Kätzchen erfuhr.

Am nächsten Morgen nahm ich Popoki in einem kleinen Karton mit in die Schule. Wieder ging ich spät weg und kam erst ins Klassenzimmer, als alle schon hinter ihren Bänken saßen und mich ansahen. Flüsternd hatte sich die Nachricht verbreitet, dass ich eine tote Katze mit in die Schule bringen würde. Aber bereits nach zehn Minuten wusste die ganze fünfte und sechste Klasse, dass in dem Karton nichts Totes sein konnte, bei dem Lärm, den das Kätzchen machte.

Sogar Mrs. Lee hörte es und kam zu mir, um es sich anzusehen. »Das ist aber süß!«, sagte sie und nahm es heraus, um es der Klasse zu zeigen. »Jetzt kann ich verstehen, warum du dir so viele Sorgen gemacht hast.«

Jack würdigte mich den ganzen Morgen keines Blickes, und tat, als wäre ich Luft. Auch Keo und die anderen Schwarzen Witwen nahmen mich nicht zur Kenntnis.

In der Pause ging ich mit dem Karton nach draußen und war sofort von einer Horde Mädchen umringt, die das Kätzchen sehen wollten. Jack und die Schwarzen Witwen bahnten sich ihren Weg durch die Gruppe. Ich stand mit dem Karton in der Hand da, durch dessen leicht geöffneten Deckel Popoki sein Köpfchen streckte.

»Ich habe gesagt, eine *tote* Katze, du Dummkopf.« Jack sah wütend auf mich herunter, als hätte ich ihn zum Narren gehalten. »Mach sie tot.«

Alle verstummten. Niemand bewegte sich, keiner wagte zu atmen. Hinter Jack stand Keo und schaute so ernst drein, als hätte man ihm gerade eröffnet, einer seiner Hunde sei weggelaufen. Jack langte nach dem Karton, und ich riss ihn von ihm weg.

»Du Niete«, sagte er. Er schlug mir den Karton aus der Hand. Als er auf dem Boden aufschlug, rollte das Kätzchen heraus, taumelte über einen Wald aus Füßen und sprang weg. Ich wollte ihm nachlaufen, aber Jack stellte mir ein Bein, warf sich auf meinen Bauch und schlug mir ins Gesicht. »Du feiger, kleiner Hosenscheißer«, fauchte er mich an.

Mit meinen Armen unter seinen Knien eingeklemmt, drehte und wand ich mich, um seinen Schlägen auszuweichen. Ich versuchte, den Bauch zu heben, aber Jack war zu schwer. Die brennenden Ohrfeigen wurden zu Fausthieben. Einer davon traf mich an der Nase, und ein Schmerz, wie ich ihn noch nie erlebt hatte, explodierte in meinem Kopf. Je mehr ich mich drehte und zappelte, desto härter wurden seine Schläge.

Plötzlich warf sich Keo auf Jack und schleuderte ihn von mir herunter. Der Boden erbebte, als ihre Körper aufschlugen. Die Schwarzen Witwen stoben auseinander, einige von ihnen riefen: »Mach ihn fertig, Keo, mach ihn fertig.«

Ich rappelte mich auf, stand auf allen vieren, Blut tropfte aus meiner Nase auf die Erde. Keo und Jack rollten mit verzerrten Gesichtern hin und her und fauchten einander an. Jack stieß Keo von sich weg und rappelte sich auf. Bevor Keo aufstehen konnte, trat Jack nach ihm. Keo versuchte wegzurutschen, aber Jack setzte nach. Ich wankte hinüber, verpasste Jack von hinten einen Schlag, und er fiel wieder zu Boden.

»Wollt ihr wohl aufhören! *Sofort!*« Mrs. Carvalho stand plötzlich da und versetzte uns mit einem Zeichenstock ein paar Hiebe.

Ich ließ Jack los. Er sprang mit geballten Fäusten auf und funkelte mich mit Teufelsaugen an.

»Sonny! Keo!«, sagte sie. »Geht in mein Büro! Ihr solltet euch schämen, zusammen auf Jack loszugehen.«

Dann wandte sie sich an Jack. »Komm mit.«

»Aber ich muss meine Katze holen!«, sagte ich.

»*Kein Wort mehr!*«

Als Keo und ich uns durch die Schülermassen drängten, sah ich, wie Bobby Otani Mrs. Lee das Kätzchen reichte.

Dad war von mir enttäuscht, als er von der Schlägerei hörte, besonders nachdem Mrs. Carvalho bei ihm anrief und sagte, dass ich drei Tage zu Hause bleiben sollte. Er nahm mich zum Fischen mit, und ich musste nach jedem Fisch, den er fing, das Deck schrubben. Keo blieb einfach zu Hause und schoss mit dem Kleinkalibergewehr auf Blechbüchsen. Auch Jack musste der Schule fernbleiben.

Mrs. Lee schien sich richtig zu freuen, als ich wiederkam, und erkundigte sich sogar nach meiner Katze. Ich erzählte ihr, dass sie sich mit den Hunden angefreundet habe und dass in ihrer Gesellschaft kein Mungo auch nur auf die Idee kommen würde, ihr was anzutun. Sie tätschelte mir den Rücken und riet mir, mich möglichst aus Schwierigkeiten rauszuhalten.

Jack saß nun allein unter dem Baum der Spinnweben. Nur Mrs. Carvalho wollte die gemeine Seite an ihm nicht sehen. Aber alle anderen hielten sich von ihm fern und beobachteten ihn von der anderen Ecke des Schulhofs aus. Meist verbrachte er die gesamte Pause damit, sein Taschenmesser so zu werfen, dass es mit der Klinge im Boden stecken blieb.

Ungefähr zwei Wochen nach der Prügelei kam Mrs. Carvalho in unser Klassenzimmer und forderte Keo und mich auf mitzukommen. Alle im Raum folgten uns mit Blicken.

Draußen auf der breiten Veranda sah sie uns an. »Ihr beide seid für zwei Stunden vom Unterricht befreit«, sagte sie. Keo und ich standen da und schauten sie ungläubig an. Lächelnd wies sie mit dem Kopf in Richtung Schulhof. »Los, geht mit ihm.«

Grampa Joe stand mit verschränkten Armen und gegen seinen Wagen gelehnt da.

»Was ist los?«, fragte Keo, als wir auf ihn zugingen.

»Nichts«, antwortete er. »Wir gehen nur zusammen essen.«

Keo und ich sahen uns an, dann stiegen wir in den Wagen. Grampa Joe startete den Motor und fuhr hinauf ins Hochland – zur High-School.

»So, hier essen wir zu Mittag«, sagte er. »Ihr kennt doch Herman Fukuoka? Der seine Kaffeebäume neben mir hat? Seine Frau hat da die Küche unter sich.«

»Und warum essen wir hier?«, fragte Keo.

Grampa Joe tätschelte Keo die Schulter und sagte augenzwinkernd: »Weil's gut schmeckt.«

Der Speisesaal war brechend voll mit Schülern, viele von

ihnen kannten wir noch vom letzten Jahr aus der Grundschule. Ein paar winkten und setzen sich zum Essen zu uns. Es war sehr laut. Alle schienen ziemlich aufgedreht, aber die Jungen bei uns am Tisch sagten, das sei jeden Tag so.

Ich hielt nach weißen Jungen Ausschau – es waren nur zwei da, aber niemand belästigte sie. Sie waren wie alle anderen.

Grampa Joe war die ganze Zeit über still, er aß sein Mittagessen und hörte den Gesprächen mit unseren Freunden zu. Nach der Mittagspause redete er auf dem Rückweg zur Grundschule nur von seinen Kaffeebäumen.

Als wir aus dem Wagen stiegen, fragte Keo: »Warum bist du mit uns zur High-School essen gegangen?«

»Hab ich doch gesagt, weil's gut schmeckt«, sagte Grampa Joe. »Wie geht's der Flohkatze?«

»Sehr gut«, antwortete ich.

Grampa Joe nickte, dann fuhr er weg.

Als wir zu unserem Klassenzimmer zurückgingen, dachte ich über die beiden weißen Jungen in der High-School nach. Da fiel es mir plötzlich wie Schuppen von den Augen: Jack war ja auch weiß. Ich weiß nicht, warum ich nicht früher drauf gekommen war. Die Schwarzen Witwen dienten nicht zu *unserem* Schutz – *ihn* sollten Keo und die anderen dunkelhäutigen Jungen und die mit gemischtem Blut schützen. Jack Christensen war schon schlau. Aber mich interessierte nicht besonders, was er dachte. Was Keo dachte, darauf kam es an.

Nach einer Weile redeten wir wieder miteinander, Jack, Keo und ich, wir erwähnten aber nie die Katze, die Schwarzen Witwen oder die Schlägerei. Wir sprachen nicht einmal über die High-School. Aber Jack gab zu, dass er den Mungo an der Fahnenstange aufgehängt hatte.

Als das Schuljahr zu Ende ging, verwandelte sich Keos Sorge in Kühnheit. Nun würde er in die große Schule gehen. Man sah es schon an der Art, wie er ging, wie er sich aufrecht hielt und die Brust rausstreckte. In diesem Sommer arbeitete er mit Onkel Harley zusammen. Er wog und kaufte Fisch von den Charterbooten und kleinen Handelsbooten wie dem von Dad und verkaufte ihn dann in Hilo.

Jack kam eines Tages am späten Nachmittag zu uns auf den Pier, um sich zu verabschieden. Er sagte, dass seine Eltern wieder nach Kalifornien zurückgingen. Keo und ich saßen in Dads Jeep und warteten darauf, dass wir nach Hause fuhren. Jack stand auf Keos Seite, trug noch immer Jeans, ein T-Shirt mit aufgerollten Ärmeln und pomadisiertes, nach hinten gekämmtes Haar. Unsere Unterhaltung war voller langer Pausen, in denen wir nachdenklich irgendwohin schauten.

»Hey«, sagte Jack und brach ein besonders langes Schweigen. »Vielleicht könntest du die Schwarzen Witwen wieder aufbauen.«

Keo nickte und starrte dabei mit leerem Gesichtsausdruck auf das Lenkrad. »Vielleicht«, sagte er.

Hinter Jack färbte sich das Meer leicht rosa. Kleine Wellen schlugen plätschernd gegen die Felsen auf der anderen Seite des Bootanlegestegs.

Jack zog eine Schachtel Zigaretten aus der hinteren Hosentasche. Mit Zigaretten hatten wir ihn noch nie gesehen. Er klopfte eine heraus und steckte sie in den Mund, dann kramte er nach einem Streichholz. Obwohl sich kein Lüftchen regte, legte Jack die Hand schützend um die Flamme, nachdem er das Streichholz an Dads Jeep entzündet hatte. Seine Wangen wurden hohl, als er an der Zigarette zog. Eine Rauchwolke hüllte sein Gesicht ein. Mit einer Handbewegung schüttelte Jack das Streichholz aus. Sein Blick wurde wässrig, er hustete.

»Schlimmes Zeug«, sagte er, als er die Zigarette mit Daumen und Zeigefinger aus dem Mund nahm und in der Höhlung der Hand verbarg. Er schüttelte ein paar Zigaretten halb aus der Schachtel und hielt sie uns hin. Keo und ich nahmen eine. »Hey, kommt bei mir vorbei, wenn ihr mal in Los Angeles seid.« Jack ging ein paar Schritte zurück, dann drehte er sich um und stolzierte in Richtung Hafendamm.

»Hey, Lolo!«, rief Keo.

Jack drehte sich um und ging rückwärts. Er lächelte, winkte ab, dann schlenderte er weiter. Wir mussten beide lachen. Jack hatte etwas, das man einfach mochte.

Ich wollte die Zigarette wegwerfen, aber Keo sagte: »Warte! Gib sie mir. Damit kann man gut die Tauchermasken putzen. Ist besser als Seetang.«

Wir saßen im Jeep und beobachteten, wie Jack am Hafendamm entlangging. Kurz vor dem Ende blieb er stehen und schnippte die Zigarette ins Meer. Man sah sie graziös durch die Luft wirbeln und in einem makellosen Bogen ins Wasser gleiten, ganz so, als hätte Jack nie etwas anderes getan, als Zigaretten zu rauchen und die Kippen wegzuschnippen.

5

Hol Mister Red ein Bier
(1959)

Während Keo im Sommer, bevor er in die siebte Klasse kam, mit Onkel Harley Fische transportierte, arbeitete ich als Deckshelfer für Onkel Raz.

Die *Optimystic*, das schlanke, weiße, vierzehn Meter lange Chris-Craft Charterboot von Onkel Raz, war etwas völlig anderes als Dads alter japanischer Sampan. Es war fast doppelt so lang und so glatt, dass es über die Wellen glitt wie ein Wasserski. Die *Optimystic* war aus Fiberglas, und mit ihren zwei Chrysler-Benzinmotoren flog sie buchstäblich hinaus zu den Fischgründen der Marline, anstatt mit einem einzigen klapprigen Dieselmotor unter der Schwere des hölzernen Bootskörpers ächzend an der Küste entlangzukriechen.

Schon fünf Jahre hintereinander hatte ein reicher Mann aus Bakersfield in Kalifornien Onkel Raz und sein Boot für eine Woche im Juli gechartert. Sein Name war Red. Er war groß und kräftig, hatte rote Haare, die immer ungekämmt aussahen. Eine geschlagene Woche lang füllte er Onkel Raz mit Bier und Geld ab, als verfüge er über eine unerschöpfliche Quelle. Bis jetzt war er immer mit ein paar Freunden gekommen, laute Männer von seiner Sorte, die ebenso wie er danach hungerten, fünf Tage hintereinander betrunken zum Hochseefischen zu gehen. Sie fingen jedes Jahr mindestens einen stattlichen Marlin, und trotz der Trinkerei schien keinem von ihnen draußen auf See je übel zu werden. Sogar Onkel Raz wunderte sich, wie sie das machten.

Dieses Mal jedoch hatte Red seine neue Frau mitgebracht, seine vierte, wie er gerne betonte – sie war etwa halb so alt wie er und stumm wie eine Kokosnuss. Red nannte sie Honey. Ihre Haut war sonnengebräunt und glatt, und sie hatte fließendes, langes, goldblondes Haar, das sie hinten zusammenband, wenn sie sich sonnte.

In diesem Sommer bissen die Fische schlecht, und Red hatte noch nichts gefangen. Sie tricksten ihn aus, sagte er. An seinem letzten Tag auf See war er so ruhelos wie Onkel Raz reich war. Er brachte jede Menge komplett neue Taucherausrüstungen an Bord und teilte uns mit, wenn die Leinen bis zwei Uhr nicht anschlügen, solle Onkel Raz ein paar hundert Meter von der Küste entfernt vor Anker gehen. »Ich bin zum Fischen hergekommen und werde bei Gott nicht mit leeren Händen heimfahren. Und wenn wir da runtertauchen und sie mit der bloßen Hand fangen müssen, dann werden wir das verdammt noch mal machen.«

»Sie sind der Boss, Red, sie sind der Boss«, sagte Onkel Raz. »Räum die Ausrüstung weg, Sonny, und hol Mister Red ein Bier.«

Es war noch keine sieben Uhr morgens.

Wir verließen bereits den Hafen, als die anderen Charterboote noch an ihren Liegeplätzen lagen. Die Skipper liefen geschäftig hin und her, wischten Salz von den Fenstern, montierten die Angelruten und hantierten mit ihren geheimen Ködern herum. Red stand auf dem Achterdeck, die Knie gegen das Heck gestützt.

Ich nahm meinen Lieblingsköder zum Hochseefischen heraus – einen länglichen Spinner mit einer Öse in der Mitte des Kopfes – und überprüfte Bleikopf und Propeller auf Scharten. Wir hatten damit bereits drei Marline gefangen.

»Den doch nicht, Junge«, sagte Red. »Der taugt nichts. In diesen Gewässern hängt alles vom richtigen Köder ab.«

»Sonny«, rief Onkel Raz, »lass Red das machen. Hol nur die Angelruten raus.«

Missmutig befolgte ich Onkel Raz' Anweisungen. Richtig oder falsch, ich tat, was er mir auftrug. Ich brauchte den Job.

Honey machte es sich auf der Heckbank bequem. Sie warf mir einen seltsamen Blick zu, als amüsiere sie das alles.

Ich antwortete mit einem schmalen Lächeln und ging weg.

Onkel Raz machte sich nach Süden auf, er fuhr langsam, damit Red einen Blick auf die Buchten und kleinen Strände entlang der Küste werfen konnte.

Onkel Raz schüttelte den Kopf, als ich in die Kajüte kam, nachdem ich die Ruten in die Halterungen gesteckt hatte. »Hier ist alles tot, tot, tot!«, sagte er.

Wir fuhren am anderen Ende der Bucht vorbei, wo das neue Hilton Hotel gebaut werden sollte. Die Küste sah aus wie überall: Kiawen, Kokospalmen und wild wachsendes, dichtes Gestrüpp über der schwarzen felsigen Lavaküste. Die Bucht darunter war grün und klar.

»Deine Aunty weiß nicht, wovon sie redet«, sagte Onkel Raz unvermittelt. In der letzten Nacht waren wir alle oben bei Keo zu Hause gewesen und hatten über das neue Hilton gesprochen. »Es gibt schon genug Hotels hier«, hatte Aunty Pearl gesagt. Aber Onkel Raz meinte, ein bessere Nachricht habe er seit Jahren nicht gehört.

»Schau dir diesen Dschungel aus Dornengestrüpp an«, sagte er, als wir die Stelle kreuzten. »Wenn das Hotel erst einmal steht, wird das da eine Augenweide sein.«

Ich hatte überhaupt nicht verstanden, warum Aunty Pearl wegen des neuen Hotels so außer sich gewesen war. »Eines Tages werden wir mehr verlieren als gewinnen«, waren ihre Worte. »Das ist erst der Anfang.«

Onkel Raz schrie sie fast an. »Ja, stimmt, das ist erst der Anfang – für einen viel lebendigeren Ort.« Er war auf der Veranda auf und ab gegangen und hatte mit seiner Bierflasche in der Luft herumgefuchtelt. »Diese Küste wird von Touristen nur so wimmeln«, fuhr er fort. »Und kein anderer Ort auf der Welt ist so ideal zum Marlinfischen wie Big Island. Kein einziger. Wenn die Leute das erst einmal herausfinden, werden wir *alle* ein Riesengeschäft machen.«

Aunty Pearl hörte mit unbewegter Miene zu. »Die wollen nur Geld«, sagte sie, als Onkel Raz fertig war. Leise sagte sie das, fast flüsternd.

Onkel Raz warf die Hände in die Luft und ging weg.

Inzwischen blinzelte die Sonne über den Hualalai, und die von hinten bestrahlten Bäume auf seinem Gipfel glühten in der ersten Tageshitze wie reglose Fackeln. Onkel Raz fuhr dicht an der Bucht vorbei. Red kam vom Deck herein, ein Bier in der einen Hand und in der anderen einen von Onkel Raz' Ködern. Es war ein protziges Ding, das Onkel Raz einmal geschenkt bekommen hatte und von dem er sagte, man könne damit nicht einmal einen Holzklotz fangen.

Onkel Raz richtete sich auf und sprach etwas lauter, damit Red ihn durch das Brummen der Motoren verstehen konnte. »In die Felsen da drüben wollen sie ein Loch sprengen, damit sie runter in die Bucht kommen und einen kleinen Strand anlegen können.«

Red duckte sich ein wenig und schaute zu der Stelle hinüber. In Gedanken sah ich blasshäutige Touristen von den Felsen ins Meer springen und gestreifte Handtücher auf dem künstlich angelegten Strand liegen. Die Bucht war voll von schwimmenden Menschen und das Wasser aufgewühlt und trüb. Mit dem Speer würde man dort jedenfalls nicht mehr fischen können.

Red wandte sich ab und hielt uns den Köder hin. »Wir versuchen's mal mit dem«, sagte er.

Onkel Raz lächelte. »Das ist der richtige, Red.«

Es wurde eine lange Fahrt bis um zwei Uhr. Im Zickzack fuhren wir hinaus zu den Fanggebieten, dann wieder landwärts und erneut Richtung Meer.

Honey trank Coca Cola und aalte sich, von Sonnenöl glänzend, mit ihrer dunklen Brille in der Sonne. Ich ertappte sie mehrmals dabei, wie sie mich, noch immer amüsiert, beobachtete. So sehr ich auch versuchte, nicht zu ihr hinzusehen, es gelang mir nicht. Was war denn so lustig?

Red war überall – draußen am Bug, oben auf der Laufbrücke, unten im Kielraum. »Komm her und schau dir diese Motoren an, Honey!«, rief er einmal, aber Honey hob nur den Kopf und führte ihre Cola zum Mund.

Red erzählte uns, dass er inzwischen vier Bars besaß, Clubs nannte er sie. »In einem hat Honey als Tänzerin gearbeitet«, sagte er, »bis sie mich geheiratet hat. Jetzt gehört ihr der gottverdammte Laden.«

Onkel Raz lächelte und schüttelte den Kopf. »Kailua ist

nur ein bisschen Spucke auf dem Gehsteig verglichen mit dem Festland«, sagte er. Onkel Raz war der Einzige aus unserer Familie, der jemals dort gewesen war.

»Da hast du Recht«, sagte Red. »Aber Kona ist gut zum Marlinfischen, jedenfalls meistens. Der Kampf mit einem dicken Schwertfisch ist so gut wie Bullenreiten. Mit nichts zu vergleichen.«

»Genau das sage ich immer zu Sonnys Daddy«, antwortete Onkel Raz und wies mit dem Kopf auf mich. »Ich begreife nicht, wie er jeden Tag zwischen einem Haufen kleiner Boote herumsitzen kann und hoffen, dass er zwei, drei Thunfische fängt. *Marline!* Das ist das *richtige* Leben!«

Punkt zwei Uhr schnippte Red mit den Fingern und deutete auf Onkel Raz, der wandte sich mir zu. »Sonny, hol die Leinen ein.« Die Rollen hatten in sechs Stunden nicht ein einziges Mal angeschlagen.

Onkel Raz schwenkte zurück zur Insel.

Wir ankerten vor einem langen unbewohnten Küstenstreifen in einer kleinen seichten türkis schimmernden Bucht.

Red wühlte in dem Stapel nagelneuer Taucherausrüstungen und warf mir und Onkel Raz Sachen zu – Flossen, Tauchermasken, Schnorchel und zwei Unterdruckharpunen. Wir gingen zum Achterdeck und betrachteten die Umrisse auf dem Meeresboden. Das Heck hob sich leicht von den sanften Wellen, die ans Ufer rollten, und das Wasser war so klar, dass man bis in zehn oder zwölf Meter Tiefe sehen konnte. Ein idealer Tag zum Tauchen.

»Komm mit rein, Honey«, sagte Red, der zu ihren Füßen auf der Heckbank saß. Onkel Raz und ich betrachteten uns in ihren verspiegelten Brillengläsern. Red strich mit seinen fleischigen Fingern über ihren Fuß. »Komm doch«, sagte er. »Ich hab ein hübsches Paar Flossen für dich gekauft.«

Honey schenkte ihm ein honigsüßes Lächeln. »Geht ihr nur, Jungs«, sagte sie.

Red beugte sich vor und gab ihr einen Kuss. Er richtete sich auf und schwieg einen Augenblick, als ginge ihm etwas durch den Kopf. Honey legte die Hand auf seine und er lächelte zurück.

Red erhob sich schnell. Er zog seine neuen Flossen an, setzte die Tauchermaske auf, griff nach einer Harpune und sprang über das Heck ins Meer.

»Sei vorsichtig«, rief Honey ihm nach, aber ich glaube nicht, dass Red sie noch hörte.

Onkel Raz und ich sprangen hinter ihm her und zogen im Wasser unsere Tauchersachen an.

Das Meer war warm. Ich ließ mich an der Oberfläche treiben, die Augen auf das Riff unter mir geheftet und horchte auf den Klang meines Atems, der hohl im Schnorchel widerhallte. Es ist merkwürdig, wie vollständig sich die Welt mit dem ersten atemberaubenden Blick unter Wasser verändert. Wohin das Auge fällt, findet es eine völlig neue Welt, in der wir ganz klein werden. Ein riesiges Aquarium mit Hunderten von verschiedenen Lebewesen, von denen keines uns für etwas Besonderes zu halten scheint.

Ich nahm einen tiefen Atemzug und folgte Red und Onkel Raz zum Meeresgrund, wobei ich beim Tiefergehen durch Pressen den Druck auf den Ohren ausglich. Die sandigen Stellen waren glatt, ohne Spuren von Muscheln. Aber da war ein kleiner Schwarm dicker *ulua*, der um eine Höhle an der

Unterseite einer Korallenbank herumjagte. Onkel Raz schoss zwei von ihnen und brachte sie ins Boot.

Das Gesicht nach unten gewandt, trieb ich träumend mit dem Schnorchel im offenen Meer wie ein Stück Holz. Die Sonne tat gut auf meinem Rücken.

Plötzlich machte Red unter mir eine unbeholfene Bewegung wie ein Frosch. Er schaute nach oben und bedeutete mir mit der Hand, ihm zu folgen. Dann tauchte er auf, um Luft zu holen. »Komm mit«, keuchte er. »Schau dir das an ... Du wirst es nicht glauben.«

Er schwamm mit mir über den höchsten Punkt eines riesigen Gebildes, das sich in ungefähr zwölf Metern Tiefe auf dem Meeresgrund befand. Es war eine gewaltige, milchigweiße Korallenbank, die aussah wie eine uralte Unterwasserstadt für Hunderte von Fischen – blaue, grüne, gelbe, sogar schwarze. Ich hatte noch nie etwas Vergleichbares gesehen. Fische knabberten an den Korallen, schossen in Wellen herum, tauchten in zahllose tiefe Risse und scharfkantige Spalten.

Ich trieb darüber hin, unbeweglich wie ein Blatt, als wäre ich in einem lebhaften Traum gefangen, vom dem ich nicht erwachen wollte. Ein kreisrunder Trichter senkte sich ungefähr fünf Meter tief ins Zentrum der Unterwasserinsel auf den weißen Sandboden hinunter. Und aus den bemoosten Balkonen in der Wand des brunnenartigen Schachts breiteten sich Schwärme von Meeresbewohnern wie unzählige Tupfer über den Korallen aus, nagten und pickten daran, ohne den beiden, die über ihnen auf der Lauer lagen, Beachtung zu schenken.

Ich schaute auf, um an Land einen Orientierungspunkt zu

suchen, mit Hilfe dessen ich unseren Standort so gut wie möglich bestimmen konnte.

Red holte tief Luft und tauchte hinunter, um sich das Loch in der Koralleninsel näher anzusehen. Er blieb ungefähr eineinhalb Minuten unten, dann tauchte er auf und sog in tiefen Zügen Luft ein. »Siehst du ... die schwarze Koralle ... da unten? ... Das ist mein Preis ... das ist mein Marlin!«

Ich tauchte hinunter, um sie mir anzuschauen. Auf dem Boden des kreisrunden Schachts wuchs eine herrliche, vollkommene, weit ausladende schwarze Koralle. Als diene der brunnenartige Schacht nur dazu, die Aufmerksamkeit auf das schwarze Juwel auf seinem Grunde zu lenken.

Sie war *makellos*.

Als ich wieder auftauchte, schien Red darüber nachzudenken, was er tun sollte.

»Wo ist Raz?«, fragte er ungeduldig. Ich zeigte auf Onkel Raz' Schnorchel, der weiter zum Ufer hin aus dem Wasser ragte. »Hol ihn«, befahl Red.

Ich schwamm zu Onkel Raz und erzählte ihm, was Red entdeckt hatte. »Sie ist wunderschön ... das Schönste, was ich je unter Wasser gesehen habe.« Dann fügte ich hinzu: »Red will, dass du sofort kommst.«

Bis wir Red erreichten, hatte mich Onkel Raz um mindestens zehn Längen geschlagen. »Komm her, komm her!«, rief Red und winkte Onkel Raz zu sich heran. »Ich will diese Koralle haben, für Honey – sie kann sie in einem der Clubs hinter die Bar stellen.«

»Dann schaun wir uns die Sache mal an«, sagte Onkel Raz. Kleine Luftblasen stiegen aus seinem Schnorchel, als er hinuntertauchte. Ich folgte ihm.

Armlänge um Armlänge stieß Onkel Raz in den Schacht vor. Fische stoben davon, als er sich näherte, dann machten sie kehrt und beobachteten ihn aus einiger Entfernung. Ich bewegte mich ein Stück weiter, um einen besseren Blick zu haben, tauchte tiefer, angezogen von der Schönheit der Fische und der schwarzen Koralle. Red schwebte in dem weiten Raum über uns und sah uns zu.

Der Druck war stark und meine Ohren schmerzten. Wie Onkel Raz so tief hinuntergehen konnte, war mir ein Rätsel. Er war der beste Taucher von uns allen.

Onkel Raz hielt inne, als er ungefähr drei Viertel des Weges in dem Gang zurückgelegt hatte. Um besser sehen zu können, bewegte auch ich mich weiter hinein und erkannte, was Onkel Raz aufgehalten hatte.

Nur ein paar Zentimeter von seinem linken Arm entfernt schaute ein großer, brauner Kopf aus einer Höhle, bewegte sich langsam vor und zurück, die Augen auf Onkel Raz geheftet. Es war eine fette Muräne, die das Wasser mit ihrem abscheulichen, riesigen Maul beim Atmen zu kauen schien.

Onkel Raz zog sich vorsichtig aus dem Schacht zurück. Das Maul der Muräne öffnete und schloss sich. Man sah die lange Reihe nadelspitzer Zähne.

Dann schoss der Kopf wie ein Speer nach vorne und biss sich zwischen Handgelenk und Ellbogen in Onkel Raz' Arm fest.

Onkel Raz taumelte vor Schmerz zurück. Er schrie auf, Bläschen schossen aus seinem Mund. Er muss den Wunsch verspürt haben, seinen Arm wegzureißen, wohl wissend, dass es zwecklos war. Die Muräne würde nur fester zubeißen. Onkel Raz hielt still, sein Mund schmerzverzerrt. Um sich zu befreien, wieder an die Oberfläche tauchen zu können und zu atmen, brauchte er ein rasierklingenscharfes Messer, aber er hatte nur die Harpune, die auf diese Distanz nutzlos war.

Der größte Teil des schlangenartigen Körpers der Muräne steckte in einer der seitlichen Höhlungen des Korallentrichters, in deren Biegungen und Windungen sich die Muräne mit ihren stahlharten Muskeln festklammerte.

Er wird sterben! Onkel Raz wird sterben! Ich wich zurück. Passierte das in Wirklichkeit? *Mach das nie wieder, Junge! Du bist doch kein Baby mehr … Jetzt beruhige dich.* – Die Traumerinnerung. Ich bewegte mich verzweifelt über Onkel Raz im Kreis herum, konnte *nichts* tun.

Aber Onkel Raz zählte nicht zu denen, die in Panik geraten. Mit einer Willenskraft, über die ich nie verfügen würde, gelang es ihm, unglaublich ruhig zu bleiben. Eine Muräne musste atmen. Und wie ein Fisch würde sie das Maul dazu öffnen. Danach würde sie wieder zubeißen, aber einen Augenblick lang würde sie das Maul öffnen.

Aber wann? Konnte Onkel Raz seinen Atem so lange anhalten?

Ich musste nach oben, um Luft zu holen.

»Was ist los?«, fragte Red, als ich aus dem Wasser auftauchte.

Ich sog hektoliterweise Luft ein und tauchte ohne zu antworten wieder hinunter. Die Lungen von Onkel Raz mussten inzwischen fast platzen.

In diesem Augenblick atmete die Muräne und Onkel Raz riss sich los. Mit einem kräftigen Stoß schoss er an die Oberfläche. Blut strömte wie nasser Nebel von seinem Arm. Ich tauchte neben ihm nach oben.

»*Aahhh …*«, keuchte er, als wir an die Luft stießen. »*Verdammt noch mal*, tut das weh!«

»Was?«, fragte Red völlig überrascht.

»*Puhi*«, sagte Onkel Raz, das Gesicht schmerzverzerrt. »Eine verdammte Muräne hat mich gebissen.«

Ich konnte vor Schreck kaum sprechen. Das Wasser um ihn herum färbte sich braun. »Du blutest ganz schön«, sagte ich endlich.

Onkel Raz gab mir seine Harpune und stützte den verwundeten Arm mit der gesunden Hand. »Schon gut … lass es bluten … die Zähne von diesen verdammten Viechern sind immer mit irgendwas verseucht …«

»Wir schwimmen zum Boot zurück und versorgen deinen Arm«, sagte Red. »Dann gehen wir zurück und holen die Koralle.«

Schweigen.

»Du kannst sie doch schießen oder so was«, sagte Red.

Onkel Raz starrte Red an. »Sonny«, sagte er schließlich. »Komm mit.«

Onkel Raz und ich schwammen zurück zum Boot und kletterten an Bord. »Hol das Fischmesser«, sagte er barsch und riss sich die Tauchermaske vom Kopf.

Honey setzte sich auf und hob ihre Sonnenbrille.

Onkel Raz griff in der Fischkiste nach einem der harpunierten *ulua*. Ich reichte ihm das Messer, er schnitt das Fleisch in lange Streifen und band sie mit einem Stück Angelschnur in der Mitte zusammen.

»Was hast du vor?«, fragte ich.

»Mister Red will die Koralle, und wir werden sie ihm holen.«

»*Was?!* Aber …«

»Er bezahlt mich gut, mein Junge. Ich mache, was er sagt, und du machst, was ich sage. Du solltest lieber aufpassen, wenn du einmal ein Charterboot betreiben willst, denn so wird es gemacht. Geh und hol den Anker ein.«

Onkel Raz startete die Maschinen und brachte das Boot zu Red hinüber. Die beiden Auspuffrohre blubberten und gurgelten unter den rollenden Bewegungen des Boots. Ich stand am Bug und wartete auf das Zeichen zum Ankerwerfen. Onkel Raz schaute mit finsterem Blick durch die Windschutzscheibe. Sein mit Wunden übersäter Arm musste wehtun wie verrückt. *Er* war verrückt, noch einmal da hinunterzugehen. Er hätte ertrinken können!

Auf sein Nicken warf ich den Anker aus, stellte sicher, dass er hielt, und ging achtern. Onkel Raz stellte die Motoren ab.

Honey sah schweigend zu, wie Onkel Raz in die Sonne trat und sich eine alte Elastikbinde um den Arm wickelte.

»Hol meinen Speer«, sagte er zu mir und kontrollierte die zusammengebundenen *ulua*-Streifen. Er bohrte die Speerspitze durch das rohe Fleisch und sprang ins Wasser.

Ich wollte gerade hinter ihm herspringen, als Honey mir zurief: »Sonny, sei nicht zu streng mit deinem Onkel … Es ist nicht leicht, zu Red nein zu sagen.«

Ich schaute sie überrascht an. Sie hatte noch kein einziges Mal mit mir gesprochen. Ich wusste nicht einmal, dass sie meinen Namen kannte.

»Aber Red ist ein guter Mensch«, fügte sie hinzu. »Im Grunde ist er ein guter Mensch …«

Ich nickte und sprang über Bord. Er ist schon in Ordnung, dachte ich. Aber er kommandiert einen herum.

Red und ich ließen uns nach unten sinken und beobachteten, wie Onkel Raz sich dem Rand des Schachts näherte und sich Stück für Stück hineintastete. Das *ulua*-Fleisch baumelte sanft an der Spitze des Speers. Die Höhle, in der wir die Muräne gesehen hatten, war leer – keine Augen, kein hässlicher Kopf. Ich schauderte. Wo war sie nur?

In diesem Augenblick streckte die Muräne den Kopf aus der Höhle. Sie funkelte uns aus wachsamer Entfernung an, wie einer von Dads Jagdhunden, wenn er knurrend und zähnefletschend ein Wildschwein in die Enge getrieben hat. Onkel Raz führte die Fischstreifen näher an sie heran. Die Muräne folgte dem Speer mit den Augen. Ich konnte Onkel Raz förmlich denken hören: *So isses recht, Puhi, ja, das ist für dich. Komm, hol dir den guten Fisch.*

Onkel Raz selbst blieb völlig ruhig, bewegte nur die Spitze des Speers in langsamen kleinen Kreisen vor dem Kopf der Muräne. Mit eisiger Konzentration belauerte sie das *ulua*-Fleisch. Dann, ohne die geringste Vorwarnung, fiel sie darüber her, grub wild ihre nadelspitzen Zähne hinein und riss es von der Speerspitze. Ihr Körper schnellte in die Höhle zurück, nur der Kopf schaute noch ein paar Zentimeter heraus, gerade weit genug, um Onkel Raz im Auge zu behalten. Ihre Beute war so groß, dass sie ihr auf beiden Seiten aus dem Maul hing und sie nicht wusste, was sie nun damit anfangen sollte.

Onkel Raz zog sich ganz langsam aus dem Trichter zurück, und alle zusammen tauchten wir an die Oberfläche.

Auf dem Boot fragte ich mich, was es wohl für einen Sinn hatte, die Muräne zu füttern. Ich beobachtete Onkel Raz, stellte aber keine Fragen. Er schien mit sich zufrieden.

»Was ist mit der Koralle?«, fragte Red.

»Sobald wir die Muräne los sind, gehört sie Ihnen.«

Onkel Raz nahm einen großen Stahlhaken aus der Werkzeugschublade und befestigte ihn am Ende einer Rolle mit schwerer Angelschnur. »Ihre Gier wird dieser *puhi* noch Leid tun«, sagte Onkel Raz und unterstrich jedes einzelne Wort durch einen Ruck an dem Haken. An Red gewandt fügte er lächelnd hinzu: »Niemand kehrt hier mit leeren Händen nach Kalifornien zurück.«

In diesem Augenblick wirkte Onkel Raz wie ein Kind, das sich über seinen glänzenden Plan freut und den Vorsprung, den seine Intelligenz ihm über die Muräne verschaffte. »Jetzt kommt Teil zwei«, sagte er. »Es kann losgehen.«

Die Muräne würgte noch immer an dem *ulua*-Fleisch. Onkel Raz kroch mit dem Haken in der Hand näher. Ihr Kiefer arbeitete mit seitwärtigen Bewegungen beim Kauen. Sie schien sich überhaupt nicht um uns zu kümmern.

Onkel Raz brachte den Haken in unmittelbare Nähe ihres Kopfes, um ihn dann mit langsamen, genau bemessenen Bewegungen unter ihrem Kiefer zu platzieren. Die Muräne hielt beim Kauen inne. Onkel Raz verharrte regungslos, bis sie wieder zu kauen begann. Er ist verrückt, dachte ich. Red hat ihn verrückt gemacht.

Ebenso schnell wie die Muräne sich auf die *ulua*-Stücke gestürzt hatte, stieß ihr Onkel Raz den Stahlhaken unter den Kieferknochen und paddelte so schnell er konnte rückwärts davon. Als der Haken in den Kiefer eindrang, brach das Chaos aus. Die Muräne wand sich, ihr Kopf schlug wild hin und her, *ulua*-Stücke trieben im Wasser.

Onkel Raz ließ die Schnur beim Aufsteigen unter gleich

bleibender Spannung durch die Hand laufen und grub so den Haken tiefer in den Kiefer der Muräne.

Auf dem Boot wickelte er den Rest der Schnur um eine leere Colaflasche, zog fest an und erhöhte so die Spannung auf die Muräne. »Sie versucht sich tiefer in die Höhle zurückzuziehen«, sagte er. »Hol meine Handschuhe.«

Er hieß mich die Flasche halten und zog die Handschuhe an. »So«, sagte er. »Jetzt gib mir die Schnur.«

Ich schlang die Schnur um seine linke Hand. Dann langte er über das Heck hinunter, wickelte die Schnur eine Umdrehung um die andere Hand, lehnte sich zurück und begann mit aller Kraft seines Rückens zu ziehen, wobei er sich mit den Beinen in die Höhe stemmte. Das Salzwasser auf seinem Rücken bildete kleine Perlen, in denen das Sonnenlicht auf seiner rotbraunen Haut glitzerte. In diesem Augenblick hatte ich die schwarze Koralle vergessen, so sehr zog mich der kleine Krieg in den Bann, der zwischen Onkel Raz und der Muräne entbrannt war. Sie hatte keine Chance, diesen Mann zu besiegen, davon war ich überzeugt.

»Leg deine Hand auf die Schnur«, sagte er.

Ich berührte sie mit den Fingerspitzen und spürte, wie sich die Muräne am anderen Ende hin und her warf. Red stand mit verschränkten Armen hinter uns.

»Das ist nur der Kopf«, sagte Onkel Raz. »Der größte Teil von ihr ist noch in der Höhle. Diese Viecher sind stark.«

Wir verbrachten eine Stunde mit Warten, während Onkel Raz mit der Muräne kämpfte. Obwohl das Zappeln längst aufgehört hatte, hielt die Muräne dem Zug eisern stand, nur gelegentlich zerrte und riss sie noch an der Leine. Ein Blutfleck drang durch die Bandage an Onkel Raz' Arm, der angeschwollen war und höllisch wehtun musste, aber Onkel Raz ignorierte ihn.

Honey sah uns eine Weile zu, dann glitt sie leise ins Meer, um sich abzukühlen. Keine Minute später kletterte sie wieder an Bord. Das nasse Oberteil ihres Bikinis verrutschte um ein paar Zentimeter, als sie über das Heck hereinstieg. Mit einer Bierflasche in der Hand stand Red neben Onkel Raz und runzelte die Stirn über den Zeitverlust.

Als die Sonne schon auf halbem Weg zwischen Zenit und Horizont stand, machte Onkel Raz endlich einige Zentimeter gut. Das schreckte mich aus der Langeweile auf, wie das Klicken der Rolle beim Schleppangeln nach den langen Stunden des Wartens auf einen Marlin wieder Leben in dir erweckt.

»Hah! Jetzt spürst du wohl den Schmerz!«, rief Onkel Raz, die Augen auf die Schnur geheftet. »Jetzt haben wir sie, Red. Wir *haben* sie!«

Onkel Raz' Hände mussten sich ganz schön verkrampft haben, denn immer wieder ließ er, mal mit der rechten, mal mit der linken Hand, die Leine los, um die Fäuste zu öffnen und zu schließen. Ein paar Zentimeter in einer Stunde schienen mir kein Grund, so optimistisch zu sein.

Als weitere fünf Zentimeter der widerstrebenden Schnur aus dem Meer auftauchten, kicherte Onkel Raz vor sich hin. Dann, als hätte jemand die Schnur gekappt, fiel er nach hinten und taumelte in den Kampfstuhl.

»Sie ist raus!«

Onkel Raz stand auf und holte in langen, stetigen Zügen wie in Trance immer mehr Leine ein. Red und ich, sogar Honey schauten über das Heck und sahen eine braun schimmernde, schlangenartige Gestalt aus der Tiefe auftauchen.

Onkel Raz ließ die Muräne am Heck hin und her schwimmen, bis sie sich in Sicherheit wiegte.

»Sonny! Den Knüppel!«, sagte Onkel Raz. Ich reichte ihm den schweren, grauen Fischschläger. Er hielt ihn ganz ruhig in der einen Hand und wartete auf den richtigen Augenblick. Mit der anderen Hand holte Onkel Raz die Leine ein und zog die Muräne langsam aus dem Wasser.

Genau in dem Moment, als der Kopf an der scharfen Kante des Dollbords vorbeiglitt, schlug er zu, immer wieder, bis die Muräne zu zappeln aufhörte. Honey bedeckte sich die Ohren mit den Händen.

Als die Muräne tot war, zog Onkel Raz sie bis ins Cockpit des Achterdecks. »Heiliger Bimbam!« Fast zwei Meter Muskeln, beinahe so dick wie Onkel Raz' Arm, voll glitschigem Schleim lagen vor uns.

Onkel Raz war sich ziemlich sicher, dass das Tier tot war, trotzdem kam er ihm mit den Füßen nicht zu nahe und befahl auch Red und mir, Abstand zu halten. Aber die Muräne war so leblos wie ein Gummischlauch, fast bedauernswert. Onkel Raz verstaute sie in der Fischkiste.

Nachdem die Muräne verschwunden und der Weg zum Ende des Schachts frei war, tauchte Onkel Raz hinunter, um die schwarze Koralle zu holen. Red und ich folgten ihm und schauten von oben in den Trichter. Alles war ruhig, als ob nie ein Kampf stattgefunden hätte. Die schwarze Koralle war nurmehr von den Wänden des Brunnenschachts umgeben.

Innerhalb weniger Sekunden hatte Onkel Raz sie vom Untergrund abgetrennt, ohne dabei auch nur eine einzige Spitze von ihren tausend Verästelungen abzubrechen. Langsam stieg er mit dem schwarzen Juwel nach oben.

Red musste Luft holen und tauchte zur Oberfläche, aber Onkel Raz und ich hielten inne und sahen zurück nach unten. Wo die schwarze Koralle gestanden hatte, war jetzt nur noch ein kleines weißes Sandoval zu sehen. Hundert Jahre oder mehr hatte sie auf dem Meeresgrund gestanden. Den bunten Regenbogen der Fische hatten wir in die Höhlen vertrieben. Der Schacht unter uns lag öde in völliger Stille da.

Red schlug uns beim Zurückschwimmen um ein paar Längen und kletterte als Erster an Bord. Onkel Raz reichte ihm vorsichtig die Koralle, bevor er sich hochzog und mir über das Dollbord die Hand hinstreckte.

Die Koralle funkelte in der Sonne. Ihre Äste breiteten sich in alle Richtungen aus und wurden zu den Enden hin immer feiner, ein blattloser Baum aus Obsidian. Sie füllte fast ein Drittel des Cockpits aus. Honey setzte sich auf und zog die Knie ans Kinn.

»Honey«, sagte Red. »Es ist zwar kein Marlin, aber es ist besser als nichts.«

»Was ist das?«, fragte sie hinter ihrer verspiegelten Brille.

»Eine schwarze Koralle. Ein Prachtstück, stimmt's?«

»Ja, das stimmt«, flüsterte Honey.

»Es wird sich toll machen hinter der Bar«, sagte Red.

Honey nahm die Brille ab und schaute zu ihm hoch. Ihre Augen waren so schön, dass ich es im Magen spürte, so eine Art Kribbeln. Sie lächelte Red an, und Red warf Onkel Raz einen strahlenden Blick zu. Bevor sie ihre Brille wieder aufsetzte, schaute Honey mir direkt in die Augen, als könne sie meine Gedanken lesen.

»Sonny«, kommandierte Onkel Raz. »Verstau die Ausrüstung und spritz das Deck ab.«

Die Sonne stand schon tief am Horizont, und es begann bereits zu dämmern. So aufgeregt Onkel Raz auch gewesen war, als es darum ging, Red die Koralle zu beschaffen, so auffällig still war er auf dem Weg zurück zum Hafen. Beim Vorüberfahren betrachtete ich die Bäume, die Buchten und die verstreut liegenden Häuser entlang der Küste. Über dem schwarzen Lavastrand, auf dem die weiße Gischt schäumte, erhob sich der üppig grüne Dschungel des Hügellandes, und über der Baumgrenze schimmerte violett der Gipfel des Hualalai, jener riesige wunderbare Berg, der stets meine Phantasie beflügelte.

Aber dieses Mal war es anders. Die Insel zog an mir vorüber, aber meine Gedanken waren meilenweit entfernt. Ich war unruhig, dachte an die Traumerinnerungen, die wieder und wieder in mir hochstiegen, immer die gleichen Worte, die jedes Mal auftauchten, wenn ich Angst bekam. *Mach das nie wieder, Junge! Nie, hörst du!* Wo hatte ich sie nur gehört? Ich wusste es nicht und fühlte mich leer. Ich fragte mich, ob auch Onkel Raz eine Leere in sich fühlte, wenn er an den Schacht dachte, wo die Koralle gestanden hatte. Die Fische würden zurückkehren, aber der Ort würde nie mehr sein wie zuvor.

Kurz bevor wir den Hafen erreichten, kamen wir an der Stelle vorbei, wo das neue Hilton gebaut werden sollte. Ich sah, wie Onkel Raz' Blick dort hängen blieb. Als er merkte, dass ich ihn beobachtete, wandte er den Blick ab und steuerte schnell den Hafen an.

Red gab Onkel Raz hundert Dollar mehr als vereinbart und mir zwanzig Dollar extra, mein höchstes Trinkgeld in diesem Sommer. Ich konnte es kaum fassen – zwanzig Dollar! Mir fiel sofort eine funkelnagelneue Spinnrute ein und ein Kasten für meine Angelgeräte, falls noch Geld übrig war. Ich dankte Red überschwänglich und schüttelte ihm die Hand.

Er lächelte und tätschelte mir den Rücken. »An mir ist noch viel mehr zu verdienen.«

Onkel Raz lenkte das Boot mit dem Achterdeck zum Pier und stieg hinter Red an Land. Ich reichte Onkel Raz Honeys Tasche.

Honey streckte mir die Hand hin, damit ich ihr aufs Pier half. Sie zögerte einen Moment und hielt meine Hand fest. Während sie mit der anderen die Sonnenbrille abnahm, lächelte sie mich an, beugte sich vor und gab mir einen Kuss auf die Stirn.

Onkel Raz fuhr Red und Honey hinauf zum Kona Inn, die schwarze Koralle sicher gebettet in der Mitte eines alten Lastwagenreifens auf der Ladefläche seines Pick-ups.

Ich holte den Wasserschlauch aus der Heckluke und schraubte ihn auf den Süßwasserhahn am Pier. Als ich den Hahn aufdrehte, schoss das Wasser mit hellem Plätschern in den Hafen. Ich stand mit bloßen Füßen auf dem warmen Beton und folgte mit den Augen Onkel Raz' Pick-up durch den Ort, bis er hinter den Bäumen am Ende des Hafendamms verschwand.

»Hey!«, schrie ein Mann. »Tu das Wasser nicht verschwenden. Dreh's ab, wenn du's nicht brauchst.«

»Tschuldigung«, sagte ich und kehrte in die Wirklichkeit zurück. Ich begann, das Boot abzuspritzen und fühlte mich so reich wie schon lange nicht mehr.

Als Onkel Raz zurückkam, brachten wir das Boot raus an seinen Liegeplatz, ohne viel miteinander zu reden. Er bewegte seinen Arm ganz vorsichtig, als ob er ziemliche Schmerzen hätte. Kurz bevor wir mit dem kleinen Boot zum Ufer fuhren, sagte Onkel Raz: »Diesmal haben wir eine Menge Geld verdient, Sonny.«

Ich nickte und sagte: »Stimmt.«

Onkel Raz warf den Außenbordmotor an und schwenkte herum in Richtung Pier. Über dem Horizont hatte sich der Himmel rot gefärbt, hinter dem Berg strahlte er in tiefem Metallblau.

Ich lehnte mich über den Bootsrand hinaus, um die geheimnisvoll dunklen Korallenstöcke und die in hellem Türkis leuchtenden sandigen Stellen zu betrachten, über die wir hinwegglitten, und spürte die Vibration des Bootes in meinem ganzen Körper. Das Brummen des Motors beruhigte mich. Mit den Fingerspitzen beschrieb ich einen kleinen Kreis auf meiner Stirn. Es war merkwürdig, aber ich vermisste Honey.

Am nächsten Morgen um sechs Uhr dreißig traf ich mich mit Onkel Raz, um das Boot für eine Charterfahrt um acht Uhr fertig zu machen. Er fuhr seinen Pick-up schräg in die Parklücke und blieb eine Weile sitzen, bevor er ausstieg. Er sah aus, als wäre er gerade erst aufgestanden, sein Haar war zerzaust und auf der einen Seite des Kopfes völlig platt gedrückt.

Erst als wir mit dem Motorboot hinausfuhren, um die *Optimystic* zu holen, fiel mir auf, dass sein Arm nicht verbunden war. Um den Biss herum war er rot angeschwollen, aber Onkel Raz schien sich darum keine Sorgen zu machen.

Als wir dann das Boot vom Anlegeplatz hereinbrachten, knallte er damit gegen die Fender aus Lastwagenreifen, die den Pier säumten, und hinterließ eine tiefe schwarze Narbe an der Seite des Boots.

Dad war gerade dabei, die *Ipo* aufzutanken, und hatte es gesehen. Er kam herüber und ließ sich hinunter in die *Optimystic*, um nachzuschauen, was los war.

»Nichts«, sagte Onkel Raz. »Mir tut nur der Arm weh, das ist alles.«

Dad warf einen Blick auf die Bisswunde und ging geradewegs zu Onkel Raz' Seefunkgerät, um Onkel Harley anzurufen. Er sagte ihm, er solle herunterkommen und Onkel Raz zum Arzt bringen. Die Bisswunde hatte sich entzündet und musste versorgt werden. Und wahrscheinlich brauchte Onkel Raz eine Tetanusspritze.

Aber nicht Onkel Harley kam, sondern Tutu Max.

»Jesses, du brauchst eine Frau«, sagte sie, als sie den Arm von Onkel Raz inspizierte. »Du brauchst jemand, der für dich denkt. Warum hast'n das so schlimm werden lassen?«

Onkel Raz stöhnte: »Was machst'n du hier, Oma?«

Tutu Max überhörte die Frage und schüttelte den Kopf. »Ich werd langsam zu alt für so was. Guck dich an, der ganze Arm geschwollen, und du merkst's nich mal.«

Onkel Raz runzelte die Stirn und Tutu Max drohte ihm mit dem Finger. »Setz dich ins Auto. Wir fahren zum Arzt.«

»Aber …«

»Kein Aber. Ab ins Auto!«

»Mach dir keine Sorgen«, sagte Dad und versuchte ein Lächeln zu unterdrücken. »Sonny und ich kümmern uns um deinen Kunden.«

Tutu Max kutschierte Onkel Raz nicht nur zum Arzt, sie brachte ihn danach auch zu sich nach Hause und behielt ihn zwei Tage lang dort. Nicht einmal ein Bier ließ sie ihn trinken. Dad und Onkel Harley konnten sich deswegen totlachen.

Ich trug den Zwanzig-Dollarschein mehr als eine Woche mit mir herum. Ich spürte ihn in meiner Hosentasche, wie er sich, in der Mitte gefaltet, glatt an meinen Oberschenkel schmiegte.

Schließlich kaufte ich mir einen neuen Spinner und einen Kasten für meine Angelgeräte mit drei Einsätzen, wie ich ihn mir schon seit Jahren wünschte. Ich hatte sogar noch Geld übrig für ein paar neue Köder.

Ich hätte vor Keo aufschneiden können mit meinen Reichtümern. *Er* hatte noch nie zwanzig Dollar Trinkgeld bekommen. Und soviel ich wusste, war er auch noch nie von einer so schönen Frau wie Honey geküsst worden.

Aber ich behielt alles für mich.

6

Beim Anblick von Waiakea Town möchte man weinen
(1960)

Wann immer ich am Rand der Insel stand, wo die tosende Gischt und der Fels in leuchtendem Weiß erstrahlten, drehte ich mich mit dem Gesicht zum Meer. »Unterschätze nie seine Kraft«, hatte Dad zu mir gesagt. »Zwischen einem Herzschlag und dem anderen könnte es erwachen, sich gähnend vor dir auftun und dich verschlingen.«

Die Nacht vom Samstag, den 21. Mai 1960 verbrachte ich oben bei Keo. Onkel Harley war bei Tutu und Grampa Mendoza in Honolulu zu Besuch, Dad und Onkel Raz waren zu Suisans Fischmarkt in Hilo auf die andere Seite der Insel gefahren.

Aunty Pearl saß am Küchentisch und hörte den einzigen Radiosender von Honolulu, den wir in Kona empfangen konnten, während sie, wie schon oft, in einem alten Fotoalbum blätterte.

Die starke Bewölkung vom Tag war aufgerissen, und zwischen den Wolken funkelten die ersten Sterne wie winzige silberne Fischschuppen im lila Zwielicht.

»Jungs, kommt rein und seht euch diese Fotos an!«, rief Aunty Pearl, als wir die Hunde gefüttert hatten. Wir gingen hinein und setzten uns ihr gegenüber an den Tisch, der eher wie eine Theke im Restaurant aussah. Die Holzstühle standen drum herum, aber der Tisch war am Boden und an der Wand direkt unter dem Fenster festgenagelt.

»Guckt euch das an«, sagte sie kopfschüttelnd. »Das ist dein Vater, Keo. Da war er nur ein bisschen älter als du. Das war vielleicht ein *lolo*!« Sie schob uns das Album hin und wir sahen, wie Onkel Harley in die Kamera winkte. Er hatte einen Trompetenfisch im Mund, der auf beiden Seiten gut zehn Zentimeter herausschaute.

Keo lachte über das Bild. »War der immer so verrückt?«

»Verrückt? Das war für ihn *normal*. Er spielte sich ständig vor mir auf.« Sie drehte das Album wieder zu sich, dann lächelte sie und tippte mit dem Finger auf das Bild. »Ich hab nie jemand anderen lieb gehabt, als diesen albernen Jungen da mit dem Fisch im Mund.« Es war unmöglich, sich Onkel Harley ohne Aunty Pearl vorzustellen.

»Zeig Sonny das Bild, wo er mit der Kuh schwimmt«, sagte Keo.

»Das ist ganz vorn.« Aunty Pearl blätterte die Seiten bis zum Anfang zurück. »Hier. Das ist Daddy neben der Kuh, und das da«, sagte sie zu mir und deutete auf einen Jungen, der zusah, wie die Cowboys mit den Kühen zum Viehboot schwammen, »ist *dein* Daddy.«

Dad und Onkel Harley waren wie ich und Keo.

»Und der da ist euer Onkel Raz.« Er war gerade noch auf dem Bild zu sehen, ganz am Rand, mit einem Stock in der Hand. »Eure Tutu hat erzählt, dass Raz immer Krabben gejagt hat, selbst wenn die Cowboys kamen.« Sie schnalzte mit der Zunge und schüttelte den Kopf. »Der konnte nicht einen Augenblick stillstehen.«

Ich blätterte weiter und stieß auf ein Foto von Dad, wo er

den Arm um meine Mutter gelegt hatte. Sie müssen da achtzehn oder neunzehn gewesen sein. Sie standen am Pier vor einem Sampan, dahinter sah man den Palast zwischen Bäumen. Dad war damals schlanker und weniger muskulös, meine Mutter fast so groß wie er, aber mit viel hellerem Haar, blond gemischt mit hellem Braun. Sie schmiegte sich an Dad, ihr Kopf lag auf seiner Schulter, die Hand auf seiner Brust.

»Crissy war ein liebes, süßes Mädchen, Sonny«, sagte Aunty Pearl. »Dein Daddy vermisst sie immer noch. Es fällt ihm bis heute schwer, über sie zu sprechen.«

Dad tat mir Leid, aber so sehr ich es mir auch wünschte, ich konnte seine Trauer nicht selbst empfinden. Meine Mutter, das waren für mich nur ein paar leblose Fotografien und ein Name. Sie gehörte zu der Zeit von Aunty Pearl und Dad.

Dennoch begleitete mich das Bild von ihrer Hand auf Dads Brust bis tief in die Nacht.

Irgendetwas stimmte nicht, als ich am nächsten Morgen aufwachte. Keo schlief auf der anderen Seite des Zimmers, aber außer seinen Atemzügen war nichts zu hören – keine Hunde, keine Vögel, kein Hühnergegacker, rein gar nichts – und das kleine Fenster war voll grauer Wolken. Keos Elektrowecker war um 1:05 Uhr stehen geblieben.

Als ich ihn an der Schulter berührte, war er sofort wach und setzte sich auf.

»Irgendetwas ist passiert«, sagte ich. Seine Augen schauten alarmiert und leer zugleich. Onkel Harley hatte ihn gut trainiert. Keiner aus unserer Familie brauchte länger als ein paar Sekunden, um aus dem Bett zu kommen, wenn er geweckt wurde.

»Die Uhr ist mitten in der Nacht stehen geblieben und der Himmel ist dunkel. Vielleicht ein Unwetter.«

Keo wollte die Lampe anschalten, aber es ging nicht. Er schlüpfte aus dem Bett, ich folgte ihm in die dunkle Küche. Keiner der Schalter funktionierte. Das Merkwürdigste aber war, dass Aunty Pearl nicht da war. Sie stand immer vor uns auf.

Nachdem wir das ganze Haus durchsucht hatten, fanden wir sie draußen auf der Veranda vor einem kleinen Transistorradio sitzen. Es rauschte und knisterte, dazwischen hörte man eine dünne Stimme. Als sie uns sah, legte sie den Finger an die Lippen. Wir setzten uns zu beiden Seiten neben sie.

Der Empfang war zwar schlecht, die Nachricht jedoch unmissverständlich: Eine Reihe mächtiger Flutwellen hatte die Insel getroffen, aber die stärkste von ihnen hatte das Küstengebiet von Hilo verwüstet.

Dad! Auf dem Fischmarkt in Waiakea Town! Näher konnte man nicht am Ozean sein.

Der Reporter klang erregt und betroffen. »Die Gewalt der *großen* Welle war unvorstellbar«, sagte er. »Mindestens sechsundzwanzig Tote sind gefunden worden.« Und dann, in einem Ton, bei dem mir Schauer über den Rücken liefen: »Beim Anblick von Waiakea Town möchte man weinen … Kein Stein blieb auf dem anderen.«

Ich sprang auf und lief weg, kam zurück und ging wieder weg. Aunty Pearl und Keo saßen nebeneinander da, als überlegten sie, was sie sagen könnten.

Schließlich sagte Aunty Pearl: »Keo, nimm den Jeep. Hol Grampa.«

Keo war erst dreizehn. Aunty Pearl hatte ihm noch nie erlaubt, den Jeep zu fahren, wenn Onkel Harley nicht da war, obwohl sie wusste, dass er es konnte. Aber Grampa anrufen konnten wir nicht, die Leitung war tot.

»Fahr durch die Weiden und bleib von der Hauptstraße weg«, sagte sie noch.

Es dauerte ein paar Minuten, bis der Jeep ansprang. Onkel Harley parkte ihn immer am Berg, damit man ihn leichter anschieben konnte, wenn die Batterie leer war. Ich schob und Keo brachte ihn zum Laufen. Dann drehten wir um und fuhren langsam bergauf. Ruckelnd suchten wir uns einen Weg durch verwildertes Gebüsch aus Glanzmispeln und zwischen hohen Mangobäumen hindurch, ohne je in den zweiten Gang zu schalten. Der Weg war steinig und von Pflanzen überwuchert.

»Hast du heute Nacht ein Erdbeben gespürt?«, fragte mich Keo durch das Brummen des Motors.

»Nein, es gab keins.«

»Glaub ich auch nicht«, sagte Keo. »Davon wär ich sonst aufgewacht. Trotzdem muss irgendwo ein starkes Erdbeben gewesen sein.«

Wir wurden in unseren quietschenden Sitzen hin und her geschleudert, während der Jeep eine Weide nach der anderen erklomm. Keo saß ganz vorne auf dem Sitz, beide Hände auf dem Lenkrad und das Kinn hochgereckt, damit er sehen konnte, wo er hinfuhr.

Als wir am Haus ankamen, stand Tutu Max in der Tür, die sie fast ganz ausfüllte, als hätte sie uns erwartet. Sie hielt die Fliegentür auf und verlor kein Wort darüber, dass Keo den Jeep gefahren hatte. »Grampa hört Radio.« Er saß am Küchentisch.

»Mama will, dass du kommst«, sagte Keo.

Grampa Joe nickte und ging zur hinteren Veranda, um seine Gummistiefel zu holen. Alles war noch feucht von der Nacht.

Tutu Max gab jedem von uns ein Stück Kuchen und nahm uns in den Arm. »Deinem Daddy ist bestimmt nichts passiert«, sagte sie, ihre warme Hand lag auf meinem Nacken. »Es hat schon vier Stunden vor der ersten Flutwelle eine Warnung gegeben.«

Grampa Joe folgte uns nach draußen. Am Jeep zögerte Keo.

»Worauf wartest du?«, sagte Grampa Joe und machte eine Handbewegung zum Fahrersitz.

Zum ersten Mal an diesem Morgen lächelte Keo. Der Gesichtsausdruck von Grampa Joe veränderte sich nicht, besorgt und erschöpft kletterte er auf den Beifahrersitz. Ich sprang auf die Rückbank und dann holperten wir zurück den Berg hinunter. Der Motor dröhnte und spuckte, und beim Weg über das felsige Gestein sprang das Lenkrad in Keos Händen hin und her.

Als wir am Haus ankamen, fragte Grampa Joe Aunty Pearl, wo Dad und Onkel Raz übernachteten, wenn sie in Hilo waren. Sie wusste es nicht. »Wir geh'n sie besser suchen«, sagte Grampa Joe. »Kann Tage dauern, bis das Telefon wieder funktioniert.«

»Holt eure Sandalen und eine Decke, Jungs«, sagte Aunty Pearl. »Ich mach ein paar Brote.«

Wir fuhren mit Grampa Joe zum Hafen hinunter, um alle Neuigkeiten herauszufinden, bevor wir uns auf den Weg zur anderen Seite der Insel machten.

Es gab nirgendwo Strom. Auf unserer Seite waren die Wellen eher wie eine starke Flut gewesen. Der meiste Schaden war auf dem Privatgelände der Hotels direkt am Meer entstanden – dem King-Kam-Hotel, dem Kona Inn und der Waiaka Lodge.

Die Fischerboote lagen alle in der Bucht vertäut, und die Fischer standen auf dem Pier und diskutierten. In der Nähe bahnten sich Hotelangestellte ihren Weg durch ein Tohuwabohu von Tischen und Stühlen, um mit Schrubbern das Wasser aus der Empfangshalle des King-Kam-Hotels hinauszubefördern.

Im Radio hatte man gesagt, dass die Riesenwellen, die *tsunamis* genannt werden, von einem Erdbeben vor Chile hervorgerufen worden waren. Es hatte vier oder fünf Flutwellen gegeben, eine davon so hoch, dass sie über den unteren Teil von Hilo wie eine riesenhafte Planierraupe hinweggerollt war. Viele Menschen waren umgekommen, weil sie nicht glauben wollten, dass die Flutwelle tatsächlich kommen würde.

»Also los«, sagte Grampa Joe und startete den Jeep.

Als wir der Palani Road folgten, die hoch oben über die Insel führte, schlug uns der Wind um die Ohren. Die Sandwiches, die Aunty Pearl für uns gemacht hatte, lagen auf dem Sitz neben mir, aber beim Gedanken an Essen wurde mir schlecht. In der feuchten Kühle des unbewohnten Hochlands wickelte ich mich in die Decke.

Schwere Wolken drückten nach Hilo herein, als wir vom Berg hinunter in die Bucht fuhren. Alle Ampeln waren aus und die Autos schoben sich vorsichtig und merkwürdig lautlos vorwärts. Kein Hupen war zu hören. Polizei und Nationalgarde hatten den unteren Teil der Stadt, dem wir uns langsam näherten, völlig abgeriegelt. In den Wagen um uns herum lauter düstere Gesichter.

Da entdeckten wir die Mamo Street – jetzt ein schmutziger Haufen aus Schlamm und Schutt. Die Straßen davor waren voll von Autos und Menschen, ein undurchdringliches Durcheinander. Zu Fuß wären wir schneller vorwärts gekommen. Selbst mit der Decke war mir kalt. Ich saß nach vorn gebeugt und hatte die Arme um mich geschlagen. Grampa Joe schien die Kälte nichts auszumachen. Er ähnelte Dad mit seiner stillen, in sich gekehrten Art. Auch Keo schien die Kälte nicht zu stören, seine Augen waren unverwandt nach vorne gerichtet, als versuche er, Dad und Onkel Raz irgendwo in der fassungslosen Menschenmasse zu finden.

Schließlich fuhr Grampa Joe auf einen Streifen kniehohes, nasses Gras und stellte den Wagen unter ein paar Hao-Bäumen ab. Ich fühlte ein Kribbeln am ganzen Körper, als er den Motor ausschaltete und das Vibrieren des Jeeps aufhörte. Ich nahm nur gedämpfte Geräusche wahr, während meine Ohren sich an die Stille gewöhnten.

»Von hier gehen wir zu Fuß«, sagte Grampa Joe. Keo und ich sprangen aus dem Jeep. Nach zwei langen Autostunden tat die Bewegung gut.

Es war kurz nach Mittag, nur sechs, sieben Stunden, nachdem die Flutwelle die Küste erschüttert hatte. Die Welle. Immer wenn ich daran dachte, fuhr die Angst mir in den Magen. Die Vorstellung, Dad und Onkel Raz hier tot zu finden, spukte in meinem Kopf herum. Aber sicher hatten sie die Warnungen gehört und waren höher hinauf gefahren.

Wir befanden uns ungefähr einen Kilometer vom Meer entfernt, landeinwärts hinter dem Fischmarkt. Grampa Joe ging voraus. Außer dem entfernten Heulen einzelner Polizeisirenen war alles still, verlassen.

Als mir der Geruch von totem Fisch und überschwemmtem Unrat entgegenschlug, wusste ich, dass wir bald da waren. Zuerst bedeckte eine dünne Schlammschicht die Straße, dann knöcheltiefer Schlamm voller Bretter, aus denen Nägel ragten, und Zuckerrohrabfälle von der viele Meilen weiter unten an der Küste gelegenen Zuckermühle.

Und Kleider.

»Nein, einfach hatte ich es mir nicht vorgestellt«, murmelte Grampa Joe, nachdem wir um eine Kurve gebogen waren und er die Barrikaden sah. Zwei Wachmänner in Armeeregenkleidung beobachteten, wie wir uns näherten, und betrachteten uns schließlich mit düsterem Gesichtsausdruck aus der Tiefe der Kapuzen ihrer olivgrünen Ponchos.

»Hier geht's nicht weiter ohne Passsierschein«, sagte einer der beiden.

»Hören Sie«, sagte Grampa Joe ruhig, »wir suchen nach zwei Männern, die gestern Nacht in Waiakea waren. Wir wissen nicht, ob sie noch leben.«

»Wenn sie in der letzten Nacht hier irgendwo in der Nähe waren, hatten sie vielleicht eine Chance von fifty-fifty«, sagte der Wachmann und klang, als wäre er schon seit Tagen hier. »Es hat eine Warnmeldung gegeben. Schauen Sie mal in der Mittelschule nach. Dort hat man eine Notunterkunft eingerichtet.«

»Wo kriegt man einen Passierschein?«, fragte Grampa Joe.

Der Wachmann sah ihn irritiert an. »Sie können zur

Stadthalle gehen oder sich an den Katastrophenschutz wenden.«

Grampa Joe nickte und schlug die Richtung ein, aus der wir gerade gekommen waren. Keo und ich folgten ihm. Mir war leicht schwindelig. *Notunterkunft*. Reihen menschlicher Körper auf dem Boden, mit Leintüchern bedeckt.

Plötzlich bog Grampa Joe ins hohe Gras ab, das entlang des Flusses wuchs. »Vergeht'n ganzer Tag drüber, bis wir den Passierschein haben«, brummte er vor sich hin, während wir zwischen den Bäumen hindurchschlichen, um die Barrikade zu umgehen.

Mein Atem ging schneller. In unregelmäßigen Zügen sog ich die Luft ein. Ich versuchte, langsam und gleichmäßig zu atmen, aber es gelang mir nicht. Noch nie zuvor hatte ich dieses Gefühl gehabt, dass etwas Schreckliches passieren würde, und ich war machtlos, konnte nichts dagegen tun, bewegte mich einfach darauf zu.

Ein riesiger Schutthaufen türmte sich im oberen Teil des Flusses auf – Bruchstücke von Gebäuden, Felsbrocken, Autos, völlig verbogene Stahlträger, tote Fische, Telefonmasten, Abfälle von der Zuckermühle. Und ein Sampan, so lang wie der von Dad, mit dem roten Rumpf zum Himmel.

Grampa Joe blieb plötzlich stehen und starrte auf die Schlammmassen auf der anderen Flussseite. Keo und ich erkannten sofort, was er sah – einen roten Pick-up, ein Toyota, wie der von Onkel Raz.

»Eine Menge Leute fahren rote Pick-ups«, sagte Grampa Joe.

Dad hatte die Warnrufe sicher gehört und es geschafft, von hier wegzukommen. Aber Onkel Raz … Könnte es sein, dass er leichtsinnig geworden war und behauptet hatte, es sei alles nur falscher Alarm? Hatte er vielleicht Dad überredet, nach Waiakea Town zurückzukehren?

Überall waren Männer mit Schaufeln, Äxten, Brecheisen, Hacken und Seilen in Massen von Schlamm und Holz. Einmal innerhalb des abgesperrten Gebiets, wurden wir von keiner Wache mehr behelligt. Die Menschen hier waren genauso ratlos und verwirrt wie wir.

Ich stand mit Blick zum Meer, eine sumpfige, friedliche Welt. Vor mir lag die Flussmündung …

Der Fischmarkt war verschwunden! Waiakea Town nicht mehr da!

Nicht zerstört, einfach weg – eine ganze Stadt eingeebnet, ihre Überreste ins Flussbett landeinwärts geschoben.

Die Mündung des Flusses und die Umrisse der Hügel in der Ferne waren nicht wieder zu erkennen, geisterhafte Zeugen aus einer anderen Zeit. Stählerne Parkuhren lagen flach gedrückt auf den Gehsteigen. Leere Betonquadrate, wo einst Gebäude standen. Häuser, Geschäfte, Schiffe lagen weiter hinten, nur mehr Trümmerhaufen, in denen Männer herumgruben. Fische hüpften hilflos in braunen wadenhohen Pfützen.

»Hat keinen Sinn weiterzugehen«, sagte Grampa Joe schließlich. »Besser, wir helfen und fragen die Leute.«

In der Nähe zerrten drei Männer an ineinander verkeilten Brettern, um an etwas heranzukommen, das darunter lag. Eine Frau sah ihnen zu wie in Trance. Sie stand mit verschränkten Armen daneben, still wie ein Grabstein.

Grampa Joe ging hinüber, um zu helfen. Keo und ich folgten ihm durch die Schlammmassen. Völlig unvorbereitet waren wir nach Hilo gekommen, in jeder Hinsicht. Überall schauten Nägel aus zerborstenem Holz. Glasscherben und andere scharfe Gegenstände lagen im Schlamm verstreut und drohten uns in den dünnen Gummisandalen die Füße zu zerschneiden. Ich suchte nach festem Untergrund. *Dad ist nichts passiert.* Es geht ihm gut. Es *musste* ihm gut gehen.

Keo sah mich an, sein Gesicht war eingefallen. Ich hatte ihn noch nie so düster dreinblicken sehen, als rechne er mit dem Äußersten und suche bei mir nach einem letzten Fünkchen Hoffnung. Er wandte sich ab und stampfte durch den Schutt weiter.

Links von mir lagen vier zertrümmerte Autos, ineinander verschlungen wie stählerner Seetang. Ich versuchte nicht, mir vorzustellen, welcher Kraft es bedurft hatte, um sie in diesen Zustand zu bringen. Alles, was ich in diesen ersten Augenblicken empfand, drang in kleinen, überschaubaren Bildern in mein Bewusstsein. Instinktiv suchte ich Zuflucht in einer Haltung nüchterner Sachlichkeit, die mir erlaubte, das, was ich sah und dachte, ganz einfach so hinzunehmen, wie es war. Dad und Onkel Raz waren *nicht* tot *oder* lebendig, sie waren einfach nur irgendwo. Aber *wo*?

Keo, Grampa Joe und ich halfen den drei Männern, die unter den zerbrochenen Brettern gruben. Nach einer Weile hielt einer von ihnen inne und schaute auf. »Wir suchen ein Mädchen«, sagte er. »Ein kleines Mädchen.«

Grampa Joe zuckte zusammen und betrachtete den Schlamm zu seinen Füßen.

Wir zerrten Bretter beiseite und häuften sie auf, ohne etwas zu sagen. Aber mussten wir nicht Fragen stellen? Grampa Joe brach den Bann nach und nach, mit Bedacht. Unser Bedürfnis nach Information war ebenso groß wie das Bedürfnis dieser Menschen zu schweigen.

»Hat es eine Vorwarnung gegeben?«, fragte Grampa schließlich.

»Jede Menge.«

Wir räumten den Schutthaufen weiter ab. Dann, Minuten später, fuhr der Mann fort. »Ungefähr vier Stunden, zwischen den Sirenen und den Wellen. Manche sind gar nicht weggegangen. Andere kurz vor den Wellen zurückgekommen, weil sie gedacht haben, es wär falscher Alarm. Hatten wir schon öfter.«

Grampa Joe nickte, dann sagte er: »Wir suchen zwei Männer. Sie waren auf dem Fischmarkt.«

Der Mann schüttelte den Kopf, als wolle er sagen: Arme Kerle.

Wir halfen ungefähr eine Viertelstunde, dann trieb es uns weiter. Das Wenige, das sie gesagt hatten, machte mir dennoch Hoffnung. Dad hatte genügend Zeit zum Nachdenken gehabt.

Aber der rote Pick-up im Fluss …

In der nächsten Stunde stießen wir langsam zu anderen kleinen, schlammverschmierten Gruppen. Sie gruben. Fanden noch immer menschliche Körper. Auf dem Weg zurück zum Jeep teilten wir uns auf. Allein war mir wohler, und ich nahm an, Keo und Grampa Joe ging es ebenso. Im Fluss lagen noch drei halb versunkene Sampans. Wem immer sie gehörten, sie wären besser mit ihnen hinausgefahren und hätten sich den Wellen auf See gestellt.

Ich setzte vorsichtig einen Schritt vor den anderen und bahnte mir langsam einen Weg durch den Unrat. Vor lauter

Angst, mich zu verletzen, erkannte ich im ersten Moment gar nicht, worauf ich starrte.

Ich hielt den Atem an, bewegte mich nicht.

Ein *Fuß* ...

Ein kleiner, schlammverschmierter Fuß.

Regungslos, schwerfällig, nur langsam begreifend stand ich da. Ein großer Feuerball loderte in mir auf, eine Hitzewelle schlug über mir zusammen. Der Angstschweiß brach mir aus. Ein kleiner Fuß. Nur wenige Zentimeter ragte er aus dem Schlamm.

Keo und Grampa Joe waren ahnungslos weitergegangen. Es musste eine volle Minute vergangen sein, bevor ich meine Stimme wieder fand.

»Halt ... *Wartet!*«

Ich kniete im Schlamm nieder und begann Steine, Zuckerrohrreste und zersplittertes Holz um den kleinen Fuß herum wegzuräumen. Aunty Pearl hatte sich einmal schützend vor uns gestellt, damit Keo und ich den zerschmetterten Körper einer Katze nicht sahen, der in der Nähe vom Haus lag. Jetzt war keine beruhigende Stimme da, keine tröstenden Worte erklärten mir, dass der Fuß zu einem Kind gehörte, einem Wesen, das jünger war als ich und doch schon tot.

Keo und Grampa kamen eilig zurück. Ich schaute zu ihnen hoch.

»Oh, nein ...«, sagte Grampa Joe leise und kniete sich neben mich.

Wir schaufelten den fester werdenden Schlamm mit den Händen weg. Sie lag mit dem Gesicht nach unten, ein Bein zurückgebogen. Als wäre sie so empfindlich wie Reispapier, gruben wir um sie herum, ließen sie so, wie sie hingefallen war. Schließlich hob Grampa Joe sie auf und hielt sie im Arm wie ein schlafendes Kind. Es war einen kleines, dünnes Mädchen, ungefähr sieben Jahre alt, im Schlafanzug.

»Keo«, sagte Grampa Joe leise, »geh und hol einen Polizisten.«

Ich dachte an die Frau, die auf den Schutt gestarrt hatte, während die drei Männer suchten. War es *ihr* Kind? Beim Anblick von Grampa Joe mit dem Mädchen im Arm wurde mir eng in der Brust, aber ich wollte das Kind ansehen, wollte sehen, was tot sein hieß.

Das wogende Gefühl begann in den Ohren. *So war es für Dad, als meine Mutter starb.* Vielleicht hatte er ihr zugerufen: *Komm zurück, Crissy, komm zurück.* Bis ihm klar wurde, dass sie gegangen war. Dass sie beide allein waren, er im Leben und sie im Tod. Er mochte geschrien haben, tief im Innern, lautlos, in seiner Verzweiflung, mochte sich mit den Fäusten gegen die Brust gehämmert haben, denn er wusste, dass er überhaupt nichts mehr tun konnte, um irgendetwas zu ändern.

»Sonny!«, rief Grampa Joe. Ich muss ausgesehen haben, als würde ich gleich ohnmächtig werden. Mit einer Sanftheit, die ich noch nie bei ihm erlebt hatte, sagte er: »Es ist so, wie es sein soll, Junge. Die Lebenden haben keinen Vorteil gegenüber den Toten. Sie fühlt deinen Schmerz nicht.«

Keo kam mit einem Aufseher und zwei Männern zurück. Einer von ihnen war der Mann, der nach dem Kind gesucht hatte. Seine Augen füllten sich mit Tränen, als er das Mädchen sah. Er schloss sie einen Augenblick, dann nickte er dem Aufseher zu.

Grampa Joe hielt das Mädchen, bis der Mann so weit war und es nehmen konnte. Als er es auf dem Arm hatte, neigte er leicht den Kopf, um Grampa Joe zu danken. Dann trug er das Mädchen weg. Die anderen Männer folgten ihm schweigend. Grampa Joe sah ihnen nach, sein Hemd war mit Schlamm bedeckt.

Die Erinnerung an den kleinen Fuß, das schlammverschmierte Gesicht, das verklebte Haar und die geschlossenen Augen nagte an mir. Ich atmete gleichmäßig aus und ein, um mich zu beruhigen, aber es wurde nur noch schlimmer. Mehr als alles in der Welt brauchte ich jetzt meinen Dad, sehnte ich mich danach, neben ihm zu stehen, seine Hand auf meiner Schulter zu fühlen und ihn zu fragen, warum.

Als wir durch das tiefe Gras zum Jeep zurückgingen, verschwamm mir alles vor den Augen. Gestank stieg von der verwüsteten Erde auf.

Kurz bevor wir die Baumgruppe erreichten, wo der Jeep stand, kam Keo, der vorausgelaufen war, mit Freudensprüngen zu uns zurück. Grampa war neben mir gegangen, seine Hand auf meiner Schulter. Er blieb stehen. »Gott sei Dank!«

Onkel Raz saß auf dem Fahrersitz von Onkel Harleys Jeep und schlief mit verschränkten Armen. Ich rannte an Keo vorbei und rüttelte ihn wach. »Wo ist Dad?«, fragte ich. »Ist alles in Ordnung?«

Onkel Raz schreckte hoch und packte das Lenkrad. »Herrje! Ihr wollt wohl, dass mich der Schlag trifft? Was zum Teufel macht ihr *lolos* hier?«

»Euch suchen«, sagte Keo.

»Ihr spinnt wohl!« Onkel Raz klang ärgerlich, aber es war offensichtlich, dass er sich freute, uns zu sehen. »Kommt bloß nicht auf die Idee, mir noch mal so 'ne Angst einzujagen. Ich wollte gerade rauf zur Schule gehen, da seh ich den Jeep hier im Gras. Ich werd verrückt, denk ich, das ist doch der Jeep von *Harley*! Sonny,« sagte er dann und sah mich an, »deinem Daddy geht's gut. Keine Angst.«

»Wo ist er?«

»Suisan und einige Leute von der Thunfischkonservenfabrik wollten sich mit den Fischern zusammensetzen. Raymond ist hingegangen, und ich habe gewartet, um zu sehen, wer hier noch auftauchen würde. Riesenprobleme. Kein Eis da, um den Fisch zu kühlen. Die Eismaschine kaputt. Und der Fluss muss geräumt werden, damit die Boote reinfahren können. Zumindest diejenigen, die überhaupt rausgefahren sind.«

Grampa Joe räusperte sich.

Keo erzählte Onkel Raz, dass wir aus dem Transistorradio von der Flutwelle erfahren hatten. »Kein Telefon, kein Licht, rein gar nichts. Wir hatten keine Ahnung, ob ihr noch lebt, deshalb sind wir rübergekommen.«

Onkel Raz stieg aus dem Jeep, legte den Arm um mich und Keo und sagte: »Danke. Wir haben auch versucht euch anzurufen. Als die Sirene zu heulen begann, sind wir weiter rauf gefahren. Die Hälfte der Leute sind einfach in ihren Häusern geblieben und haben auf noch eine Warnung gewartet oder was.«

»Hast du die Welle gesehen?«, fragte Keo.

»Nein, aber gehört. Es waren mehrere, aber bei der großen hat man ein Dröhnen gehört, zuerst war es wie ein Zischen, dann wurde es immer lauter. Schließlich war die ganze Stadt dunkel.«

»Wo ist dein Pick-up?«, fragte Grampa Joe.

»Oben an der Schule. Warum?«

Grampa sah zu mir und Keo rüber. »Nur so ’ne Frage.«

Eine Weile sagte niemand etwas.

»Kommt, wir gehen zu Raymond«, sagte Onkel Raz schließlich, stieg in den Jeep und startete ihn, noch bevor er den Satz beendet hatte.

Onkel Raz fuhr mit kleinem Gang von dem holprigen Grasstreifen herunter. Der mahlende Klang des Motors beruhigte mich, sogar der vertraute Geruch der Abgase.

Meine Kehle brannte, als ich Dad aus der Schule auf uns zukommen sah. *Dad*, der mehr ein Teil von mir war als jeder andere auf der Welt.

»Hallo, Sohn«, begrüßte er mich, als wäre nichts Besonderes passiert. Ich wollte ihn umarmen, tat es aber nicht, nicht vor allen Leuten.

»Wir haben uns Sorgen gemacht«, sagte ich.

Er legte mir die Hand auf die Schulter und drückte sie.

Dad und Onkel Raz wollten noch ein paar Tage in Hilo bleiben, um zu helfen. Es gab noch immer so viele Vermisste.

Grampa Joe startete den Jeep. Ich kletterte auf den Sitz neben ihm. Keo wollte hinten schlafen.

Die alte pockennarbige Straße, die über den Pass führte, war noch feucht, aber es hatte zu regnen aufgehört und am Himmel zeigten sich blaue Felder zwischen den Nebelschwaden und den tief hängenden Wolken des Hochlandes. Die Dämmerung brach herein und die Luft, die uns im Jeep umgab, wurde immer kühler.

Kurz hinter Waiki’i fuhr Grampa an den Straßenrand. Es

war dunkel und kalt geworden. Keo hatte sich auf dem Rücksitz in die Decke gerollt.

»Willste fahren?«, fragte Grampa Joe. »Stockdunkel. Kein Polizist weit und breit. Kein Mensch unterwegs.«

»Klar«, antwortete ich.

»Dann rutsch rüber«, sagte Grampa Joe und stieß mir gegen den Arm. »Wird dir gut tun.«

Meine Beine waren gerade lang genug, um die Kupplung durchzutreten. Das Lenkrad in meinen Händen zog und ruckte bei jedem Schlagloch und Stein am Straßenrand. Um meine Füße breitete sich die Wärme des Motors durch das Metall aus.

Die Wolken lösten sich endlich auf, und Millionen von Sternen füllten die schwarze Dunkelheit um mich herum. Als wir an das Stoppschild kamen, wo die Passstraße auf die Mamalahoa Road traf, schaute ich zu Grampa Joe hinüber. Er war eingeschlafen oder saß einfach nur da, wie zuvor Onkel Raz, mit verschränkten Armen und geschlossenen Augen.

Nachdenklich stand ich an dem Stoppschild mit laufendem Motor, vor mir nichts als die Sterne und die Lichtkegel der Scheinwerfer. Ich war zwölf Jahre alt und brachte meinen Großvater und meinen Vetter in pechschwarzer Nacht auf der Hauptstraße mit dem Auto nach Hause. Ich hatte ein totes Mädchen gesehen und meinen Vater für tot gehalten. Irgendwie fühlte es sich richtig an, dass ich hinter dem Lenkrad saß, als könne ich etwas in meinem Leben kontrollieren, wenn auch nur für eine Stunde oder so. Das beruhigende Vibrieren des Jeeps, der sich durch die Nacht schob, und der offene Raum über mir und um mich herum, endlos bis zu den Sternen, schien die Kraft zu haben, mein Herz von der Last in meinem Innern zu befreien. Vielleicht war Dad deshalb Fischer geworden. Vielleicht verbrachte er deshalb so viel Zeit allein da draußen.

Ich fuhr um den Mauna Loa herum, durch das Inselhochland und den ganzen Weg bis vor das Haus von Grampa Joe, ehe er die Augen öffnete.

Sein Gesicht war weiß im reflektierenden Scheinwerferlicht. Langsam stieg er aus, gähnte, rieb sich über die Bartstoppeln und spielte die Rolle des alten Mannes. »Alles in Ordnung, Omilu?«, fragte er.

»Alles in Ordnung, Grampa.«

Er ging ins Haus und schloss die Tür, ohne sich noch mal umzusehen.

Als ich in die dichte, schwarze Kaffeepflanzung hinunterfuhr, kam Keo in seiner Decke auf den Vordersitz geklettert.

Grampa Joe hatte mich *omilu* genannt. Er benutzte den Ausdruck selten, und es bedeutete für mich eine Menge, mit dem *ulua* verglichen zu werden, einem Fisch, der sich mit jedem Menschen auf einen zähen Zweikampf einlassen würde.

Ich fuhr Keo nach Hause zu Aunty Pearl und sah, wie ihn seine Mutter betrachtete und lange und fest in die Arme schloss. Er hatte noch immer die Decke um sich geschlungen, die über die Verandastufen schleifte. Dann lächelte Aunty Pearl mich an und zog mich zu sich in die Arme neben Keo.

Eines Tages würde Dad es mir sagen. Ich würde ihn dazu bringen. Für ihn und Aunty Pearl war meine Mutter Crissy, deren Hand auf Dads Brust lag, mehr als ein altes Foto in einem Album. Einmal war sie genauso lebendig gewesen wie mein hüpfendes Herz.

Wer war sie? Er *musste* es mir erzählen.

7

Unerforschte Gewässer
(1961)

Frühmorgens um fünf lag Dads Sampan mit laufendem Motor am Pier und wiegte sich sanft in den lang gezogenen Wellen der Dünung. Hinter dem Berg deutete sich nur ganz schwach der Sonnenaufgang an – eine Spur Mitternachtsblau am schwarzen Himmel. Keo und ich saßen auf dem Heck und beobachteten Dad und Onkel Harley, wie sie ihre Ausrüstung verstauten.

Dad warf mir einen kurzen Blick zu und sagte. »Du kannst es dir immer noch anders überlegen und mitkommen, Sonny.«

»Nein, ist schon in Ordnung. Ich bleibe bei Keo und leiste ihm Gesellschaft.«

Dad nickte und ging nach vorne zum Laderaum.

Keo stand mit verschränkten Armen an Deck und schaute finster drein. Die Gelegenheit zu verpassen, über Nacht am Südkap fischen zu gehen, brachte Keos Stimmung auf den absoluten Tiefpunkt. Und alles nur, weil ein *Mädchen* zu Besuch kam.

Onkel Harley stellt zwei Kästen Limo und Bier in die Eiskiste. »Mach nicht so ’n trauriges Gesicht«, sagte er und schaute zu Keo hinüber. »Raz ist da, wenn du was brauchst. Du kannst ja das nächste Mal mitkommen. Klar, diesmal könnt’s am Südkap heiß hergehen. Könnten vierzig bis fünfzig *ono* ins Netz gehn, wer weiß«, witzelte Onkel Harley, aber Keo fand das gar nicht komisch.

»Wir müssen los«, sagte Dad. »Wird ein knallharter Tag. Ich spür's in den Knochen. He, Keo, du hast nicht etwa ein paar Bananen an Bord versteckt, oder?« Bananen brachten Unglück von der schlimmsten Sorte.

Keo musste lachen. »Vielleicht.«

»Haut ab, ihr Verräter«, sagte Onkel Harley. »Werft die Leinen rüber.«

Keo und ich zogen das Heck näher an den Pier und kletterten auf die Lastwagenreifen. Dann machten wir das Boot los und warfen die Leinen runter aufs Deck. Dad ließ den Pier hinter sich und steuerte die *Ipo* in den dunklen Hafen hinaus, der alte Dieselmotor tuckerte gleichmäßig. Onkel Harley stand im schwachen Decklicht und sah sich nach uns um. In ordentlichen Schlingen wickelte er die Heckleine über die Hand. Innerhalb von wenigen Minuten war die *Ipo* nichts weiter als ein kleiner, gelber Punkt, der in Richtung Süden verschwand.

Es war still im Hafen und kühl. So gerne Keo sich auf einem Boot befand, so gerne hielt ich mich am frühen Morgen auf dem Pier auf. Das war die Zeit, zu der Kailua-Kona stillstand und nur ein Rauschen in der Luft den kommenden Tag ankündigte.

Aber Aunty Pearl hatte noch einiges mit uns vor. Keo und ich machten uns auf den langen Fußmarsch den Berg hinauf.

»Tutu holt Melanie vom Flughafen ab und bringt sie hierher«, sagte Aunty Pearl. »Ich möchte, dass ihr beiden ihr Kailua zeigt. Sie ist das erste Mal auf Big Island.«

Keo starrte aus dem Fenster. Wir saßen am Küchentisch und warteten auf die Ankunft von Melanie McNeil, Keos geheimnisvoller Kusine aus Honolulu. Keiner von uns beiden kannte sie. Sogar Aunty Pearl hatte sie nur ein einziges Mal vor vielen Jahren gesehen. Aber da Melanies Mutter ihre Kusine war, wusste Aunty Pearl natürlich über alles Bescheid. Es hörte sich ziemlich hochgestochen an. Ihr *haole*-Vater besaß einen Radiosender, und ihre Mutter war Tänzerin im Moana-Hotel in Waikiki. Sie selbst besuchte eine Privatschule und – als ob das alles nicht schon genügt hätte – sie war fünfzehn, ein Jahr älter als Keo und zwei Jahre älter als ich. »Ihre Mutter sagt, sie singt wie ein Engel bei Sonnenuntergang«, meinte Aunty Pearl. »Sie hat eine ganz besondere und seltene Begabung.«

Ich fragte mich, wie eine reiche fünfzehnjährige Halb-Hawaiianerin, die eine Privatschule besuchte und wie ein Engel singen konnte, wohl aussah und was wir ihr zeigen sollten. Wie man Fische fängt? Boote putzt? Wie man mit dem Luftgewehr auf der Müllkippe schießt?

»Das kann ja heiter werden«, sagte Keo lustlos, nachdem Aunty Pearl auf die Veranda gegangen war, um nachzusehen, ob schon jemand die Auffahrt heraufkam. »Die arme Kleine. Eine *volle Woche* ohne Mami und Papi. Wahrscheinlich war sie noch nie allein von zu Hause weg.«

»Keo, Sonny, sie sind da!«, rief Aunty Pearl. Keo sah aus, als wolle er sich übergeben.

Wir gingen hinaus, als Tutu Max und Grampa Joe gerade in einer Staubwolke auf das Haus zufuhren. Die Tür auf der Fahrerseite flog auf und Tutu Max schob sich aus dem Wagen. Dann stieg Grampa Joe aus und öffnete die hintere Autotür, genau wie vor einem Hotel. Melanie McNeil trat ins Sonnenlicht, und es verschlug mir fast die Sprache.

Sie wirkte eher wie eine Frau, nicht wie ein Mädchen, und war gekleidet, als ginge sie zur Kirche oder zum Abendessen ins Kona Inn. Sie war ungefähr so groß wie ich und doppelt so schön wie die Mädchen, die ich bis dahin zu Gesicht bekommen hatte – dunkle, seidige Haut und Augen, so klar wie ein Süßwassersee.

»Aunty Pearl?« Melanie schaute fragend zur Veranda hoch.

»Ach, mein kleiner Schatz, du bist ja so groß geworden!«, rief Aunty Pearl ehrlich überrascht aus.

Melanie lächelte. Sie ging hinauf und umarmte sie, als wäre sie die Herrin des Hauses.

»Das ist dein Vetter Keo, und das ist Sonny, Keos Vetter väterlicherseits.«

Melanie schaute uns etwas merkwürdig an, als wären wir Kinder oder gehörten zum Personal. »Hallo.«

Aunty Pearl und Tutu Max nahmen Melanie unter ihre Fittiche und bugsierten sie ins Haus. Grampa Joe trug ihre vier Koffer hinter ihnen her.

Nachdem Melanie sich von Tutu Max und Grampa Joe verabschiedet hatte, folgte sie Aunty Pearl in ihr Zimmer, Keos Zimmer, und schloss die Tür. Aunty Pearl blieb bei ihr. Wir hörten, wie Melanie weinte und Aunty Pearl sie tröstete. Aber wir konnten nicht verstehen, worüber sie sprachen.

Wir mussten auf der Veranda warten. »Lauf bloß nicht weg!«, sagte Aunty Pearl zu Keo. »Sie ist nur müde von der Reise.«

»Weite Reise!«, sagte er geringschätzig, als Aunty Pearl wieder hineinging. »Eine Stunde mit dem Flugzeug.«

»Ich würde auch weinen, wenn ich eine Woche in deinem Zimmer wohnen müsste«, sagte ich.

Keo versetzte mir einen schnellen Schlag mit der Faust.

»Okay, okay! Aber gib wenigstens zu, dass sie verdammt gut aussieht und viel zu fein ist für das, was *wir* so machen«, sagte ich und rieb mir den Arm.

Keo betrachtete den staubigen Hof. Es war so still, dass man die Fliegen summen hörte.

»Eine ganze Woche den Babysitter spielen, ich weiß nicht, ob ich das aushalte«, antwortete Keo. »Das macht so viel Spaß wie Entenmuscheln vom Boot kratzen.«

Eine weiche, weibliche Stimme kam aus der Tür hinter uns, unverhofft wie ein plötzlicher Luftzug. »So?«

Keo sprang auf und drehte sich zu Melanie um. »Ich ... ich wollte nur ...«

»Schon in Ordnung, Kleiner«, antwortete sie. Keo runzelte die Stirn.

Sie hatte sich umgezogen und trug ein langes blaues hawaiisches *muumuu*, das aussah, als käme es gerade aus dem Laden. Ihr Gesicht war makellos – grüne Augen unter wunderschön geformten Augenbrauen und dickes, braunes Haar, das wie ein Fächer über ihre Schultern fiel. Aber Keo sah nur ihren Blick und der sagte: »Komm mir nicht in die Quere, Freundchen, sonst kannst du dein Testament machen.«

Keo drehte sich auf dem Absatz um und stapfte hinüber zum Schweinepferch. Ich stand auf und sagte: »Entschuldige«, und folgte Keo. Als ich wegging, hörte ich, wie sie flüsterte: »*Idioten.*«

Keo verbrachte die Nacht unten bei mir. Er erklärte Aunty

Pearl, dass ich die Hunde füttern und ein bisschen nach dem Rechten sehen müsse, solange Dad weg war. Und dann könnten wir auch gleich die Nacht bei mir verbringen.

Zuerst war Aunty Pearl dagegen, sie gab aber nach, als Melanie sich für uns einsetzte und sagte: »Lass den Jungen doch ihre Nachthemd-Party, Aunty Pearl. Das ist schon in Ordnung.«

»Hört mal zu, Jungs«, sagte Aunty Pearl am nächsten Morgen. »Ihr geht jetzt mit Melanie runter nach Kailua, zeigt ihr Kona Inn und lasst sie einen Bummel durch die Geschäfte machen. Hier ist ein bisschen Geld, damit ihr drei euch was zu Mittag kaufen könnt.«

Sie hielt uns einen Fünfdollarschein hin, aber Keo zögerte.

Melanie schnappte sich den Schein und stopfte ihn in die große Segeltuchtasche, die sie über der Schulter trug. »Ich steck ihn ein, Aunty Pearl. Sonst verliert er ihn noch.«

Melanie trug ein neues leuchtend gelbes Kleid, dazu weiße Ledersandalen und eine Sonnenbrille. Barfuß und nur mit Shorts und T-Shirt bekleidet, fühlte ich mich daneben richtig nackt.

Keo kochte. Aunty Pearl schob ihn zur Tür. Er schüttelte ihre Hände ab und ging die lange geschotterte Lehmstraße hinunter zur Hualalai Road, ohne darauf zu achten, ob Melanie ihm folgte.

»Äh ... warst du schon mal in Kona?«, fragte ich.

Melanie kniff die Augen zusammen und funkelte mich an. Dann folgte sie Keo ohne zu antworten. Die große Tasche hüpfte auf ihrer Hüfte.

Ich schaute hinauf zu Aunty Pearl. Die schüttelte den Kopf

und sagte seufzend: »Ich weiß auch nicht, Sonny, ich weiß es wirklich nicht.«

Schweigend trotteten wir drei im Gänsemarsch in Richtung Kailua hinunter, bis Keo ein Stückchen oberhalb der Stadt anhielt. »Ich will dir was zeigen«, sagte er und schaute Melanie an, »das heißt, falls es dir nichts ausmacht, wenn deine Füße ein bisschen staubig werden.«

Sie ließ ihre Tasche von der Schulter plumpsen und schaute Keo in die Augen. »Kleiner, glaub bloß nicht, es gäbe auf dieser Welt einen Ort, an den du gehen könntest und ich nicht.«

Keos Augen wurden schmal, als sie ihn *Kleiner* nannte.

»Komm mit, *Prinzesschen*«, sagte er.

Blitzend wie Macheten trafen sich ihre Blicke.

Keo stürzte förmlich durchs trockene Gras in den buschigen Dschungel entlang der Landstraße, bückte sich tief, um durch den Stacheldrahtzaun hindurchzuschlüpfen, der die Straße von einer verwilderten Weide trennte. Das Gras zwischen den Bäumen war niedergetrampelt, und so wusste ich, dass Kühe in der Nähe waren, vielleicht sogar einer der wilden Bullen.

Melanie raffte ihr Kleid bis zur Hälfte ihrer Oberschenkel hoch und schlängelte sich durch den Zaun. Auf der Hut vor Dornen und Bullen folgte ich ihr.

Sie hielt Schritt mit Keo, Meter für Meter, und beide bewegten sich schneller als nötig zwischen den Bäumen hindurch. Wir kletterten über alte, von Gestrüpp und Kletterpflanzen überwucherte Steinmauern, die viele hundert Jahre zuvor von den alten Hawaiianern errichtet worden waren, und suchten uns einen Weg über schwarzes Lavagestein, das beim Austritt aus dem Vulkan die Form erstarrten Schlamms angenommen hatte.

Keo blieb stehen, als wir zu einer leichten Bodensenke kamen, die aussah wie ein ausgetrockneter Teich und die Ausmaße eines kleinen Swimmingpools hatte. Unten türmte sich ein Haufen flacher Steine auf. Ich half Keo die Steine vom Eingang zu der Lavaröhre wegzuräumen, die uns Onkel Harley vor Jahren gezeigt hatte. Es war eine von nur zwei oder drei Stellen, wo der unterirdische Tunnel an die Oberfläche stieß. Onkel Harley hatte uns erzählt, dass man in dieser Röhre von einer Stelle nahe dem Berggipfel bis hinunter zum Ozean gelangen konnte und bei der Kailua-Bucht unter Wasser herausstieß. Aber ich hatte nie von jemanden gehört, der das gemacht hatte.

»Lavatunnel«, sagte Keo grinsend. »Zu schade, dass du nicht reinkannst, um ihn dir anzusehen.«

»Das meinst du, Kleiner! Schaut da rüber und dreht euch nicht um, bis ich's euch sage.«

Keo warf mir einen Blick zu.

So verlockend es auch war, drehte sich doch keiner von uns um, bis sie das Stichwort gab. Als wir es schließlich taten, stand sie barfuß, in blauem T-Shirt und Jeans vor uns. Ein Zipfel ihres gelben Kleides schaute oben aus ihrer Tasche heraus. »So, worauf wartet ihr?«

»Na ja …«, druckste Keo herum. »Ohne Taschenlampe können wir nicht weit rein. Und da sind Spinnweben und Tausendfüßler.«

Melanie stellte ihre Tasche hin und warf Keo und mir einen Blick zu, der so viel sagte wie: Bewegt euch!

Keo ließ sich in das Loch im Boden hinunter, und mir war

klar, dass ihm das nicht geheuer war, ohne vorher alles mit der Taschenlampe ausgeleuchtet zu haben, um sicherzugehen, dass ihn darin nichts Schlimmes erwartete.

Melanie drückte sich an mir vorbei und folgte Keo. Ein leichter Seifenduft hing ein paar Sekunden lang in der Luft. Ihr Haar leuchtete in der Sonne. Sie packte es und drehte es zusammen, bevor sie sich in den Schacht hinuntergleiten ließ.

Ich folgte ihr, so dicht, wie ich mich traute. Der Tunnel führte bergab, und bereits nach ein paar Metern drang fast kein Licht mehr vom Eingang herein.

»Ohne Lampe können wir nicht weiter«, sagte Keo. »Abgesehen davon gibt es so viele Abzweigungen, dass man sich leicht verirrt und nie mehr rausfindet. In der Gegend von Kau ist ein Junge in einen Lavatunnel gekrochen und nie wieder rausgekommen.« Schon bei dem Gedanken, in völliger Dunkelheit allein zu sterben, krampfte sich alles in mir zusammen.

»Hier drin gibt's auch Knochen«, fügte ich hinzu. »Ich glaube, die Höhle wurde früher mal als Grab benutzt.«

Melanie ließ das völlig kalt. »Los, wir gehen tiefer rein. So weit, bis überhaupt kein Licht mehr da ist. Ich will die totale Finsternis sehen.«

»Keine gute Idee«, sagte Keo, schlüpfte an uns vorbei und krabbelte zurück zum Eingang der Höhle. »Verirrt man sich zu leicht.«

»Hast du etwa *Angst*?«

»Nein, bin nur nicht blöd.«

Ich stimmte Keo zu, obwohl Melanies Idee mir gefiel. Früher in der Höhle hatten wir immer Taschenlampen dabei gehabt, aber nie daran gedacht, sie auszuknipsen. Man müsste wirklich mal sehen, wie das war.

»Und was ist mit dir?«, fragte mich Melanie.

»Keo hat Recht, es ist keine gute Idee.« Wie könnte ich gegen Keo Partei ergreifen.

»Was für 'n paar Waschlappen«, sagte Melanie.

Keiner von uns sagte noch ein Wort zu ihr, bevor wir unten am Kona Inn waren und dann auch nur, weil wir mussten. Keo ging vorneweg und ließ mich allein mit ihr.

Das Kona Inn schien sie nicht zu interessieren, ebenso wenig wie das Kakina. Nicht einmal Emmas Laden mit der prall gefüllten Kühltheke voller Schokoeis am Stil konnte sie begeistern, aber als wir unten am Hafen ankamen, erwachte ihr Interesse.

Die *Optimystic* wiegte sich leicht am Pier. Onkel Raz saß in seinem Kampfstuhl in der Sonne und wickelte alte Angelschnur von einer seiner großen Rollen ab. Es war ein klarer, heißer Tag mit stahlblauem Himmel, und das Wasser glitzerte wie Diamanten auf türkisfarbenem Grund.

»So«, sagte Onkel Raz, als wir das Heck näher zum Pier zogen und an Bord gingen, »du bist also Camillas Tochter.«

Melanie lächelte ihn zuckersüß an.

»Fühl dich ganz wie zu Hause«, sagte Onkel Raz an Melanie gerichtet.

Keo und ich setzten uns auf das Heck und schauten ihm beim Arbeiten zu. Derweil ging Melanie in die Kajüte und dann hinunter in den vorderen Laderaum, um sich umzusehen.

»Da hast du aber eine hübsche Kusine, Keo«, sagte Onkel Raz.

»Hübsch mies, meinst du.«

»Ich glaube nicht, dass sie uns besonders mag«, ergänzte ich.

Onkel Raz lachte, ohne von der Rolle aufzusehen. Vor seinen Füßen türmte sich die Schnur schon zu einem Haufen auf, mindestens eine halbe Meile musste es sein.

»Du hast nicht zufällig Lust, sie zu einer Bootsfahrt einzuladen, oder?«, fragte Keo.

Was für eine blendende Idee, dachte ich. *Sehr* gut.

»Seid ihr beide nicht oft genug mit dem Boot draußen?«, sagte Onkel Raz.

»Nicht uns, Onkel. Sie.« Keo deutete mit dem Kinn in Richtung Kajüte.

Onkel Raz schaute Keo an, dann wieder zurück zu seiner Rolle. Er lachte leise vor sich hin und schüttelte den Kopf. »Damit seid ihr wohl überfordert, was?«

Keo saß mit verschränkten Armen da.

Nach ungefähr fünf Minuten trat Melanie lächelnd in die Sonne heraus, als ginge irgendetwas in ihr vor, von dem nur sie wusste. Sie bückte sich und griff in den Berg alter Angelschnur auf dem Deck. »Kann ich das haben?«, fragte sie. Onkel Raz warf ihr einen Klar-aber-was-willst-du-denn-damit-Blick zu und antwortete: »Natürlich, nimm's dir nur.«

Nachdem Onkel Raz die Rolle ganz abgewickelt hatte, nahm Melanie den Garnhaufen und breitete ihn auf dem Pier aus. Dann nahm sie ein Ende davon in die Hand und begann die Schnur über ihren Ellbogen aufzuwickeln, wie ein Mann oder ein Junge es tun würde, nicht aber ein Mädchen.

Keo sah schließlich auf. Nachdem Melanie die ganze Schnur fein säuberlich über Ellbogen und Hand aufgewickelt hatte, band sie sie in der Mitte zusammen und verstaute sie sorgfältig in ihrer Tasche, die allmählich den Eindruck machte, als hätte sie keinen Boden.

»Los«, sagte sie zu Keo und mir. »Gehen wir.«

Sogar Onkel Raz schaute hoch.

»Diesmal folgt ihr *mir*«, sagte sie.

Keo verdrehte die Augen und Onkel Raz tätschelte ihm die Schulter. »Nur zu, Jungs«, sagte er und sah aus, als würde er sich mächtig amüsieren. Er nahm die Leine von der Achterklampe und zog das Boot näher an die Lastwagenreifen heran. Keo und ich stiegen aufs Pier. Schon jetzt war mir klar, dass wir diese Geschichte noch oft von Onkel Raz zu hören bekommen würden.

Als wir am Hafendamm ankamen, blieb Melanie stehen und drehte sich zu uns um. »Hier ist es langweilig, aber ich hab eine Idee.« Sie sah uns mit großen Augen an und wartete darauf, dass einer von uns sagen würde: Jaa? Was denn? Aber keiner sagte was.

Melanie runzelte über unseren Mangel an Begeisterung die Stirn. »Gut«, sagte sie, »dann gehe ich eben allein in die Höhle zurück.«

Keo sah auf. »Das ist keine Höhle, das ist ein Lavatunnel, und er verzweigt sich in über tausend Gänge. Was willst du denn *da* schon wieder?«

»Ich will so weit rein, bis es ganz dunkel ist.«

»Das ist bescheuert, einfach bescheuert«, sagte Keo.

»Und außerdem haben wir das schon gemacht«, fügte ich hinzu.

»Alles klar«, sagte sie. »Ihr Waschlappen bleibt hier und *ich* geh allein.« Sie wirbelte herum und stolzierte mitten auf der Straße in Richtung Palast. Dann drehte sie sich um, lief rückwärts weiter und schrie: »Waschlappen, Waschlappen, Waschlappen!«

»Prinzesschen, Prinzesschen, Prinzesschen!«, schrie Keo zurück.

Sie starrte ihn an und schien überrascht. Keo erwiderte ihren Blick. Da drehte sich Melanie um und stürmte mit hüpfender Leinentasche davon.

Keo hob einen Stein vom Straßenrand auf und schleuderte ihn weit in den Hafen hinaus, und um zu zeigen, dass ich es ebenso wenig hinnahm, warf auch ich einen Stein. Trotzdem schielte ich verstohlen zum Palast hinüber, um zu sehen, wie weit sie schon weg war.

»Deiner Mom wird es überhaupt nicht gefallen, wenn wir nicht auf sie aufpassen«, sagte ich.

»Los, wir gehen nach White Sands schwimmen.«

»Okay, aber stell dir mal vor, sie geht tatsächlich in den Lavatunnel und kommt nicht mehr raus.«

Wir machten uns auf den Weg zum Strand von White Sands, der in derselben Richtung lag, in die Melanie gegangen war. Er war ein ganzes Stück weiter die Küste runter, und normalerweise hätten wir versucht, ein Stück per Anhalter zu fahren. Aber Melanie hatte uns völlig in der Hand. Und mich beschlich das Gefühl, dass sie das wusste.

»Wir können sie da nicht alleine reingehen lassen«, sagte ich und packte Keo am Arm, als wir die Abzweigung erreicht hatten.

»Warum nicht? Sie braucht uns nicht. Wir könnten jetzt unten am Südkap sein und hundertstückweise *ono* fangen, wenn die nicht wäre. Außerdem hat sie uns Waschlappen genannt.«

»Ja, ja, schon. Aber …«

Keo hielt beim ersten Wagen, der vorbeikam, den Daumen

hoch. Der Wagen hielt an, Keo stieg ein, und als er sah, dass ich nicht mitkam, schlug er die Tür zu. »*Ich* lass mich von der nicht an der Nase herumführen!«, rief er mir aus dem Fenster zu, als das Auto losfuhr.

Die Sonne stand hoch, und das Pflaster war heiß. Solange kein Auto kam, lief ich in der Mitte der Straße auf der unterbrochenen weißen Linie, die kühler war als der Asphaltbelag.

Als ich Melanie schließlich einholte, ging sie einfach schweigend weiter. Die Straße begann sich zu winden und zum Berg hin anzusteigen, Bäume und Gräser schoben sich über die Ränder des Asphalts. An dem Pfad zum Lavatunnel lief sie vorbei, ohne ihn zu sehen.

»Hier war's«, sagte ich.

Sie blieb stehen und sah mich zum ersten Mal an, seitdem ich zu ihr gestoßen war, dann blickte sie an mir vorbei. »Wo ist er?«, fragte sie.

»Zum Strand gegangen.«

»Gut.«

Ich schaute die Straße hinunter und dann wieder zu Melanie zurück. »Eigentlich ist er ganz in Ordnung«, sagte ich. »Er ist einfach nur stinksauer, weil er mit Onkel Harley nicht zum Fischen fahren durfte. Aunty Pearl hat darauf bestanden, dass er hier bleibt, weil du kommst.«

Sie schaute mir voll in die Augen, und ich musste wieder die Straße hinuntersehen. »Das wusste ich nicht«, sagte sie. »Willst du mitkommen?«

Ich zuckte mit den Schultern und sagte: »Klar.«

Als ich ihr durch die Bäume folgte, fragte ich mich, was Keo jetzt machte – und was er wohl zu mir sagen würde, wenn wir uns das nächste Mal trafen.

Ein verrückter Tag. Den ganzen Morgen lang hatte uns dieses Mädchen wie *petoots* behandelt, und jetzt stapfte ich hinter ihr her durch den Dschungel und es *gefiel* mir auch noch.

Mich überraschte, wie Melanie in das Loch hineinkletterte, als stiege sie in ein Auto. Sie hatte überhaupt keine Angst. Ich folgte ihr, tappte nervös im Dunkeln herum und hoffte, dass ich an keine Fledermaus langte oder an etwas anderes, das sich bewegte.

Bald saßen wir einander gegenüber, dort, wo sich der Lavatunnel hinter der ersten Biegung zu einem größeren Raum öffnete. Ungefähr so weit konnten wir gehen, bevor wir in völlige Dunkelheit vorstießen.

»Lass uns weiter reingehen«, flüsterte sie.

Ich konnte ihr Gesicht nicht erkennen, nur ganz schwach den Umriss ihres Kopfes. »Melanie, was Keo gesagt hat, stimmt.«

»Schhh«, machte sie und berührte meinen Arm.

Ich war still und horchte, dachte, sie hätte etwas gehört. Dann ging ein Licht an.

»Wo hast du denn *die* her?«, fragte ich.

Melanie hielt sich eine Taschenlampe unters Kinn; so angestrahlt sah ihr Gesicht zum Fürchten aus.

»Vom Boot, und dann hab ich noch das da.« Sie hielt mir die fein säuberlich aufgewickelte Angelschnur hin, die sie von Onkel Raz bekommen hatte. »Jetzt können wir in die totale Finsternis gehen.«

Sie krabbelte wieder um die Biegung des Tunnels hinaus zum Licht und bedeutete mir zu folgen. Schnell band sie ein Ende der Angelschnur an einem großen Felsen fest.

»Was meinst du?«, fragte sie.

Es war nicht der beste Knoten, den ich je gesehen hatte, aber er würde halten. Melanie lächelte, dann fragte sie: »Fertig?«

»Glaub schon.«

Der Tunnel verengte und wand sich, machte scharfe Kurven, öffnete sich zu größeren Räumen, um dann wieder zu fast unpassierbaren Schlitzen zusammenzuschrumpfen. Wie die Äste eines Baumes verzweigte er sich in Seitengänge oder neue kilometerlange Tunnel, zumindest soweit ich sehen konnte. An einer Stelle mussten wir uns flach auf den Boden legen und durch eine Lücke hindurchzwängen, um weiterzukommen. Dahinter öffnete sich ein großer runder Raum. Wasser tropfte von einer Wand und fiel in ein kleines Loch. Die Luft war kalt, und der Raum roch wie ein rostiger Jeep in einem Schrotthaufen nach einem Regenguss.

»Das müsste tief genug sein«, sagte sie so leise, dass ich es fast nicht hörte. Und dieses eine Mal war ich völlig ihrer Meinung. Wir setzten uns nebeneinander und lehnten uns gegen die trockene Wand der Höhle.

Da knipste Melanie das Licht aus.

Keiner von uns beiden bewegte sich. Ich hielt die Luft an, wahrscheinlich aus Ehrfucht vor der tiefen Finsternis, dem so fremdartigen, vollständigen Fehlen von Licht. Ich konnte nicht glauben, dass meine Augen weit offen waren und ich trotzdem überhaupt nichts erkennen konnte. Irgendetwas würde auftauchen, dachte ich, wenn sich meine Augen erst an das Dunkel gewöhnt hätten. Aber alles blieb vollkommen schwarz. Und ohne das Tropfen des Wassers wäre die Stille genauso durchdringend gewesen wie die Dunkelheit.

»Mann«, flüsterte Melanie. »Das ist ja irr-rre!«

Wir saßen lange Zeit ohne zu sprechen da und lauschten dem Tropfen. Irgendwo in meinem Kopf plapperte eine Stimme weiter, beeilte sich, die leeren Räume auszufüllen, als wisse sie nichts mit diesem neuen Zustand anzufangen.

Dann, wie aus dichtem Nebel, der durch die hohen Eukalyptusbäume im Hochland des Mauna Kea fiel, hörte ich den wohl schönsten Klang, den ich je für möglich gehalten hatte.

Eine Stimme. Klar, rein, sanft. Vollkommen.

»Pupu, hinuhinu, pupu, hinuhinu e …«

Als Aunty Pearl Keo und mir erzählt hatte, dass Melanie McNeal wie ein Engel sang, hatte ich mir darüber weniger Gedanken gemacht als über das Schwarze unter meinen Nägeln. Aber jetzt war diese Stimme in mir, dehnte sich aus, besänftigte mein Unbehagen, das ich in der Dunkelheit empfand, und entzündete in mir bis dahin unbekannte Gefühle.

Für eine Weile unterbrach die Stimme in meinem Kopf ihr Quasseln und lauschte.

»… o ke kaha kai …«

Ich saß vollkommen still da, als könnte der kleinste Laut sie zum Aufhören bewegen. Der Klang ihrer Stimme erhitzte mich, entfachte ein loderndes Feuer in meiner Brust und jagte mir prickelnde Schauer die Arme hinunter. Ich sah mich auf einem windstillen Meer in unerforschten Gewässern an der Reling eines alten Schoners stehen und auf ein Zeichen warten, warten darauf, dass etwas geschah. Dann war ich unter Wasser, keuchte. *Tu das nie wieder …* Ich bedeckte meine Ohren mit den Händen, als könne ich damit die angsteinflößende, unerklärliche Traumerinnerung zum Schweigen bringen. Was *war* es bloß? Ich war nahe daran, Melanie davon zu erzählen, tat es aber nicht.

»... pupu hinuhinu e ...«

Als sie zu singen aufhörte und alles wieder still war, wünschte ich ihre Stimme zurück. Ich wollte ihren Klang aufsaugen, denn ich wusste, dass ich diesen Augenblick nie vergessen würde. Ich zitterte von der aufwühlenden Traumerinnerung und wollte ganz dicht bei Melanie sein, wollte, dass sie weitersang, mich beruhigte.

Da hörte ich sie leise weinen.

»Melanie? Was ist los?«

Ich wartete, horchte auf das Tropfen des Wassers.

»Daddy ist krank. Er ist fast gestorben. Er liegt mit einer Lungenentzündung im Krankenhaus.« Sie schwieg einen Augenblick, dann fuhr sie fort: »Meine Mutter hat mich hierher geschickt, damit sie bei ihm bleiben kann.« Sie fing wieder an zu weinen. »Was ist, wenn er stirbt?«

»Ja«, sagte ich, kaum hörbar.

Deshalb hatte sie in Keos Zimmer geweint.

Das tiefe Schwarz des Lavatunnels umschloss mich. *Was ist, wenn er stirbt?*

Was wäre, wenn *mein* Dad sterben würde? Mein Mund wurde trocken, als ich an Waiakea Town dachte.

Mein Hände bewegten sich suchend über den Boden, bis ich Melanie fand. Ich ertastete ihre Haltung. Sie saß mit angezogenen Beinen da und hatte die Arme vor der Brust verschränkt. Als ich sie berührte, fasste sie nach meiner Hand. Ihre fühlte sich feucht an und sie zitterte. Ich spürte, dass sie sich mit der freien Hand die Tränen abwischte. Lange saßen wir schweigend. Ich wollte ihr sagen, dass meine Mutter tot war. Tat es aber nicht.

»Lass uns wieder rausgehen«, sagte Melanie schließlich.

Sie schaltete die Taschenlampe ein, und alle herumschwirrenden Gedanken verschwanden. Die Anwesenheit von Licht genügte, um alles zu verändern – den Gesang, die Gefühle, die Ängste. Sie waren weg. Als wären sie nie da gewesen.

Wir folgten der Angelschnur, krochen nach draußen ins blendende Licht des Tages und liefen ohne zu sprechen durch die Bäume zurück zur Straße. Melanie ging ein paar Schritte hinter mir, ihre bloßen Füße schritten so sicher und abgehärtet wie meine eigenen.

Ich dachte an ihre Eltern und ans Alleinsein.

»Hey«, sagte ich, »ich möchte dir was zeigen.«

Ich führte sie vom Pfad weg und sie folgte mir. Ich wandte mich nach Süden durch einen überwucherten Dschungel aus Bäumen und Gras, über alte Steinmauern und durch Haine aus riesigen Kiawe-Bäumen mit ihren harten, trockenen Stämmen. Von der Hitze klebte mir mein Hemd feucht am Rücken und der Staub von der Höhle färbte es dunkelbraun.

Auf einer kleinen Erhebung fand ich, was ich ihr zeigen wollte – die alten Grundmauern des ersten Missionarshauses auf Hawaii, das seit nunmehr über einem Jahrhundert unbewohnt war.

»Das muss das Wohnzimmer gewesen sein«, sagte ich halb scherzend, als wir auf einem ebenen Rechteck standen, das die beste Aussicht auf die Landschaft zu bieten schien. »Ein junger Mann und eine junge Frau, nicht viel älter als wir, haben hier vor über hundert Jahren gelebt. Um 1820 haben sie das Haus selbst erbaut. Sechs Monate hat es gedauert, bis sie endlich die Insel erreichten. Alle Menschen, die sie kannten, haben sie zurückgelassen und sie kannten nicht eine Menschenseele, als sie vom Schiff stiegen. *Das* ist allein.«

Aunty Pearl hatte mir von dem alten Haus erzählt und Keo und ich hatten es eines Tages gesucht. Als ich das erste Mal durch die Ruinen schritt, war ich von der Tatsache beeindruckt, dass zwei junge Menschen ihre Heimat in Massachusetts verlassen hatten, um sich mit einem Segelschiff zu einem Ort und einer Kultur aufzumachen, von der sie nichts wussten. Nachdem ich diesen Ort gefunden hatte, verbrachte ich Stunden auf den Felsen vor dem Haus, starrte hinaus auf den Pazifik und fragte mich, was sich wohl hinter dem fernen Horizont verbarg.

Melanie hob etwas vom Boden auf, das Stückchen eines weiß-blauen Tellers. Sie wischte den Staub ab und zeigte es mir. »Ob das von einem ihrer Teller stammt?«

»Gut möglich. Außer ihnen hat niemand hier gelebt.«

Sie lächelte mich an und tat die Scherbe in ihre Tasche. »Ich werde sie aufheben, als Erinnerung an dich. Komm jetzt, wir gehen zurück zu Aunty Pearl.«

Auf dem Weg zur Straße ergriff sie im hellen Tageslicht meine Hand. Ihre Haut fühlte sich bei der Berührung völlig anders an, als wenn mir Dad die Hand auf die Schulter legte oder wenn Keo und ich eine Wette durch Handschlag besiegelten. Aus ihrer Hand floss ein unsichtbarer Stoff, der elektrische Ströme durch meinen Körper sandte und davon Besitz ergriff. War es das, was Mädchen mit Jungen anstellten? Ich schmolz dahin wie Eis in der Sonne. Dabei war es völlig gleichgültig, dass sie vielleicht nur deshalb meine Hand nahm, weil sie sich um ihren Vater sorgte. In den nächsten

Minuten hätten es nicht einmal die Bullen auf der Weide vermocht, meine Aufmerksamkeit von Melanie McNeil abzulenken.

Als wir schließlich die Hualalai Road hinter uns ließen und die alte ungepflasterte Zufahrt zu Keos Haus hinaufgingen, durchschnitt eine Regenfront in etwa einer Meile Entfernung den Hang.

Nach der Biegung kam das Haus in Sichtweite, und sofort begannen die Hunde zu bellen und liefen uns entgegen. Wenn Aunty Pearl herausfände, dass Keo nicht bei uns war, würde sie uns einen Schweinepferch voll Fragen stellen.

»Wir können noch nicht raufgehen«, sagte ich und hielt Melanie zurück. »Wir müssen auf Keo warten.«

Melanie zog die Stirn kraus. »Warum?«

»Aunty Pearl wird wissen wollen, warum er nicht bei uns ist. Wenn sie erfährt, dass er allein zum Strand gegangen ist, anstatt bei uns zu bleiben, bekommt er garantiert eine Menge Ärger.«

»Ach so«, sagte sie. »Na dann …«

Bullet und Blossom kamen auf uns zugerannt, wedelten mit dem Schwanz und schnüffelten an Melanie herum. Ich kehrte um und zog sie die Straße hinunter. »Wir können am Ende der Einfahrt auf ihn warten, unter dem Mangobaum.«

»Hooie!«, rief Aunty Pearl von der Veranda herunter und winkte uns zu.

»Mist«, brummte ich. »Jetzt müssen wir ihr ’n paar Erklärungen geben.«

Aunty Pearl runzelte die Stirn, als ich ihr sagte, Keo und ich hätten uns unterwegs irgendwie verloren. Sie führte Melanie ins Haus, als wäre sie eine Woche lang auf See vermisst gewesen.

Keo kam eineinhalb Stunden später die staubige Auffahrt herauf. Melanie saß neben mir auf der Veranda und erzählte mir von Honolulu. Ich hatte Keo fast vergessen, so sehr war ich vom Klang ihrer Stimme so dicht an meinem Ohr gefesselt und von der Wärme, die ihr nur ein paar Zentimeter von meinem entfernter Arm ausstrahlte.

Keo starrte wie gedankenverloren auf den Boden, als er zu uns heraufstieg. Er schien gar nicht so wütend darüber, uns zusammen zu sehen. Wortlos eilte er an uns vorbei, als wären wir gar nicht da.

Aunty Pearls Stimme schrillte durch das Haus bis hinaus auf die Veranda. Keo hatte offenbar nichts erwidert oder nur geflüstert, so still war es nach Aunty Pearls Schimpfen.

Dann schlug eine Tür.

»Ich gehe rein und erkläre Keo, was passiert ist.«

»Vielleicht solltest du ihn lieber allein lassen, bis er sich beruhigt hat«, sagte Melanie. Aber die Sache ließ mir keine Ruhe.

Ich klopfte und öffnete die Tür von Keos Zimmer. Er lag auf dem Bett, die Hände hinter dem Kopf verschränkt und starrte an die Decke.

»Was willst *du* denn?«, sagte er, als ich die Tür hinter mir geschlossen hatte.

»Wir wollten auf dich warten, aber als wir dran gedacht haben, war's schon zu spät.«

»Ja, klar doch.«

»Mensch, das ist wahr. Melanie und ich waren …«

»Warum schwirrst du nicht einfach ab«, sagte er.

»Was …?«

»Ich hab gesagt, schwirr ab, verdufte, geh schon nach Hause.« Er setzte sich mit einem Ruck auf und schaute mich wütend an.

»Hey«, sagte ich, »warum regst du dich eigentlich so auf? *Du* warst doch derjenige, der weggegangen ist.«

»Und jetzt wird's für *dich* Zeit zu gehen!«, sagte er und stand auf. »Zuerst kann ich nicht fischen gehen, weil ich Babysitter spielen muss, und dann haust du ab und bringst mich in Schwierigkeiten, und jetzt kann ich auch noch morgen zu Hause bleiben … alles wegen dir und dieser hochnäsigen Prinzessin da draußen!« Keo versetzte mir einen Stoß, während er sprach.

»Jetzt aber mal langsam«, sagte ich, den Stoß ignorierend. »Melanie …«

»Melanie? Melanie?«

Keo versetzte mir wieder einen Stoß, diesmal härter. Ich verlor das Gleichgewicht und fiel nach hinten gegen die Tür.

»Komm her, du!«, sagte Keo und winkte mich zu sich. »Du Waschlappen.«

Ich rappelte mich auf und stieß ihm die Schulter in den Bauch. Wir fielen nach hinten auf sein Bett und rollten keuchend auf den Boden. Keo nahm mich in den Schwitzkasten und drückte zu, bis meine Ohren zu brennen anfingen.

Die Tür flog auf, und Aunty Pearls Stimme donnerte in den Raum.»*Keo!*«

Noch immer ineinander verkeilt lagen wir schwer atmend auf dem Boden.

»Sonny, du gehst jetzt besser nach Hause«, sagte Aunty Pearl.

»Ja, du *Waschlappen*«, sagte Keo, als spucke er das Wort aus.

»Du hältst deinen Mund!«, sagte Aunty Pearl. »Und bleibst in dem Zimmer, bis Daddy heimkommt.«

Ich riss mich von Keo los und machte einen Schritt zurück. Melanie stand hinter Aunty Pearl und linste zur Tür herein. Ohne sie anzusehen, schob ich mich an ihr vorbei und stapfte hinaus in den Hof. Meine Ohren taten weh und meine Haut fühlte sich an, als hätte ich sie mit Sackleinen abgeschrubbt. Das war die erste große Rauferei zwischen Keo und mir und ich hasste ihn.

Unten bei mir zu Hause war es still ohne Dad. Ich machte mir ein Erdnussbutterbrot mit Banane und ging hinaus zum Meer, um über alles, was an diesem Tag passiert war, nachzudenken. Das Einzige, was ich hätte anders machen können, war, Melanies Rat zu befolgen und Keo alleine zu lassen, damit er sich erst einmal beruhigte.

Später am Abend klingelte das Telefon.

»Hi«, sagte Melanie, ich erkannte ihre Stimme sofort. »Was machst du?«

»Nichts. Ich sitze hier nur rum. Hat Keo sich inzwischen wieder abgeregt?«

»Weiß nicht. Ich nehm's an.«

Mir fiel nichts mehr ein, was ich sagen könnte. Ich hoffte, sie würde etwas sagen, denn ich wollte nicht, dass sie einhängte.

»Aunty Pearl hat zu ihm gesagt, sie würde Onkel Harley

nichts erzählen, wenn er sich bei mir entschuldigt«, fügte sie hinzu.

»Hat er?«

»Mehr oder weniger. Ist mir auch egal. Aunty Pearl hat gesagt, er ist einfach zu dickköpfig.«

»Da hat sie Recht.«

»Wollen wir morgen etwas zusammen machen?«, fragte Melanie. »Das ist der einzige Tag, an dem Aunty Pearl nichts für mich geplant hat.«

»Was denn?«

»Ich weiß nicht. Wir könnten im Hotel schwimmen gehen.«

»Da kann man nur schwimmen, wenn man da wohnt«, sagte ich.

Sie machte eine kleine Pause, dann sagte sie: »Woll'n wir wetten?«

Am nächsten Tag trafen wir uns wie geplant am großen Salzwasserbecken des Kona Inn. Aber Melanie gefiel es dort nicht. »Ist mir zu voll hier. Lass uns irgendwo hingehen, wo es intimer ist.«

Ich schaute mich um, als dächte ich nach, wohin wir gehen könnten, aber eigentlich fragte ich mich nur, was sie mit *intimer* meinen könnte.

»Gibt es etwas, wo keine Leute sind?«, fragte sie.

Ich zuckte mit den Schultern. »Weiß nicht. Draußen am Flughafen?«

»Klingt gut.«

Es war ein langer Fußmarsch unter einer unbarmherzigen Sonne, aber jeder Schritt war es wert. Das Komische an Melanie war, dass ich nie eine Ahnung hatte, was in ihrem Kopf vorging. Ich hatte das Gefühl, dass sie mich heimlich betrachtete, wenn ich nicht zu ihr hinsah. Der Gedanke, dass das stimmen könnte, ließ mich erschauern. Immer wenn ich sie ansah, schaute sie weg. Aber kurz bevor wir an den Strand kamen, erwiderte sie meinen Blick. Wir standen beide da und schauten uns in die Augen. Mein Atem ging flach.

Da lächelte sie und schaute weg.

Von da an hatte ich Mühe, sie nicht ständig anzustarren, denn nichts auf der Welt wünschte ich mir mehr. Alles andere war völlig bedeutungslos geworden.

»Hinter diesen Felsen ist so eine Art Lagune«, sagte ich, als wir draußen am Flugplatz ankamen. »Nur wenige kommen so weit raus zum Schwimmen.«

»Gut«, sagte sie. »Ich hoffe, jetzt ist niemand da.«

Das Wasser war seicht und warm, fast zu warm, und der Strand menschenleer. Melanie watete bis zu den Knien ins Wasser, beugte sich hinunter und schöpfte eine Hand voll von dem klaren Meerwasser heraus. Sie schaute sich um, betrachtete den Sand am Boden der Lagune, die Felsen, die sie säumten, und das tiefblaue Meer dahinter. Meine Gedanken schweiften weit weg zu einer verlassenen Insel in der Tiefe des südlichen Pazifik. Wir beide als Schiffbrüchige dort – nur wir beide.

Ich muss wohl sehr verträumt ausgesehen haben, denn Melanie spritzte mit Wasser nach mir. Als sie zurück zum Ufer watete, leuchtete sie im glitzernden Sonnenlicht. Sie rannte hinauf in den Sand, ließ ihr Handtuch fallen und zog sich Shorts und Bluse aus. Darunter trug sie einen hellgrünen Bikini, der mich schwindelig machte.

»Los, komm!«, rief sie und rannte wieder ins Wasser.

Wir räkelten uns eine Weile in der seichten Lagune, saßen auf dem Boden, das Wasser bis zum Kinn, paddelten langsam wie zwei Schildkröten darin herum und sprachen über alles, was uns einfiel.

Als meine Finger anfingen, vom Wasser runzelig zu werden, ging ich hinaus und legte mich auf den Bauch in den Sand. Die heiße Sonne auf meinem Rücken fühlte sich gut an. Melanie legte sich neben mich, auf einen Ellbogen gestützt. Sie ließ ihre Fingerspitzen über meinen Rücken gleiten, ganz sanft, in kleinen Kreisen.

»Hast du schon einmal ein Mädchen geküsst?«, fragte sie.

Ich rollte auf den Rücken. Was war *das* denn für eine Frage?

Sie bürstete mir den Sand von der Brust, wie man Staub von einem Tisch wischt. »Sag schon, hast du?«

»Klar«, sagte ich. Das war eine Lüge. Ich hatte noch nie eine Freundin gehabt. Keo schon, mehr oder weniger, aber ich nicht.

Melanie stützte sich auf ihre Hände und Knie und beugte sich über mich.

Ich war stumm, wie gelähmt durch ihre Nähe.

Als sie mich küsste, war mein Gesicht von Haar umgeben – feuchtes, himmlisches, mich einhüllendes Haar. Mir schwirrte der Kopf, und mein Körper schien von der Erde wegzuschweben und sich zu drehen, wieder und wieder. Ihr Mund war weich, nachgiebig, seidig und schmeckte süß. Passierte das wirklich *mir*?

Sie ließ sich zurückrollen und lag mit geschlossenen Augen auf dem Rücken. Eine lange Zeit lagen wir nebeneinander und hielten uns bei der Hand. Wir sprachen nicht viel, aber mein Gehirn kam langsam wieder in Gang. Ich hätte den Rest meines Lebens dort bleiben mögen.

Hatte Dad das für meine Mutter empfunden? Wenn ja, muss es ihn fast umgebracht haben, als sie starb.

Meine Gedanken schweiften zurück zu dem Lavatunnel, dem Klang von Melanies Stimme, ihrem Weinen, ihrer Hand, die meine umschloss. Ihr Vater. Dad. Wir teilten die gleiche Angst. Keiner würde das je erfahren.

Ich wünschte, die Welt wäre nicht mehr da, wünschte, sie würde Melanie und mich für immer alleine am Strand lassen.

»Melanie …«, flüsterte ich.

Sie drehte sich zu mir um und lächelte.

Nichts hätte mich zurückhalten können, auch wenn ich gewollt hätte. Ich rollte zu ihr hinüber und küsste sie, immer wieder, zärtlich und sanft, meine Zunge wirbelte um ihre, mein Kopf war wie betäubt. Ich küsste sie, bis mein Herz zum Bersten voll war und ich Tränen unaussprechlicher Freude in den Augen spürte.

Als Melanie wieder in Honolulu war, schickte sie mir eine Postkarte. Es war eine von jenen altertümlichen vergilbten Schwarz-weiß-Fotos, auf dem zwei jungen Hawaiianer abgebildet waren, ein Mann und eine Frau, die im knietiefen Wasser eines Bergsees standen. Ein kleiner Wasserfall speiste den See, der von einem dichten Dschungel aus Bambus, Ingwer und hohem Gras umgeben war. Die Frau sah zu dem Mann hin, der vornüber gebeugt mit den Händen aus dem See trank.

Als Dad mir die Karte reichte, warf er mir einen merkwürdigen Blick zu, beließ es aber dabei. Ich drehte die Postkarte um, damit ich sehen konnte, von wem sie war, und als ich »Melanie« las, ging ich hinaus ans Meer zu den Felsen, wo ich bis auf die Hunde, die mir folgten, allein war. Bevor ich die Karte las, schaute ich aufs Meer zum klaren Horizont und versuchte meiner Aufregung Herr zu werden. Keine störenden Gedanken sollten in meinem Kopf sein. Eine makellose Leinwand wollte ich, auf der ich ein paar Farbtupfer verteilen konnte.

Ich las die Karte vielleicht fünfzehn, zwanzig Mal und versuchte immer wieder Neues aus ihr herauszulesen.

Lieber Sonny,
ich erinnere mich noch ganz genau daran, wie es war, als wir alleine in der Höhle saßen. Wie traurig ich war und wie du versucht hast, mich zu trösten. Auf dem Schreibtisch vor mir liegt ein kleines Stückchen von einem Teller. Immer wenn ich es in die Hand nehme, denke ich an dich. Im Augenblick wünschte ich, wir wären wieder am Strand bei der Lagune. Schreib mir, wenn du Lust hast. Ich würde mich sehr freuen.
Alles Liebe,
Melanie
P.S. Wie geht's dem Waschlappen Keo? (ha,ha)
Alles Liebe, Melanie.

In der unteren linken Ecke der Postkarte stand: »Tiger-Lily-See, Insel Oahu, 1926.« Und darunter hatte Melanie geschrieben: »Das sind wir beide auf dem Bild.«

Ich las die Karte jeden Abend, bevor ich einschlief, studierte jedes ihrer Worte, saß verträumt über dem Bild vom Tiger-Lily-See, roch in der Tinte den Duft Melanie McNeils, der sich langsam verflüchtigte.

Ich schrieb ihr lange, sentimentale Liebesbriefe, die ich nicht zurückhalten konnte. Wo das alles herkam, wusste ich nicht. Und Melanie schrieb zurück, achtmal insgesamt. Diese acht Briefe bildeten für mehr als drei Monate meine gesamte Welt.

Ihr Vater erholte sich und Melanie schien glücklicher und unbeschwerter. Aber gleichzeitig wurden ihre Briefe flüchtiger, dünner und leichter im Umschlag.

Dann hörten sie ganz auf.

Ich schrieb und schrieb, aber nichts passierte. Ich ging öfter zu unserem Postfach hinunter als in meinem gesamten Leben zuvor, und immer kam ich zurück mit dem Gefühl, einen Angelhaken verschluckt zu haben, an dem jemand zog. Ich wollte mit Dad reden, aber ich wusste nicht, was ich ihm sagen sollte. Meine Mutter hätte mich vielleicht verstanden.

8

Der Junge im Schatten
(1962)

Eigentlich hasste ich Billy Blanchet nicht richtig, auch wenn ich das manchmal glaubte. »Irgendjemand muss da einen Fehler gemacht haben«, hatte Onkel Raz einmal zu Keo und mir gesagt. »Der Junge gehört auf einen anderen Stern.«

Billy war siebzehn, drei Jahre älter als ich und fast zehn Zentimeter größer. Kräftig, muskulös – mit ausgeprägtem Brustkorb, muskelhartem Bauch und Armen, an denen die Adern hervortraten. Er war ein Mischling, möglicherweise hawaiisch-französisch-portugiesisch-philippinischer Abstammung, vielleicht war auch ein bisschen japanisches Blut dabei.

Ich hatte ihm schon oft beim Fischen mit Pfeil und Bogen zugesehen. In geduckter Stellung studierte er vom Hafendamm aus das Wasser, die Augen auf sein Jagdobjekt geheftet. Wenn er sich anschlich, um den Pfeil abzuschießen, glich er eher einer Katze als einem Jungen. Schnell, geschmeidig, graziös. Körperlich war Billy Blanchet all das, was ich sein wollte.

Er trieb sich am Hafen herum, wurde am Pier gesehen, verschwand und tauchte dann plötzlich woanders auf. Hin und wieder erschrak ich, wenn ich ihn irgendwo reglos wie ein Stein gegen einen Lastwagenreifen gelehnt sitzen sah oder er im gebrochenen Schatten einer Palme kauerte wie eine Eidechse in einem Felsspalt. Er war immer allein unterwegs und nie ohne seinen Bogen.

In Kailua ging die Rede, dass er unberechenbar sei, Onkel Raz nannte ihn »labil«. Einige Leute meinten, es sei nur eine Frage der Zeit und er lande, genau wie sein Bruder, noch bevor er fünfundzwanzig sei im Gefängnis.

Mich verblüffte, wie er vom Hafendamm aus mit seinem Pfeil einen Fisch aus zehn Metern Entfernung durchbohrte. Er konnte fünf oder zehn Minuten lang völlig stillstehen und die dicht an der Oberfläche schimmernden Fische beobachten, bis er für sie zu einem Baum oder Felsen wurde. Dann führte er genau in dem Augenblick den Bogen blitzschnell zur Wange und schoss Sekundenbruchteile später fast ohne zu zielen den Pfeil ab. Er musste das eine oder andere Mal nicht getroffen haben, aber ich erlebte es nur einmal.

Seit einigen Monaten, und zwar von dem Tag an, als ich oben bei Keo mit Billy zusammengetroffen war, machte es mich fast krank, wie sehr ich ihm aus dem Weg zu gehen versuchte, wenn er irgendwo auftauchte. Er hatte mir nicht gedroht oder mich herausgefordert, und trotzdem war ich mit genau diesem Gefühl von Keo weggegangen.

Ich hatte Dad begleitet, um ein paar frische *ahi* in Onkel Harleys Eishaus zu bringen. Der Tag war trocken und heiß. Als Dad den Jeep ausmachte, war es dort so ruhig, dass ich den alten Alii in seinem Schweinepferch wohlig grunzen hörte. Der Motor knackte und klickte beim Abkühlen. Dad ging ins Haus, um Onkel Harley zu suchen.

Es war *zu* still. Keine Hunde. Bullet und Blossom waren nicht da.

Aunty Pearl stand auf der Schwelle. »Keo und Billy sind

unten auf der Weide von Silva«, sagte sie lächelnd und wollte reingehen.

»Welcher Billy?«

»Ein Junge von Kainaliu. Keo kennt ihn von der Schule.« Ihr Lächeln erlosch. »Er wird 'ne Weile bei uns bleiben.« Aunty Pearl ging zurück ins Haus, ohne zu sagen, dass ich raufkommen und sie umarmen solle. Ich konnte mich an keinen Billy erinnern, den Keo von der Schule her kannte.

Ich entdeckte die beiden in der Nähe eines alten rostigen Wassertrogs, der unter einem gewaltigen Mangobaum auf Silvas tiefer gelegener Weide stand. Sie schossen auf ein an einen Baum genageltes Stück Pappe mit aufgemalten Kreisen wie bei einer Zielscheibe. Keo benutzte Onkel Harleys Kleinkalibergewehr und Billy seinen Bogen. Silvas Kühe standen dicht gedrängt weiter unten am Rand der Weide und beobachteten sie.

»Keo!«, rief ich, als ich mich zwischen dem Stacheldraht hindurch schlängelte. Bullet und Blossom brachen in lautes Gebell aus und kamen schwanzwedelnd auf mich zugerannt.

Das Bellen schreckte Billy auf. Er wirbelte herum und schaute mich aus dem Schatten des Mangobaums böse an. *Diesen* Billy hatte sie also gemeint.

»Hey, Sonny!«, rief Keo. »Komm und schieß mit.« Er drehte sich wieder zum Baum und feuerte ein paar Schüsse ab, aber Billy behielt mich im Auge. Er trug ein weißes T-Shirt, dazu Hosen von einem Armee-Tarnanzug, und war barfuß wie Keo und ich.

»Das ist Billy«, sagte Keo, nachdem ich die Weide überquert hatte. »Er ist von zu Hause weggelaufen.«

Billy musterte mich. Er hatte einen dicken Bluterguss auf

der Wange und am Arm, genau über dem Ellbogen, eine Schnittwunde. Sie war schon verschorft, aber man sah noch die Stiche vom Nähen. Eine auffällige Narbe schlug eine schmale haarlose Schneise durch seine linke Augenbraue.

In der Schule schlich er meist alleine herum. Soweit ich wusste, war er mit niemandem befreundet. Er war einfach zu seltsam. Aber ich nehme an, dass Keo, der erst in der zehnten Klasse war, sich ziemlich erwachsen vorkam, dass er jetzt einen Elftklässler zum Freund hatte.

Ich streckte die Hand zur Begrüßung aus, wie Dad es mir beigebracht hatte, wenn ich jemanden kennen lernte. Billy blieb reglos stehen. Ich wollte meine Hand gerade sinken lassen, als er sie packte und sie mit unglaublicher Kraft wie eine Kneifzange zusammendrückte.

»O Mann!«, sagte ich und versuchte meine Hand wegzuziehen. Aber er ließ sie nicht los.

»Billy!«, sagte Keo.

Der Druck lockerte sich, dann ließ er mich los und lächelte. »Du schüttelst die Hand wie 'ne Lady«, sagte er.

Ich rieb mir die Finger und schaute zu Keo, dann zurück zu Billy. Es gab keine Möglichkeit, auf eine solche Beleidigung ohne Streit zu reagieren. Schon jetzt konnte ich ihn nicht ausstehen.

»Bist du eine Lady oder ein Mann?«, fragte Billy. Seine Stimme klang merkwürdig weich, überhaupt nicht gereizt oder verärgert, wie man es erwartet hätte. Seine Worte trafen wie ein Eispickel, aber sein Ton war fast einschmeichelnd. Als weder Keo noch ich antworteten, fuhr er fort: »Ich weiß, was du bist. Du bist ein Lady-Mann.« Dann kicherte er über seinen eigenen Witz.

Keo hielt sein Gewehr schräg vor der Brust, der Lauf zeigte in die Blätter. Es war so still in dieser Höhe, dass man die Moskitos sirren hörte. Keo und ich warteten, weil keiner von uns wusste, was er tun sollte.

Nun bewegte sich Billy. »Aufgepasst, Lady-Mann.«

Er entfernte sich fünfzehn bis zwanzig Meter von der Zielscheibe. Keo und ich traten zur Seite, als er einen Pfeil in den Bogen legte und ihn mit einer Hand festhielt, wobei die Spitze auf den Boden zeigte.

Mindestens dreißig Sekunden lang konzentrierte er sich auf das Ziel, ohne auch nur zu blinzeln. Dann hob er den Bogen und schoss. Ich hatte ihm kaum die Sehne anziehen sehen. Der Pfeil schlug in den Baum und blieb zitternd stecken. So wenig ich Billy mochte, war ich doch sprachlos vor Staunen, als ich sah, dass er mitten ins Schwarze getroffen hatte.

Keo und ich mussten wie gelähmt dagestanden haben. Billy lachte, kein böses Lachen, vielmehr so, als wolle er sagen, dass das gar nicht so übel sei.

Billy hielt mir den Bogen hin. »Willst du's probieren?«

»Nein, ich schieß lieber mit dem Gewehr.«

Keo gab mir das Gewehr, und ich ging zurück zu dem Punkt, von wo aus Billy geschossen hatte. Ich versuchte ihn nachzuahmen, hob das Gewehr schnell und schoss ohne zu zielen.

Ich verfehlte die Scheibe *und* den Baum.

Dad hupte, die Hunde rannten zum Haus hinauf. »Ich muss gehen«, sagte ich. »Bis dann, Keo.« Ich sah kurz zu Billy hin und nickte ihm zu. Er zuckte mit den Augenbrauen und sagte: »Sieh zu, dass du ein paar Muskeln in die Hand kriegst.«

Billy war eine Woche bei Aunty Pearl und Onkel Harley, als sein Vater ihn suchen kam. Mr. Blanchet hatte Probleme mit dem Trinken, große Probleme, das hatte Aunty Pearl von Billys Mutter erfahren. Er betrank sich und schlug dann auf Billy ein, wie er es bei Billys älterem Bruder getan hatte. Billys Mutter hatte nach dem Gespräch mit Aunty Pearl geweint und ihre Dankbarkeit darüber, dass ihr Sohn bei jemandem unterkommen konnte, war fast peinlich gewesen.

Aber Mr. Blanchet fand heraus, wo Billy war, und kam mitten in der Nacht, um ihn zu holen.

Als Billy das Hämmern an der Tür hörte, war er mit einem Satz aus dem Bett und rannte in Keos Zimmer auf der Suche nach einem Versteck von einer Ecke zur anderen. Onkel Harley war mit Onkel Raz beim Nachtfischen, und so musste Aunty Pearl sich erheben, um den Lärm abzustellen. Keo erzählte, er habe geglaubt, Billys Vater würde die Tür einschlagen, und er habe solche Angst gehabt, dass ihm das Herz fast aus der Brust gesprungen sei.

Aunty Pearl beschwor Billys Vater sich zu beruhigen, aber er war schon in einem Zustand, in dem man nicht mehr vernünftig mit ihm reden konnte. Er schob sich an ihr vorbei und stolperte auf der Suche nach Billy in ein Zimmer nach dem anderen. Keo erzählte, dass das Weiße in seinen Augen ganz gelb ausgesehen habe und er gestunken habe wie einer, der zwei Wochen ohne sich zu waschen auf Thunfischfang gewesen war.

In letzter Sekunde rutschte Billy unter sein Bett und rollte sich ganz hinten an der Wand zusammen, bevor sein Vater ins Zimmer platzte und alles auseinander nahm. Er packte das Bett und kippte es um. Und dann schlug er Billy ins Gesicht und befahl ihm, nach Hause gehen, wo Arbeit auf ihn warte. Keo erzählte, dass sich ihm, bei dem Geräusch, das Mr. Blanchets Faust auf Billys Wange machte, der Magen umdrehte. Aunty Pearl versuchte ihn zum Aufhören zu bewegen, konnte ihn aber nur dadurch bremsen, dass sie ihre Körpermasse zwischen die beiden schob. Hinter ihr gelang es Billy, nach draußen zu flüchten.

Aunty Pearl weinte in dieser Nacht stundenlang, erzählte Keo. Und es dauerte Tage, bis sie den Geruch von Billys Vater aus dem Haus loswurden.

Kaum einen Monat später lief Billy wieder von zu Hause weg, diesmal wohnte er irgendwo anders. Seine Mutter rief Aunty Pearl an, aber keiner von uns wusste, wo er war, nur dass Onkel Raz ihn ein paar Mal mit seinem Bogen am Pier beim Fischen gesehen hatte. Wir nahmen an, dass er sich von dem, was er fing, ernährte.

Keo zeigte mir eines Tages Billys Vater, als er ihn aus der Bar beim Ocean View Inn kommen sah. Onkel Harley riet uns, ihm aus dem Weg zu gehen. Er war schon übel genug, wenn er nüchtern war, und er könnte uns sogar unterstellen, dass wir Billy versteckt hielten.

Ungefähr drei Wochen, nachdem wir von Billys Verschwinden erfahren hatten, war ich nachmittags unten am Pier und wartete darauf, dass Dad vom Fischen hereinkam. Mir klebten die Arme am Körper von der drückenden Schwüle unter dem weißlichen Himmel. Es war einer von jenen heißen, stickigen Tagen, an denen man sich den ganzen Tag nicht wohl fühlte. Ich lief zur Bucht an der anderen Seite des Piers und ließ mich zum Abkühlen ins Meer gleiten. Als ich aus dem Wasser kam, entdeckte ich einen Mann, der etwas weiter oben zusammengerollt unter einer Palme lag.

Es gab immer ein, zwei Fremde, die in der Stadt herumlungerten. »Tagediebe« nannte sie Onkel Raz, Landstreicher waren es meistens. Keo und ich ließen sie gewöhnlich in Ruhe, aber manchmal unterhielten wir uns auch mit ihnen, weil sie fast immer was zu erzählen hatten, verrücktes Zeug über Orte, wo sie gewesen waren und Sachen, die sie erlebt hatten. Dieser Mann war nicht so schmutzig wie sie.

Ich schlich hinauf zur Palme, hielt aber genügend Abstand und betrachtete den ruhig daliegenden Körper. Ich fragte mich, ob der Mann vielleicht mehr tot als lebendig war. Seine Brust hob und senkte sich langsam hinter den dicht an den Oberkörper gezogenen Knien und den dazwischengeklemmten Händen.

Er murmelte etwas, öffnete dann mühsam die Augen einen Spalt weit und versuchte aufzustehen. Über seinem geschwollenen linken Auge war ein hässlicher getrockneter Blutfleck. Er sank wieder in sich zusammen und stöhnte.

»Mister«, sprach ich ihn aus gut einem Meter Entfernung an. »Geht es Ihnen nicht gut?«

Der Mann murmelte wieder etwas und drehte die Augen nach oben, um mich anzusehen. Er streckte eine Hand aus, aber ich wich zurück, als ich sah, dass es Billys Vater war.

»Brauchen Sie Hilfe?«, fragte ich. »S-soll ich Hilfe holen?«

»Junge …«, brachte er heraus, dann sank er wieder zusammen.

Ich trat wieder näher an ihn heran, blieb aber noch immer außer Reichweite, und sah, dass er ohnmächtig geworden war. Er roch nach Bier, schlimmer, nach Whiskey oder so etwas, und nach Schweiß. Er war offensichtlich in eine Schlägerei geraten.

»Mister.«

Als er sich nicht bewegte, ging ich um ihn herum, setzte ihn auf und lehnte ihn gegen den Stamm der Palme, dann rannte ich hinüber zu Dads Jeep, holte einen alten Lappen und befeuchtete ihn mit Trinkwasser aus dem Wasserhahn am Pier.

Er kam zu sich, als ich ihm das Blut von der Stirn tupfte. Ich machte einen Satz zurück, kroch aber wieder zu ihm hin, als ich sah, dass er nicht einmal die Kraft hatte, den Kopf zu heben.

»Sie haben einen ganz schönen Schlag abbekommen, Mr. Blanchet«, sagte ich.

Plötzlich kniete jemand neben mir und stieß mich zur Seite. Billy.

Er musste seinen Vater aus sicherer Entfernung beobachtet haben.

Ich hielt ihm den nassen Lappen hin. Er nahm ihn mir aus der Hand und wusch seinem Vater das Gesicht, wortlos, mit finsterer Miene. Vorsichtig näherte er sich der Wunde, er tupfte sie sanft ab und versuchte sie vom Schmutz zu säubern. An der Hand zwischen Daumen und Zeigefinger hatte er eine ungelenke Tätowierung, die mir bisher nicht aufgefallen war, ein dunkles Kreuz mit einem Punkt in jeder Ecke.

Mr. Blanchet öffnete die Augen. Als er Billy sah, verzog sich sein Gesicht zu einem kleinen Lächeln. »Scheiße.«

Billy reagierte nicht darauf, strich ihm stattdessen die Kleider glatt und machte ihn so ordentlich zurecht, wie es ging. Dann setzte er sich auf die Fersen und schaute ihn an. Kleine Wellen schwappten gegen den Sand in der Bucht, und man hörte das vertraute Reiben und leise Klacken der rollenden Kiesel.

Mr. Blanchet verlor wieder das Bewusstsein, sein Kinn lag auf der Brust. Billy und ich horchten auf jeden seiner unregelmäßigen Atemzüge, als könne es sein letzter sein.

Die Fischerboote kamen langsam herein – Dad würde bald zurück sein. Als ich mich zum Gehen erhob, schaute Billy zu mir auf, seine Augen waren geschwollen, als habe er seit Tagen nicht geschlafen. Er sagte nichts und wandte sich wieder seinem Vater zu.

Keo hatte angefangen, mit Billy Otanis kleiner Schwester Cheryl aus der achten Klasse auszugehen. Sie war genauso herrschsüchtig wie Tutu Max, und ich verstand nicht, was er an ihr mochte, außer dass sie ziemlich gut aussah. Ich sah Keo kaum noch. Die beiden schienen sich wie Geister zwischen Bäumen, Felsen und Stränden in Nichts aufzulösen.

Aber Billy Blanchet verschwand nicht so leicht.

Eines Tages fischte ich in der Nähe des Palasts, der Residenz des alten Hawaiischen Königshauses, aus dem man nun ein Museum gemacht hatte. Es war ein weißer, zweigeschossiger Bau mitten im Ort unter hohen Kokospalmen, der aufs Meer schaute.

In der Hoffnung, die Fische würden beißen, war ich früh hergekommen und hatte meinen Köder von der Felswand herunter ausgeworfen, die einen kleinen, südlich vom Palast gelegenen Meeräschenteich begrenzte. Der Teich gehörte zum Museum, und die trägen Meeräschen in dem klaren Wasser waren gesetzlich geschützt.

Die schmale Mauer, auf der ich stand, fiel auf der einen Seite etwa eineinhalb Meter zum Meer hin ab, zum Teich auf der anderen Seite sogar noch weiter. Ich warf hin und wieder einen Blick in den Teich hinter mir und war versucht, ein paar verbotene Fische zu fangen, dicke, graue Kerle über dunklen Schatten, die ihnen über den verschlammten Boden durch den Teich folgten.

Da entdeckte ich Billy.

Er saß zusammengekauert auf dem Hafendamm, der auf der anderen Seite des Palastgebiets die Bucht säumte. Er war so leicht zu erkennen wie ein Hai im flachen Wasser. Eine leise Welle der Furcht krümmte meinen Magen zusammen.

Jedes Mal wenn ich die Angel auswarf, blickte ich kurz zum Hafendamm hinüber. Es schmerzte mich noch immer, wie Billy sich vor Keo über mich lustig gemacht und mich Lady-Mann genannt hatte. Wenngleich er mich damals, als ich seinem Vater über den Weg gelaufen war, nicht beschimpft hatte, nahm ich es ihm noch übel.

Als ich wieder aufschaute, war Billy verschwunden. Ich suchte den ganzen Hafendamm bis zu seinem Ende nach ihm ab, studierte die kleinen Farbflecken und Formen auf dem Pier, falls er sich dort aufhielt. Er trug nie etwas anderes als ein weißes T-Shirt und die Tarnanzughose. Und natürlich seinen Bogen.

Ich hatte nicht auf den Spinner geachtet, bis er sich im Riff verfing. »Verdammt!« Ich wippte mit der Angelrute, dass die Schnur pfeifende Geräusche in der Luft verursachte, bekam aber den Haken nicht frei. Ich lief auf der Mauer hin und her, zerrte und riss an der Angelrute und ließ die Leine gegen den Widerstand schnappen.

Billys Anwesenheit in der Stadt machte mich total nervös.

Ich schrak zusammen, als ich ihn plötzlich auf der anderen Seite des Meeräschenteichs sah, von wo aus er mich beobachtete. Wie ein Filipino, tief in der Hocke, die Füße flach auf dem Boden, saß er da, die Arme über die Knie noch vorne ausgestreckt.

»Lady-Mann«, sagte er gerade so laut, dass ich es hörte. Er zuckte mit den Augenbrauen, ohne sonst einen Muskel seines Körpers zu bewegen. »Du fischst so wie du schießt.«

Ich tat, als bemerke ich ihn nicht und versuchte weiter, die Leine loszubekommen.

Billy stand auf und balancierte langsam über die Mauer auf mich zu. An mir vorbei konnte er nicht. Die Mauer war weniger als einen halben Meter breit. Er kam so nah, dass ich seinen Geruch wahrnahm, es war kein übler Geruch, aber er war unverwechselbar, scharf, wie Moder. Sein Körper strahlte Hitze aus, wie es Hauswände am Nachmittag tun.

Billys Augen konnten sich in dich hineinbohren. Seine ganze Kraft lag darin. Das Weiße war hell und klar wie Sonnenlicht, aber der dunkle Teil packte dich – das tiefe Braunschwarz der Iris, das fast das ganze Auge ausfüllte. Wie zwei seiner Pfeile trafen dich seine Augen.

»Warum verplemperst du damit deine Zeit?«

Ich hörte auf, an der Leine zu reißen, hielt sie straff und die Rute bog sich ins Meer. Billy zog ein Taschenmesser aus seiner Tarnanzughose und öffnete es, wobei er den Bogen über die linke Schulter hängte. Die gespannte Schnur zerriss sofort, als er sie mit dem rasierklingenscharfen Messer berührte.

Ich sagte nichts.

Er nahm den Bogen von der Schulter und zog einen Pfeil

aus dem kleinen, rohledernen Köcher, der an seinem Gürtel befestigt war. »Ich zeig dir, wie man's macht.«

Ich ging ein paar Schritte zurück und sah ihm zu. Er war Linkshänder und schoss mit einem Linkshänderbogen. Auf seiner rechten Seite hing eine starke Nylonschnur in mehreren Schlaufen herunter und reichte ihm bis zum Knie. Er befestigte die Schnur an einem kleinen Loch im Pfeil und legte ihn über seinen rechten Daumen im Bogen an. Ein paar Sekunden lang überlegte Billy, dann wirbelte er herum und schoss.

Der Pfeil traf eine Meeräsche im Palastteich und durchbohrte ihren Kopf direkt hinter den Augen. Die Barbe gab kein Lebenszeichen mehr von sich und sank nach unten.

»Siehst du«, sagte er mit weicher Stimme, fast väterlich. »Ganz leicht.«

Billy zog den Fisch mit der Schnur heraus, die an dem Pfeil befestigt war. Die Meeräsche war etwa einen halben Meter lang, er hielt sie mir direkt vors Gesicht.

»Schau dir die Augen an«, sagte er. »Sie wusste nicht einmal, dass ich da war.« Billy zog den toten Fisch vom Pfeil herunter und ließ ihn in den Teich fallen. Ein Schwarm Meeräschen stob auseinander, als der Fisch sank und auf dem Rücken liegend wieder aufstieg.

Billy musterte mich von oben bis unten. »Komm mit, Lady-Mann. Ich will dir was zeigen.« Er deutete mit seinem Bogen hinter mich.

Ich hatte gelernt, dass man am besten Ärger aus dem Weg ging, wenn man direkten Augenkontakt vermied, sich entspannte und so tat, als sei alles in bester Ordnung. Wenn man in einer angespannten Situation ganz ruhig auftrat, schien der Druck der Bedrohung nachzulassen.

Ich zuckte mit den Schultern und folgte ihm auf der Mauer in die Richtung, in die er gezeigt hatte, an der felsigen Küste entlang, dem gepflegten Hotelgelände des Kona Inn vorbei in ein dichtes, dahinter aufragendes Wäldchen aus Kokospalmen.

Er führte mich mitten hinein zu einer Lichtung.

»Hier ist es gut«, sagte er.

Ich hörte die Autos auf der nahen Straße vorbeifahren, konnte aber durch die Bäume und Büsche nichts sehen, nicht einmal das Hotel.

»Ja, hier ist ein guter Platz, Lady-Mann.«

Es fiel mir leicht, den Augenkontakt mit ihm zu vermeiden. Aber es ist ein hartes Stück Arbeit, ruhig zu erscheinen, wenn man so verängstigt ist, dass einem die Zunge vor Trockenheit am Gaumen festklebt. Ich lehnte meine Angel an einen Baum.

Billy stieß mit dem Fuß gegen die Kokosnüsse, die unter Palmwedeln im Sand lagen. »Willst du mit dem Bogen schießen?« Es war eher ein Befehl als eine Frage.

Ich sah mich in dem Palmenwäldchen nach einem Fluchtweg um, für alle Fälle, und versuchte, mir meine Angst nicht anmerken zu lassen.

»Klar«, antwortete ich und tat so locker, als spräche ich mit Keo. Billy lächelte. Ich glaube, er hatte nicht erwartet, dass ich darauf einging.

»Gut, Lady-Mann. Ich stelle jetzt ein Ziel auf.«

Er reichte mir den Bogen. Er war glänzend schwarz lackiert, mit schön gemaserten Kanten aus Naturholz, und sein Griff so gearbeitet, dass er sich in die rechte Hand schmiegte. Er war viel leichter, als er aussah. Ich fragte mich, ob ich der Einzige war, der den Bogen außer ihm je berührt hatte. Die

Sehne war so hart gespannt wie eine Sechzig-Kilo-Schnur, an der ein fünfhundert Pfund schwerer Marlin hing. Es war ein wunderschöner Bogen, aber er war für Linkshänder. Der Griff saß auf der falschen Seite. Plötzlich drang der Klang der Wellen in mein Bewusstsein, die dumpf gegen den felsigen Küstenstreifen hinter mir polterten. Ich hätte mit dem Speer fischen gehen sollen.

»Schöner Bogen«, sagte ich. »Aber ich kann damit nicht schießen. Ich bin Rechtshänder.«

»Wie wär's damit?« Er hielt eine große, ausgetrocknete, braune Kokosnuss hoch.

»Ich bin Rechtshänder«, wiederholte ich, ein bisschen lauter. »Ich kann mit einem Bogen für Linkshänder nicht schießen.«

Er hörte mir nicht zu, hörte einfach nicht hin. Ich würde mit dem Bogen schießen. Das Gefühl, dass er vielleicht doch wie jeder andere sein könnte, verließ mich.

»Schieß auf die.« Er hielt die Kokosnuss über seinen Kopf, zog dann einen Pfeil aus dem Köcher und warf ihn mir zu.

Ich hielt den Bogen so gut es ging mit der linken Hand fest und steckte das fedrige Ende des Pfeils in die Sehne. Ich würde mein Bestes versuchen. Ich hatte schon mit Pfeil und Bogen geschossen, aber das war eine Weile her.

Dann schaute ich hoch, um zu sehen, wohin er das Ziel gestellt hatte.

»Was machst du denn da?«

»Schieß auf die Kokosnuss, Lady-Mann.«

Billy lehnte mit vor der Brust gekreuzten Armen am Stamm einer Kokospalme – die braune Kokosnuss auf seinem Kopf.

Ich schaute ihn fassungslos an, der Pfeil ruhte im Bogen.

»Schieß!«

»Ich … Nein …«

Ich würde ihn treffen – ich würde ihn bestimmt treffen, wenn ich schoss. Sogar mit einem normalen Bogen würde ich die Kokosnuss möglicherweise verfehlen. Wenn doch nur einer vorbeikäme. Warum kommt denn keiner vorbei und macht diesem irrsinnigen Spiel ein Ende! Irgendjemand …

»Schieß oder ich reiß dir den Arsch auf! Schieß!«

Er war verrückt, alle wussten das. Ich wollte den Bogen ins Meer werfen und wie ein Blitz weglaufen.

»Schieß!«

Ich hob den Bogen und schoss absichtlich rechts am Baum vorbei. Billy schleuderte die Kokosnuss auf den Boden und kam auf mich zu. Er schaute mir direkt in die Augen, schwer atmend, nur ein paar Zentimeter entfernt stand er vor mir, sein Atem sauer, sein Gesicht verzerrt. »Du hast noch eine letzte Chance, Scheißer – eine einzige!«

Ohne mich aus den Augen zu lassen, gab er mir noch einen Pfeil und ging zur Palme zurück. Er legte sich die Kokosnuss wieder auf den Kopf und wartete.

»Okay«, sagte er. »Schieß!«

Wieder spannte ich den Pfeil in den Bogen. Ich fühlte den vollkommen glatten Schaft, als er langsam über meinen Daumen glitt. Ich schloss ein Auge, zielte auf die Kokosnuss und schoss.

Der Pfeil schlug in Sekundenbruchteilen ein, so schnell wie Keos Kleinkalibergewehr. Er glitt am linken unteren Ende der Kokosnuss ab, verschwand in Billys dichtem Haar und schlug mit dumpfem Geräusch in den Stamm der Palme ein.

Ich hielt den Atem an. Wenn ich ihn nicht getroffen hatte, dann hatte jedenfalls nicht viel gefehlt.

Billy lächelte. Langsam. Er langte nach oben, schob sich die Kokosnuss vom Kopf und hielt ganz still, während er den Pfeil aus dem Baum herauszog und mich nicht aus den Augen ließ.

»Gut«, sagte er. »Jetzt bin ich dran.«

Ich ließ den Bogen sinken.

Es sah so aus, als hätte ich ihn knapp verfehlt, aber ich fühlte keine Erleichterung. Er kam auf mich zu, blieb unterwegs kurz stehen, um eine viel kleinere Kokosnuss von der Größe einer Mango aufzuheben. Die reichte er mir und nahm wieder den Bogen an sich.

Ich hielt die Kokosnuss vor meinen Bauch und betrachtete sie, wischte dann eine Ameise von der Schale.

»Auf den Kopf, Lady-Mann. Vor den Baum.«

Meine Angst war wie betäubt, wie unter einem merkwürdigen Bann. Ich ging zum Baum, legte die Kokosnuss auf den Kopf und wartete.

Billy lächelte und hob den Bogen gemächlich hoch, ganz anders, als er es bei der Meeräsche getan hatte. Er spannte den Bogen und hielt ihn so. Ich sah zu, wie sich die Spitze des Pfeils vom Ziel auf meinen Kopf hinunterbewegte, auf mein Gesicht, meinen Hals, meine Brust. Ich stand vollkommen still. Es ging nicht darum, die Kokosnuss zu treffen. Sie hätte die Größe eines Fischauges haben können und er hätte sie getroffen.

Billy Blanchet wollte meine Angst.

Er trat zurück, noch immer den Bogen gespannt und auf die Mitte meiner Brust gerichtet. Hinter mir fuhren Autos vorbei, ihr Brummen gedämpft durch die Bäume. Billy beobachtete mich mit einem offenen Auge über den Pfeil hinweg.

Seine Hände schienen zu zittern, der Bogen zuckte kaum sichtbar. Dann richtete er die Pfeilspitze wieder auf meinen Kopf und schoss.

Ich schloss die Augen genau in dem Augenblick, als ich den dumpfen Schlag hörte, sank auf die Knie und führte die Arme zum Kopf. Die Kokosnuss hing aufgespießt am Baum, vom Pfeil genau in der Mitte durchbohrt, Milch sickerte um den Pfeil herum aus ihr heraus.

Billy kam mit großen Schritten herüber, ohne mich auch nur eines Blickes zu würdigen. Er zog den Pfeil aus dem Baum und streifte die Kokosnuss ab, sein Gesicht glänzte vor Schweiß.

Ich wagte nicht zu atmen und blieb auf den Knien, als Billy wegging.

Einen Moment lang schrumpfte die Welt zusammen, verengte sich auf eine Stelle im Bereich seines Hinterkopfs. Nichts schien sich zu bewegen, bis auf das Flattern seines weißen T-Shirts, das zwischen den Bäumen verschwand. Ich vermochte nicht, den Blick von dem hüpfenden roten Fleck auf seinem Hemd zu wenden, der sich unterhalb der Stelle bildete, wo ein dünnes Bächlein Blut aus seinem Haar den Nacken hinunterrann.

Ich begegnete ihm noch einige Male am Pier und auf dem Hafendamm beim Fischeschießen. Ich spürte zwar jedes Mal einen kleinen Stich im Magen, wenn ich ihn sah, aber ich wechselte nicht mehr die Straßenseite, um ihm aus dem Weg zu gehen. Er schien mich und Keo vergessen zu haben, was wir mit großer Dankbarkeit zur Kenntnis nahmen.

Aber eines Sonntags tauchte Billy gegen Sonnenuntergang bei mir zu Hause auf. Ich war draußen auf den Felsen, um *moi* zu fangen. Dad war beim Haus und arbeitete an seinem Außenborder, den er in eine Fünfundzwanzig-Liter-Tonne mit Wasser gesetzt hatte. Der Motor dröhnte, und Rauchschwaden stiegen aus der Tonne auf wie aus einem riesigen Fass voll kochender Krabben.

Ich spürte Billys Anwesenheit, bevor ich ihn sah. Ich weiß nicht, wie lange er schon etwa zehn Meter von mir entfernt dagestanden hatte. Er blickte aufs Meer und hatte einen Pfeil in seinen Bogen gespannt. Wie er hatte herkommen können, ohne dass Dads Hunde anschlugen, war mir ein Rätsel.

Billy hob seinen Bogen und zielte ins Wasser. Viele Minuten stand er vollkommen konzentriert und bewegungslos da. Dann spannte er langsam die Sehne, ganz leicht und ohne Anstrengung, als gäbe sie nach wie eine Taubenfeder. Der Pfeil bohrte sich mit einem glucksenden Geräusch ins Wasser, die Angelschnur raste hinterdrein.

Beide beobachteten wir die Stelle, wo der Pfeil ins Wasser getaucht war und die Angelschnur hundert bebende Faden tief ins Meer zu stechen schien. Irgendwie wirkte er verträumt, ganz anders als der Billy Blanchet im Palmenwäldchen.

Als die Schnur erschlaffte, zog er sie ganz gemächlich heraus. Er nahm seinen Pfeil wieder in Besitz und fuhr mit Daumen und Zeigefinger darüber, um ihn zu trocknen. Kein Fisch.

Erst nachdem er die Schnur entfernt und den Pfeil wieder im Köcher verstaut hatte, schaute er zu mir herüber. Er lächelte, zuckte mit den Augenbrauen und sagte: »Daneben.«

Er sprang über die Felsen, leichtfüßig und sicher wie die Hunde. Ein paar Schritte von mir entfernt blieb er stehen und schaute aufs Wasser. »Ich gehe weg von hier«, sagte er nach einer langen Pause.

Hinten am Haus hatte Dad den Außenbordmotor ausgemacht. Ich drehte den Kopf, um zu sehen, ob er noch draußen war. Auch Billy wandte sich nach ihm um und wartete darauf, dass ich etwas sagte.

»Wo gehst du hin?«

»Irgendwo anders.« Er setzte das eine Ende des Bogens auf seinen Fuß, damit er nicht von den Felsen verkratzt wurde, dann stauchte er den Bügel und entspannte die Sehne. Er ließ die Hand über den schwarzen Lack gleiten.

»Sonny«, sagte er und beim Klang meines Namens fuhr ich zusammen, wie sonst, wenn ich ihn plötzlich regungslos irgendwo im Schatten sitzen sah. »Heb das für mich auf.«

Billy nahm den Köcher von seinem Gürtel und reichte ihn mir zusammen mit dem Bogen. Ohne ihn wirkte er irgendwie kleiner.

»Ich kann auf einem Boot mitfahren, aber sie lassen mich den Bogen nicht mitnehmen. Ich nehm an, die trauen mir nicht oder so.« Er machte eine Pause und dachte wahrscheinlich darüber nach, was er gesagt hatte. Dann streckte er die Hand aus.

Das letzte Mal hatte er mir fast die Hand zerquetscht. Ich zögerte, aber er hielt mir seine so lange hin, bis ich sie ergriff. Wir schüttelten uns die Hand. Sein Griff war fest, aber er tat mir nicht weh.

Billy ließ meine Hand los und wandte sich zum Gehen, dann blieb er noch einmal stehen. Seine Augen bohrten sich in mich wie am Fischteich. Aber diesmal lag kein Zorn darin. Ich erwiderte den Blick, er blinzelte und schaute kurz weg, dann heftete er die Augen wieder auf mich.

»Hey, ein Lady-Mann hätte mich nie auf ihn schießen lassen«, sagte er und ging weg.

Am nächsten Tag ging Billy auf einem kommerziellen Schiff auf Thunfischfang. Sein Vater war außer sich vor Wut, als er es erfuhr. Er blieb mehr als eine Woche in Kailua, stapfte über den Pier und schimpfte lallend über seinen missratenen Sohn.

Ein paar Monate später wickelte ich den wunderschön gearbeiteten schwarzen Bogen aus dem alten Öltuch, in dem ich ihn aufbewahrte. Ich überprüfte seine Elastizität, legte einen Pfeil über meinen Daumen und spannte den Bogen. Dann nahm ich ihn mit hinaus zu den Bäumen, schoss Pfeile auf einen Pappkarton und fragte mich, wo Billy wohl war und wie es ihm ging.

»Er ist kein schlechter Junge«, sagte Aunty Pearl, nachdem er weg war. »Es gibt nur so viele Dinge, die der Junge nicht weiß. Er wollte eigentlich nur, dass man ihm hilft, konnte es aber nicht zeigen und hat sich mit seinem Verhalten alles verbaut, das ist es. Im Grunde seines Herzens wollte er nur die Hand ausstrecken.« Und obwohl Keo und ich und sogar Onkel Raz unsere Zweifel hatten, hielt sie an ihrer Ansicht fest.

Immerhin hatte Billy mich gezwungen, auf ihn zu schießen, obwohl er wusste, dass ich mit einem Bogen überhaupt nicht umgehen konnte. Und ich hatte ihn auf mich schießen lassen. Darin lag eine Menge mehr, als nur ein Handausstrecken. Es ging viel tiefer, war eine Art Krieg. Und es war bedrohlich, sogar für Billy. Vielleicht ist er deshalb weggelaufen.

9

Blaue Haut des Meeres
(1963)

Eines Morgens fuhren Keo und ich mit Dads Boot zwei Meilen weit aufs Meer hinaus und machten den Motor aus. Wir wollten wissen, wie es war, bei völliger Stille in hundert Faden tiefem Wasser zu schwimmen und dabei auf nicht mehr zählen zu können, als auf unseren Körper und ein kleines Boot.

Ich schwamm um das Boot herum, entfernte mich jedoch nie weiter als ein paar Meter. Der Ozean war tiefblau und glatt, aber nicht so friedlich, wie ich geglaubt hatte. Das Meer machte klatschende, schnalzende Geräusche, und aus der Tiefe kam ein unheimliches Rauschen und Knacken von Millionen von Lebewesen.

Das Wasser des Ozeans war warm, seine endlose Weite und Kraft beruhigend, aber der Gedanke daran, was unter meinen Füßen lauerte, ließ sich ebenso wenig vertreiben wie ein Schwarm lästiger Fliegen. Obwohl ich mich schon so viele Jahre auf dem Wasser bewegte, war da noch immer etwas, das mir Angst und Misstrauen einflößte, als hätte das Meer nur das eine Ziel, mich nach unten zu ziehen und zu verschlingen. Und noch immer waren da die alten Gedanken oder Traum-Erinnerungen – *Ganz ruhig, jetzt … es ist gar nichts passiert …*

Schnell schwamm ich zurück zum Boot und kletterte an Bord.

Keo war in Richtung Horizont unterwegs, bis er nur noch

ein kleiner schwarzer Punkt war. Er wandte sich um und machte mir Zeichen, ihm zu folgen. Ich deutete ins Boot, als hätte ich dort etwas Wichtiges zu tun.

Keo winkte immer wieder. Ihm machte es überhaupt nichts aus, so weit draußen zu schwimmen. Aber ich hatte das Gefühl, der Ozean würde mich in seine lichtlosen Tiefen hinabziehen, geradewegs in die hungrigen Mäuler gigantischer Haie. Ich lag im Bauch des Bootes, hatte die Arme unter dem Kopf gekreuzt, die Füße auf dem Achtersitz.

»Was ist los?«, fragte Keo, als er sich an der Seite des Bootes hochzog. »Es ist toll da draußen, gespenstisch. Man sieht nur noch den oberen Teil der Insel. Warum bist du denn nicht rausgeschwommen?«

»Ich hatte einen Krampf«, sagte ich und rieb mir die Wade. »Ich musste zum Boot zurück und mein Bein massieren.«

»Quatsch«, sagte Keo. »Du lügst wie ein Fisch in der Bratpfanne.«

»Na gut, ich hatte einfach kein gutes Gefühl. Hier draußen könnten Haie sein.« Ich überlegte, ob ich ihm von meinen Träumen erzählen sollte, tat es aber lieber nicht. Dann hätte er nur noch einen Grund mehr, mich auszulachen.

Ich ging zum Heck, setzte mich, pumpte etwas Sprit in den Außenbordmotor und zog am Starterseil. Weißer Qualm blubberte aus dem Wasser, süßlich und übel riechend zugleich.

»Stimmt«, schrie er gegen den plötzlichen Lärm des Motors an. »Aber es könnte auch Haie am Ufer geben.«

Er drehte mir den Rücken zu, nicht aus Verachtung, wie mir schien, sondern eher, als täte ich ihm Leid. Irgendwie änderten sich die Dinge zwischen uns. Vielleicht war Keo zu sehr mit Cheryl Otani beschäftigt, die ihm nicht viel Freiraum ließ. Aber Keo beklagte sich nie darüber. Offenbar schien es ihm zu gefallen, wie sie ihn ständig überwachte. Mich hätte das verrückt gemacht.

Vielleicht hatte es aber auch gar nichts mit ihr zu tun.

Eine Woche später bekam Keo seinen Führerschein. Er holte mich in Onkel Harleys Jeep ab und nahm mich zum Pier mit. Ich hatte auch den Führerschein und war versessen darauf, hinter dem Steuer zu sitzen, aber er wollte nicht anhalten und die Plätze tauschen, so sehr ich ihn auch darum bat. Ich schaute böse in die Bäume hinauf. Auf dem Rückweg musste er mich einfach fahren lassen.

Als wir hinunter zu Emmas Laden kamen, drängten sich die Leute auf dem ganzen Stück zwischen Palast und Pier am Hafendamm und schauten ins Wasser. Keo fuhr an ihnen vorbei und stellte den Wagen unter dem Banyan-Baum vor Taneguchis Supermarkt ab. Wir rannten hinüber und quetschten uns durch die Menge.

»Schau dir *das* an!«, flüsterte Keo.

Nur wenige Zentimeter unter der Wasseroberfläche war ein riesiger Tigerhai zu erkennen, der seine Kreise durch die Bucht zog. Er glitt an uns vorbei, folgte schlängelnd dem Pier zu unserer Rechten hinaus zum nächsten Liegeplatz und kam wieder herein in die Bucht. Er schwamm langsam, seine Schwanzflosse bewegte sich nur ganz leicht hin und her wie ein Palmwedel in der schwachen Morgenbrise.

Ich hatte noch nie einen Hai in der Bucht gesehen und in meinem ganzen Leben noch keinen, der so groß war wie dieser – mehr als halb so lang wie Dads Sampan. Die Sonne schüttete glitzernde Silberdollars aus Licht über seiner grauen Haut aus, als er zum zweiten Mal an uns vorbeiglitt.

Ich flüsterte Keo zu: »Was ihn hier wohl reingelockt hat.«

»Sicher hat jemand massenweise Fischabfälle reingeschmissen.« Die Augen auf den Hai gerichtet, rieb sich Keo über den Arm, als wäre ihm kalt.

»Vielleicht ist er krank.«

Ein letztes Mal schwamm der Hai am Pier entlang, seine Rückenflosse schnitt lautlos durch das Wasser. Er bog ab hinaus zu den Liegeplätzen und verschwand unter der dünnen blauen Haut des Meeres.

»Komm«, sagte Keo, den das schon nicht mehr interessierte. »Wir fahren mit dem Jeep raus zum Flugplatz und dann hoch zur Müllkippe.«

»Gib mir den Schlüssel«, sagte ich und streckte die Hand aus. »Ich bin dran mit Fahren.«

Keo runzelte die Stirn. »Ich hab gesagt später. Kommst du mit oder nicht?«

Er drehte sich um und lief hinüber zum Jeep, ohne darauf zu achten, ob ich ihm folgte, wartete aber, nachdem er den Motor angelassen hatte. Ich beeilte mich nicht.

Gegen Mittag kamen wir wieder in Kailua an. Wir waren am Flughafen gewesen, dann auf der Müllkippe, danach waren wir die Palani Road hinaufgefahren, bis sie in die Mamalahoa Road einmündete, und Keo hatte die ganze Zeit hinter dem Steuer gesessen.

Auf dem Pier liefen wir Onkel Harley über den Weg. Er hatte sich mit einigen Charterbootbesitzern und Hotelchefs getroffen und sagte, wegen des Hais müsse man etwas unternehmen. Die Leute hätten Angst, ins Wasser zu gehen. »Wenn der sich zu lange hier rumtreibt, stehen bald einige Hotelzimmer leer. Und was ist, wenn er zurückkommt und jemand ist draußen beim Schwimmen oder Speerfischen? Wir brauchen Hilfe. Ich fahr runter nach Honaunau und hol Deeps. Wollt ihr mitkommen?«

Natürlich wollten wir. Den Namen »Deeps« sprach man in der Stadt nur zögernd aus, trotzdem kannte ich alle Geschichten, die über den »Hai-Killer« erzählt wurden. Und wie bei den Haien fürchteten sich die Leute vor ihm wegen dieser Geschichten, von denen man nicht wusste, ob sie der Wahrheit entsprachen oder nicht. Dad sagte, Deeps müsse entweder der mutigste oder der dümmste Mann auf Erden sein.

»Den Burschen muss uns einer vom Hals schaffen«, sagte Onkel Harley, als wir durch den Ort fuhren. »Man kann es nicht einfach drauf ankommen lassen, dass er zurückkommt und jemand angreift.« Er schwieg nachdenklich. »Ich verstehe nur nicht, was ihn angezogen hat.« Onkel Harley blies die Backen auf und ließ dann die Luft entweichen, dabei trommelte er mit dem Daumen auf das Lenkrad.

Keo saß zwischen Onkel Harley und mir im Pick-up. Es ging bergauf, dann durch das Hochland von Kona nach Süden. Den ganzen Weg schwätzte Keo davon, wie der Hai erlegt werden musste. Man hätte glauben mögen, *er* sei derjenige, der Deeps anheuern wollte.

Nach ungefähr einer Stunde Fahrt hielt Onkel Harley wieder auf das Meer zu und fuhr hinunter zur Küste. »Haltet nach einer alten Hütte Ausschau, die mit Haifischzähnen gespickt ist.«

Der üppige Pflanzenwuchs des Hochlandes wurde von

trockenen, spröden Bäumen und braunem Gras abgelöst, und die Kühle der Luft verflüchtigte sich schnell, als wir Meereshöhe erreichten.

Keo sah die Hütte zuerst.

Als wir in das mit Unkraut und Steinen bedeckte Grundstück einbogen, klang es, als würden mindestens zwanzig Hunde in wildes Gebell ausbrechen. Ich kurbelte die Fensterscheibe auf meiner Seite nach oben, obwohl mir mein T-Shirt am Rücken klebte. Diese Hunde kümmerte es nicht, *wen* sie vor sich hatten. Sie waren scharf abgerichtet und halb verrückt, weil sie sich ständig untereinander fortpflanzten – eine meist kurzhaarige Pit-Bull-Mischung, grau mit schwarzen Flecken und charakterlos. Bessere Jagdhunde gibt es nicht, würde Dad sagen. Aber sie rissen einem das Herz aus dem Leib, wenn sie den Geruch von Blut und Angst witterten.

Onkel Harley machte den Motor aus. Die Hunde – in Wirklichkeit waren es nur sechs – sprangen an den Fenstern hoch, bleckten die Zähne und kläfften, als hätten sie seit Jahren niemanden in der Gegend gesehen.

»Deeps!«, rief Onkel Harley. Er kurbelte sein Fenster nicht nach oben, zog aber den Arm herein.

Die Tür zur Hütte stand zwar offen, doch es war so dunkel darin, dass man nichts erkennen konnte. Außen waren mindestens dreißig Haifischkiefer an Nägeln aufgehängt, einige davon waren klein, andere riesengroß, aber alle waren weit aufgerissen, voller spitzer Zähne, und schienen nach uns zu schnappen.

Onkel Harley rief noch einmal, lauter, die Hunde waren inzwischen in heller Aufregung. »*Deeps*, bist du da?«

Ein Hund jaulte auf, dann noch einer, kleine Steinchen hatten sie getroffen. Das Bellen brach ab und ging in ein aufgeregtes Winseln über. Von irgendwo hinter dem Wagen rief Deeps seine Hunde zu sich, blieb aber selbst zurück, als befürchte er, dass jemand aus dem Führerhaus springen könnte. Ich beobachtete ihn im Außenspiegel der Wagentür. Er musterte uns einen Augenblick lang, dann näherte er sich dem Pick-up auf Onkel Harleys Seite und blinzelte zu Keo und mir herein.

Ich hatte jemanden erwartet, der größer und kräftiger war, vielleicht mit pockennarbigem Gesicht oder dichtem Bart. Deeps aber war klein und drahtig und glatzköpfig wie eine Schildkröte. Er trug nichts außer einer ausgebeulten, schmutzigen Khakihose.

Scharfe, tiefe Falten von einem Leben in Wind und Sonne verliefen strahlenförmig von seinen Augen nach außen. Von seinem Kinn hingen lange, dünne Haarsträhnen wie schlaffe Angelschnüre herunter.

»Wir brauchen dich in Kailua«, sagte Onkel Harley ruhig und mit Respekt. »Ein Tigerhai, vielleicht dreieinhalb, vier Meter lang, treibt sich unten am Hafen rum. Wir bezahlen dir fünfundzwanzig Cent pro Pfund. Er könnte fast tausend Pfund wiegen.«

Die Hunde rannten auf beiden Seiten des Wagens hin und her. Schweißtropfen liefen mir aus dem Haar. Ich öffnete mein Fenster ein paar Zentimeter weit.

Deeps' Gesicht blieb ausdruckslos.

Dann fügte Onkel Harley hinzu: »Fünfzig Dollar sind drin, ob du ihn fängst oder nicht.«

Deeps drehte sich um und ging in seine Hütte, zwei Hunde

folgten ihm. Die anderen beschlossen zu bleiben und uns im Auge zu behalten.

»Was macht er jetzt?«, flüsterte Keo.

»Wart's ab«, sagte Onkel Harley. »Der kommt schon mit. Der ist genauso *lolo* wie seine Hunde, aber der kommt schon. Ich musste nur *Hai* sagen, mehr nicht.«

Deeps trat wieder ins Sonnenlicht mit einem Zwanzig-Liter-Eimer aus Plastik, der voller Angelschnüre und Haken war, und einer langen Aluminiumstange. Er legte sie auf die Ladefläche des Pick-ups und ging in die Hütte zurück. Die Hitze im Wagen wurde unerträglich, sogar mit heruntergekurbelten Fenstern, aber aussteigen wollten wir nicht.

Deeps kam mit einer Hand voll Fleischstücken zurück und warf sie auf den Boden. Die Hunde knurrten und schnappten im Kampf um das Fleisch nacheinander. Dann kletterte Deeps über die Heckklappe auf die Ladefläche. Keo und ich wandten uns um und beobachteten, wie er sich mit dem Rücken zum Führerhaus niederließ.

Onkel Harley startete den Motor und fuhr wieder den Berg hinauf ins kühle Hochland. Deeps hatte nicht einmal die Tür zur Hütte geschlossen.

Es war schon nach fünf, als wir unten am Pier ankamen. Die Charterboote lagen im Hafen und zwanzig bis dreißig Touristen standen herum und fotografierten einen Marlin, der am Fischhebekran hing. Dad und Onkel Raz saßen der Menge zugewandt auf einem niedrigen Holzgeländer an der Seite des Piers, die zur Bucht zeigte. Sie hatten ihre Boote bereits gereinigt und für die Nacht an den Liegeplätzen vertäut.

»Von dem Tiger gehört, der heute Morgen in der Bucht war?«, fragte Onkel Harley, als er sich neben Dad auf dem Geländer niederließ.

»Ja«, sagte Dad. »Ist anscheinend nicht wieder zurückgekommen.«

Dad hob leicht das Kinn zu Deeps hin, seine Art von Begrüßung. Onkel Raz tat dasselbe. Deeps nickte kaum merklich.

»Ich brauch ein Boot und ein bisschen Fisch«, sagte Deeps und klopfte mit der flachen Seite eines Stahlhakens auf seine Handfläche. Er drehte langsam den Kopf und spuckte aus, nachdem er das gesagt hatte. Seine hohe, dünne Stimme überraschte mich.

Onkel Raz stemmte sich vom Geländer ab und ging hinüber zu seinem Pick-up. Er zog einen ordentlichen Thunfisch am Schwanz heraus, ungefähr vierzig Pfund schwer. »Reicht das?«

Deeps nickte.

»Du kannst mein Boot nehmen«, sagte Dad.

Deeps schaute auf Dads zweieinhalb Meter langes Boot runter, das kurz vor dem hölzernen Anlegesteg unterhalb des Hauptpiers lautlos im Wasser trieb. Der Außenbordmotor war noch am Heckspiegel eingehängt.

»Sonny«, sagte Dad. »Geh und hol das Boot ran.«

Ich ließ mich auf den unteren Steg hinunter und brachte es längsseits zum Anlegen. Deeps folgte mir und kletterte an Bord. Onkel Raz reichte ihm den Thunfisch, dann die Aluminiumstange und den Eimer mit den Haken und Stahlseilen, die Deeps mitgebracht hatte.

Ich rollte die Heckleine auf und wollte sie gerade Deeps

zuwerfen, als er sich Onkel Harley zuwandte. »Ich brauch den Jungen«, sagte er.

Onkel Harleys Augen bewegten sich zu mir, dann hinüber zu Dad.

»Ich will auch mit.« Keo ließ sich zum Holzdeck hinunter.

»Nein«, sagte Deeps. »Ich brauche nur ein', der das Boot fährt.«

Keo kam auf uns zu und stellte sich neben mich: »Ich kann es fahren«, sagte Keo, »und ...«

Deeps machte eine abwehrende Bewegung mit der Hand. »Der Junge is besser, kleiner. Ich brauch Platz.«

Keo schaute mich böse an. Ich zuckte mit den Schultern.

Dad nickte mit einem Blick, der mir sagte, ich solle fahren.

Deeps stellte den Eimer in den Bug und schob die Stange unter die Sitzbank. »Komm, es geht los«, sagte er, »wenn du keine Angst hast, sonst nehm ich den andern mit.«

»Lass *mich* gehen«, sagte Keo. »Ich kann das Boot fahren und ich hab keine Angst vor Haien wie er.«

Deeps schaute vom Boot zu mir hoch.

»Ich bin so weit«, sagte ich.

Keo drehte sich auf dem Absatz um und stapfte davon. Ich stieß das Boot vom Pier ab und sprang hinein.

Der Außenbordmotor sprang an, und ich steuerte das Boot um den Pier herum in den offenen Hafen hinaus, wo verstreut die Fischerboote an ihren Liegeplätzen schaukelten.

»Fahr einmal rundherum«, sagte Deeps und deutete in die Bucht hinein, wo der Hai gewesen war. Wir hatten vielleicht noch eine Stunde Sonnenlicht. Er betrachtete die Wasseroberfläche, als wir die Bucht umrundeten und dann den Hafendamm entlangfuhren. Eine kleine Menschenmenge sah uns vom Pier aus zu. Keo stand auf einem Holzklotz mit einem Fernglas in der Hand.

»Er ist wahrscheinlich schon meilenweit weg«, sagte ich.

Deeps stieß mit dem nackten Fuß gegen den Thunfisch und lächelte. »'n bisschen Fischhack und der kommt wieder.«

Ein paar Minuten später sagte Deeps: »Hast du ihn gesehen?«

»Ja.«

»Und ... erzähl!«

»Er war groß, ungefähr vier Meter lang. Er schwamm zweimal in der Bucht rum, ganz langsam, als wollte er sich nur mal umsehen. Dann ist er untergetaucht, das ist alles.«

Deeps zeigte auf die Boje, die am weitesten draußen lag. »Fahr zu dem weißen Schwimmer«, sagte er und begann in seinem Eimer herumzuwühlen. Ich gab Gas und fuhr hinaus.

Die lange Aluminiumstange stach unter der Bank hervor, die Spitze lag auf dem Bug. Ich betrachtete sie und versuchte herauszufinden, was es war.

»Mach ich den Hai tot mit«, sagte Deeps ohne aufzusehen. Er fuhr mit der Hand über das Rohr. »Is 'ne zwölf Kaliber Hailanze, besser als 'ne Kanone. Stößt du ihm in 'n Rücken. Die Patrone explodiert und bricht ihm das Kreuz. Macht dreißig Zentimeter Kartoffelbrei. Aber wehe, du triffst nich genau. Wird der Hai fuchsteufelswild.«

Als wir uns der Boje näherten, fuhr ich langsamer, packte sie und machte den Motor aus. Deeps wartete darauf, dass die Sonne unterging und der Himmel dunkler wurde. Ich saß ihm gegenüber und dachte über Keos Worte nach. *Angst.*

Ganz ruhig jetzt ... Du bist doch kein Baby mehr.

Auf dem Pier konnte ich Keo kaum mehr ausmachen. Er saß jetzt mit dem Fernglas auf der Motorhaube von Onkel Harleys Jeep, aber ich bezweifelte, dass er noch etwas sehen konnte. Dad, Onkel Raz und Onkel Harley standen wahrscheinlich irgendwo in der Dunkelheit und unterhielten sich.

Schließlich sagte Deeps: »Gib mir den Fisch.«

Ich stand auf und hob den Thunfisch über die Ruderbank. Deeps, ein dunkler, grauer Schatten im vom Hafen reflektierten Licht, deutete auf den Boden vor seinen Füßen. »Tu ihn hierher.« Dann fragte er nach einer Pause: »Wie heißt du, Junge?«

»Sonny Mendoza.«

»Raymonds Sohn.«

Ich nickte.

»Hast du schon mal gesehn, wie 'n Hai 'nen Menschen aufgefressen hat?«

»Nein.«

»Kein schöner Anblick. Hab lang auf 'nem japanischen Sampan gearbeitet. Ein Tag, vor Kauai, warn ich und 'n Hawaiianer unterm Boot, Propeller reparieren. Plötzlich warn drei Haie da. Nich so groß wie der, aber groß genug. Das Boot war *beladen*, ein Haufen Fisch war drin – den hatten die Haie gerochen.«

Während er sprach, hackte er den halben Thunfisch in kleine Stücke, kippte dann den Inhalt seines Eimers auf den Bootsboden und füllte ihn mit dem zerhackten Fischfleisch und den Innereien.

»Wir haben gemacht, dass wir unterm Boot rausgekommen sind«, fuhr Deeps fort, »haben zu denen an Bord geschrien: *Zieht uns raus! Schnell, zieht uns raus!* Zuerst ziehn sie mich raus, dann den Hawaiianer, aber ein Hai schnappt nach seinem Bein. Ich hab noch nie einen Mann so furchtbar schreien hören.«

»Was ist mit ihm passiert?«

»Die Haie haben ihn gefressen.«

Deeps befestigte ein großes Stück Fisch an einem Haken an einer ein Meter langen Kette, die mit einem fünf bis sechs Meter langen Stahlseil verbunden war, und warf alles über Bord. Dann zermanschte er im Eimer den Fisch mit den Innereien und leerte die schwabbelige Masse ins Wasser. Er wusch sich die Hände, spülte den Eimer im Meer aus und hieß mich den Hafen ansteuern. Die Leine mit dem Köder ließen wir an der Boje befestigt zurück.

Die flackernden Fackeln im Garten des King-Kam-Hotels warfen schon ihre langen, glitzernden Speere aus Licht übers Wasser, als wir am Bootssteg anlegten. Eine Zigarette leuchtete in der dunklen Gruppe von Männern, die auf dem Pier herumstanden und auf uns warteten.

Keo saß in der Hocke auf dem Bootssteg. Onkel Harley reichte Deeps eine Decke und ein Bier. Ich nahm an, dass Deeps am Strand schlafen würde.

Als er an mir vorbeiging, sagte er: »Morgen früh sehn wir nach, was los is. So um sieben, Junge.« Dann trug er die Decke hinüber zur anderen Seite der Sandbucht in einen kleinen Palmenhain.

»Was habt ihr da draußen gemacht?«, fragte Onkel Raz.

»Dagesessen und gewartet, dass es dunkel wird, damit wir den Köder anfüttern konnten.«

Keo kam herüber und nach ein paar Minuten redete nur noch er. »Das hätten wir auch ohne Deeps gekonnt«, sagte er.

»Genauso haben wir es gemacht, als wir den Hai draußen beim Leuchtturm gefangen haben.«

»Der da ist dreimal so groß«, sagte ich.

»Ach, Quatsch!«, sagte Keo, als wüsste er auf alles eine Antwort.

»Den Köder anfüttern gehört zum einfachen Teil«, sagte Onkel Raz und unterbrach Keos Nörgelei. »Morgen wirst du schon sehen, warum er da ist. Wenn man sich mit einem großen Hai anlegt, darf man kein Risiko eingehen.«

In dieser Nacht wachte ich keuchend auf. Schweißgebadet stützte ich mich auf den Ellbogen. Ich hatte geträumt, dass ich im Boot aus dem Hafen hinausfuhr mit einem Hund an Bord, der unentwegt das Wasser ankläffte. Da stoppte plötzlich der Motor, als wäre der Tank leer. Der Hund wurde immer verrückter und bellte lauter und lauter. Ich schaute ins Wasser, um zu sehen, was ihn so aufregte. In diesem Moment schoss ein Hai zu mir hoch, rollte sich mit geschlossenen Lidern zur Seite und öffnete sein hungriges Raubtiermaul. *Das darfst du nie wieder tun, Junge … Beruhige dich jetzt … Du bist doch kein Baby mehr.* Der Hai rammte das Boot, und der Hund und ich wirbelten über Bord. Als ich aufs Wasser traf, wachte ich auf. *Schon gut … Es ist nichts passiert … nichts passiert.*

Eine Stunde lang konnte ich nicht wieder einschlafen.

Um sechs Uhr hämmerte Keo an meine Tür, um halb sieben kamen wir am Pier an. Keo versuchte hinter dem Lenkrad des Jeeps genauso lässig auszusehen wie Onkel Harley. Er hatte mich noch immer nicht fahren lassen.

Wir stellten den Wagen am Pier ab. Bis die Sonne über die

Spitze des Berges kletterte, würde noch eine Stunde vergehen. Dad war schon viel früher zum Hafen aufgebrochen.

Ich fühlte mich ein bisschen schwindlig und meine Handflächen waren feucht.

Deeps stand mit der gefalteten Decke unterm Arm auf dem Pier und schaute in Richtung Boje. Dad saß mit Onkel Harley in seinem Pick-up und trank Kaffee. Ich machte mich auf zum Boot, und Keo ging zum Pick-up, um sich mit den beiden zu unterhalten.

Deeps und ich brummten am Pier vorbei in den Hafen hinaus. Das Wasser war ruhig, fast spiegelglatt. Unter dem dünnen Boden des Bootes fühlte sich das Meer wie ein Leintuch an, das unter meinen Füßen dahinglitt. Ein Tuch, in das man einen toten Körper wickeln konnte – oder das, was der Hai davon übrig ließ.

Ich machte den Motor aus, als wir die Boje erreichten. Deeps zog das Seil hoch.

Der Köder war verschwunden.

Deeps schaute hinaus zum Horizont und fuhr dabei mit dem Finger über die Spitze des Stahlhakens. Er legte das Seil mit der Kette ordentlich aufgerollt in den Eimer. »Los, wir fahren zurück«, sagte er ruhig.

Den Rest des Tages verbrachte er auf dem Hafendamm und beobachtete das Wasser.

Am Abend legte Deeps seine Leine wieder aus, diesmal mit einem großen Stück Rindfleisch an zwei Zwanzig-Zentimeter-Stahlhaken, und vier große Eimer voller Kuhinnereien vom Schlachthaus oben am Berg kippte er als Lockköder hinterher.

Als wir am nächsten Morgen die Boje erreichten, blieb das Seil straff. Deeps lächelte und blinzelte mir zu.

Ich schaute ins Wasser, konnte aber nichts sehen. Tief im Innern schauderte ich, der Traum mit dem Hund verfolgte mich noch immer.

Deeps begann das Seil einzuholen.

»Wir haben ihn«, flüsterte er. Auf seiner Stirn bildeten sich tiefe Falten, die Muskeln am Hals zeichneten sich wie Drahtstränge ab und das um seine Hand gewundene Seil ließ die Haut weiß werden. »Der is so groß wie ein Zuckerrohrlaster.«

Eine dunkle Masse bewegte sich unter dem Boot hervor, ein riesiger zuckender Schatten, der wie ein Unterseeboot unter uns kreiste.

»Leg die Stange neben meinen Fuß«, sagte Deeps und ließ etwas Seil nach. Ich schob die geladene Hailanze näher zu ihm hin. Keo hätte mich garantiert einen Monat lang den Jeep fahren lassen, wenn er jetzt an meiner Stelle hätte sein dürfen. Auf Deeps Kopf begannen sich Schweißtropfen zu bilden. Er zog den Hai noch ein Stück näher heran.

»Sie schießen ihn doch *jetzt* noch nicht, oder?«, fragte ich.

»Mach dir keine Sorgen – gib mir nur die Stange, wenn ich's dir sag.«

»Aber der ist größer als das *Boot*«, sagte ich.

Deeps schlang das Seil um die eine Hand und zog, dann schlang er es um die andere. »Ich hab gesagt, mach dir keine Sorgen.«

Ich grub meine Finger in den Holzsitz. Ich wollte den Betonboden des Piers unter meinen Füßen spüren. Da sah ich die Augen des Hais.

Ich hielt den Atem an.

Deeps zog den Hai noch näher heran, ohne ihn je aus den Augen zu lassen. Onkel Raz mochte Recht haben, möglicherweise wusste Deeps genau, was er tat, aber Onkel Raz saß am Pier und Dad und Keo ebenfalls.

Ein kleiner Strudel saugte an der Seite des Boots, als der Hai mit einem plötzlichen Schlag den Schwanz herumschwang. Ein gutes Stück Seil rutschte summend über das hölzerne Dollbord. Deeps griff nach und verlangsamte die Bewegung des Hais. Vielleicht wusste der nicht einmal, dass er gehakt war.

Mich überfiel ein Schwindel, ein Flattern quer über die Stirn und bis hinunter zum Magen, der ganz heiß wurde. Schon oft hatten mich Angstgefühle überwältigt, aber noch nie so wie dieses Mal – es war die Art von Angst, die Deeps' Hunde riechen konnten. Ich sah den Hai aus dem Traum wieder vor mir, wie er nach mir und dem kläffenden Hund schnappte.

»Halt!«, schrie ich. »In so einem kleinen Boot können Sie ihn doch nicht töten. Er ist zu *groß*.«

Deeps schnellte herum und schaute mich wütend an, als wolle er etwas sagen. Aber er wandte sich ab, wieder dem Hai zu, und hielt noch immer das Seil gespannt. Er zog den Hai näher.

»*Was ist, wenn Sie nicht richtig treffen?* Oder wenn Sie ihn treffen, er aber nicht stirbt? Ein Schlag, und er dreht das Ding hier um!« Ich bebte am ganzen Körper.

Aber Deeps wollte nur den Hai. Er schaute mich durch Schlitze an, wo Augen hätten sein müssen. »Reiß dich zusammen, Junge. Ich schlag nich daneben.«

»Aber was ist, wenn doch?«

»*Verdammt* noch mal! *So eine Scheiße!*« Deeps warf das Seil zurück ins Wasser. »Fahr zurück zum Pier.«

Ich startete den Motor und brachte uns so schnell wie möglich weg. Deeps wandte mir den Rücken zu, als ich das Boot mit zitternden Knien zwischen den Bojen in der Bucht hindurchschlängelte.

Sobald wir aus dem Boot stiegen, begannen die Fischer mit ernster Miene zu beratschlagen. Deeps stand unter ihnen. Sie brauchten ein größeres Boot für den Hai.

Ich hielt mich abseits und wartete.

Keo kam zu mir. »Was war da draußen los?«

»Nichts. Der Hai war zu groß für das Boot.«

»Es sah aus, als hättet ihr euch angeschrien.«

»Er war zu groß, deshalb waren wir aufgeregt.«

Keo schüttelte den Kopf. »Ich hätt nicht gedacht, dass Deeps so ein Waschlappen ist.«

Ich zuckte mit den Schultern. »Der Hai war einfach zu groß, das ist alles.«

Keo spuckte aus und ging weg.

Was sollte ich tun, wenn Deeps wollte, dass ich ihn wieder hinausfuhr?

Die Beratung brach ab und Onkel Raz kam auf mich zu. »Komm«, sagte er, »wir nehmen mein Boot.« Er rief Keo. »Ihr beide kriegt heute was zu sehen. Deeps sagt, das ist ein Drei-Mann-Fisch.«

Bald darauf brachte Onkel Raz die *Optimystic* langsam zur Boje hinaus. Keo und ich lagen am Bug und schauten suchend über den Rand ins Wasser. Normalerweise standen wir dabei, aber diesmal gingen wir kein Risiko ein. Als wir die Boje erreichten, kletterten wir auf das Dach der Kajüte. Dad und Onkel Harley warteten am Achterdeck, Onkel Raz blieb am Steuer, den Motor im Leerlauf.

Deeps steckte eine Schrotflintenpatrone in das Ende seiner Hailanze. »Okay«, sagte er. »Zieht ihn langsam hoch.«

Onkel Harley fischte das Seil unter der Boje heraus. Dad stand daneben mit dem Gaff, einem enormen Haken mit Widerhaken an einem einen Meter langen Stock.

Onkel Harley holte das Seil ein und schlang es dabei nur einmal um jede Faust, falls der Hai durchging und er schnell loslassen musste.

Der Hai tauchte langsam auf, eine träge, graue Masse, die unter dem Boot verschwand, wieder zum Vorschein kam, ein ums andere Mal, und immer größer wurde, je näher sie an die Oberfläche kam.

»Ruhig jetzt«, sagte Deeps. »Ich muss ihn ganz genau an der richt'gen Stelle treffen. Wenn ich vorbeischieß, isser über alle Berge.«

Deeps hielt die Hailanze mit beiden Händen fest, zielte wie mit einem Speer hinunter ins Wasser und wartete. Als der Kopf des Hais unter dem Boot auftauchte, stieß er zu und traf ihn direkt hinter den Augen. Genau in diesem Augenblick drehte der Hai sich zur Seite.

Die Ladung explodierte, der Knall gedämpft vom Wasser. Weißer Schaum schoss vor dem Heck hoch und durchnässte Dad, Onkel Harley und Deeps. Der verwundete Hai schlug gegen das Boot, ein vibrierender Stoß durchfuhr meinen ganzen Körper. Der riesige Kopf des Tigers rollte auf die Seite, schwarze Augen glitten vorbei, ein riesiges aufgerissenes Raubtiermaul, Blut floss aus der dreißig Zentimeter großen

Fleischwunde, welche die Hailanze eine Handbreit vom Rückgrat entfernt über den Kiemen aufgerissen hatte.

»Verdammt!«, sagte Deeps.

Onkel Harley warf das Seil hinaus und trat ein paar Schritte vom Heck zurück. Der Hai versank in einem blubbernden Durcheinander aus Rot, Grün und Weiß, ein Wasserstrudel bildete sich an der Stelle, wo er sich befunden hatte.

Deeps durchwühlte seinen Eimer nach neuer Munition und lud die Hailanze wieder, dann ging er zurück zum Heck. »Der soll sich erst mal an seine Wunde gewöhnen, dann ziehn wir ihn wieder hoch.« Er machte zwei Schritte in Richtung Backbord, dann drehte er um und sah sich fluchend das Wasser an der Boje an.

Wir warteten etwa zehn Minuten, dann fischte Dad mit dem Gaff das Seil aus dem Wasser, und Onkel Harley begann, den Hai wieder nach oben zu ziehen, diesmal mit größerer Anstrengung. Der Tiger wehrte sich, kam aber langsam nach oben, und es gelang Onkel Harley, ihn ans Boot heranzuziehen.

Wieder hielt Deeps die Hailanze in Wartestellung über der Wasseroberfläche und nahm Maß. Onkel Harley stand unbeweglich wie ein Fels und versuchte den Hai in Reichweite zu halten.

Da stieß Deeps erneut zu. Der Rücken des Hais bog sich, als die Ladung explodierte, ein Schlag mit der Schwanzflosse beförderte eine Welle rot gefärbtes Wasser ins Boot, die selbst bis zu Keo und mir aufs Dach spritzte. Dad lehnte sich über das Heck und rammte dem Hai das Gaff genau hinter dem Auge in die Seite. Die Muskeln in Dads glänzendem nackten Rücken wölbten sich wie dicke Seile, während er den Griff so fest er konnte umklammerte, damit er ihm nicht aus der Hand gerissen wurde.

Der Hai wurde langsam müde, mit zuckenden Bewegungen sank er zurück ins blutige Wasser, in einer Wolke aus zerfetztem Fleisch, das sich von seinem Rücken löste und wie Schlamm abtrieb.

»Wir haben ihn! Den Hals haben wir ihm gebrochen!«, sagte Deeps wie ein Kind. Er warf die Hailanze aufs Deck und riss Onkel Harley das Seil aus der Hand. Mit der Hilfe von Dad und Onkel Harley zog er den sterbenden Hai näher ans Boot heran und machte ihn am Heck fest.

Onkel Raz zog einen langsamen Bogen mit der *Optimystic*. Als wir uns dem Pier näherten, begannen die dort versammelten Menschen zu jubeln. Onkel Raz lächelte und winkte ihnen zu und streckte die geballte Faust in die Luft.

Deeps sprang vom Boot, ging zum Fischhebekran und schwenkte ihn übers Wasser. Onkel Raz schaltete in den Leerlauf, während Keo auf den Pier sprang und den Bug sicherte. Ich warf ihm die Heckleine zu.

Deeps ließ den riesigen Haken zum Wasser hinunter, Dad und Onkel Harley warfen eine Stahlschlinge um den Schwanz des Tigerhais, und Deeps zog ihn langsam aus dem Wasser.

Die Leute verstummten, dann ging ein Raunen durch die Menge. Der Hai maß vier Meter und sechs Zentimeter und wog eintausendvierundvierzig Pfund. Er war so lang, dass wir ihn über dem Wasser hängend wiegen mussten.

Deeps schlug das Gaff in den Kopf des Hais, zog ihn zusammen mit vier Männern über den Rand des Piers und ließ ihn der Länge nach auf dem Beton nieder.

Die Leute drängten sich um ihn und Deeps schnitt dem

Hai den Bauch auf. Es wurde totenstill, als er eine noch unverdaute Schildkröte hervorzog.

Dann, als befürchte er, jemand könne ihm seine Trophäe streitig machen, schnitt Deeps eilig den Kopf des Hais auf, um Kiefer und Zähne herauszutrennen.

Keo hockte sich neben ihn und zog das Fleisch weg, während Deeps es von den Knochen löste. Bald waren Keos Hände voll Blut und Fischfleisch.

Nachdem Deeps die Zähne herausgehackt hatte, schaufelten Keo und Onkel Raz die Eingeweide in eine Zweihundert-Liter-Tonne, dann zerlegten sie den Hai in mehrere Teile. Onkel Harley fuhr seinen Pick-up rückwärts heran, um das Fleisch aufzuladen.

Keo kam auf mich zu, nachdem Onkel Harley mit dem Hai weggefahren war. »Willst du mitkommen, wenn ich Deeps nach Hause bringe? Du kannst die erste Hälfte fahren«, sagte er und ließ die Schlüssel vor meiner Nase baumeln.

Ich hatte genug von Deeps, aber … »Okay.« Ich streckte die Hand nach den Schlüsseln aus.

Keo umschloss sie mit der Faust. »Zuerst will ich wissen, was sich zwischen dir und Deeps draußen im Boot abgespielt hat. Ich weiß, was ich gesehen habe und dass du mir nicht alles erzählst. Du hast Angst gekriegt, stimmt's?«

Gerade in diesem Augenblick kam Deeps auf uns zu und stellte sich neben Keo, den Kiefer des Hais in Händen. Keo fuhr zusammen und trat zur Seite. Deeps schaute mich an, hob den Kiefer hoch und deutete mit dem Finger darauf. »Dieser Bursche«, sagte er, »hätte vielleicht nie jemand 'was getan … sind faule Kerle. Aber kann man nie wissen – kann man nie wissen.«

Ich schaute hinunter auf den fleischigen Knochen und die messerscharfen Zähne.

»Du weißt noch, der Hai, von dem ich dir erzählt hab«, fuhr er fort, »der den Hawaiianer aufgefressen hat? Hab ich mir vor Angst in die Hosen gemacht.« Er berührte den Kiefer noch einmal. »Sieht schön aus, wenn er sauber is.« Er stand so dicht neben mir, dass ich die winzigen Flecken getrockneten Bluts auf seinen Armen erkennen konnte. Er hielt mir den Kiefer hin, am Gelenk hinter den Zähnen hatte er ihn gepackt. »Lass ihn draußen«, sagte er. »Mungos kümmern sich um das Fleisch. Dann bleichst du ihn in der Sonne, wird richtig schön.«

Der Kiefer mit den sieben Reihen Rasierklingenzähnen war schwer und der Knochen glitschig von den heraushängenden Knorpeln.

»Gehn wir«, sagte Deeps zu Keo.

Keo hatte die ganze Zeit auf den Haifischkiefer gestarrt und fuhr zusammen, als Deeps in ansprach.

»Klar«, sagte Keo.

Er wollte zum Jeep gehen, blieb dann stehen und sah mich mit zusammengekniffenen Augen an. »Wenn du ihn zu Schrott fährst, zahlst du«, sagte er und warf mir die Schlüssel vor die Füße.

10

Rudys Freundin
(1965)

Bis zur High-School bildeten der Hafen, der Ort Kailua-Kona, zehn bis fünfzehn Meilen Küste und der Ozean meine Welt.

Ich hatte die Insel tausendmal vom Meer aus gesehen, wenn ich mit Dad fischen war – eine bläuliche, von Wolken gekrönte Erdmasse, die bis hoch hinauf zu den steilen dschungelbewachsenen Hängen von Dächern gesprenkelt war. Der Rest von Hawaii hätte genauso gut Sansibar sein können, wenn es nach dem gegangen wäre, was ich davon kannte.

Die High-School lag tief im Hochland, eine halbe Stunde Fahrt im überfüllten Schulbus und Welten vom Meer entfernt. Das Leben hier oben war anders, nicht so leicht wie unten im Dorf. Wenn jemand etwas gegen dich hatte, konnte es ganz schön schwierig werden. Und dass ich ein schäbiger weißer Fischerjunge unten vom Meer war, machte die Sache nicht einfacher. Im Gegenteil, das war für einige noch schlimmer, als wenn man aus Kalifornien stammte. Die meisten allerdings kümmerten solche Sachen nicht.

Aber dann tauchte Rudy Batakan auf.

Wir waren im selben Jahrgang und hatten nie ein Wort miteinander gewechselt, bis zu jenem Tag gegen Ende unseres Junior-Jahres*. Ich war während einer Pause mit ein paar

* Schuljahr vor der Abschlussklasse

Freunden draußen auf dem Football-Feld, als Rudy mit vier anderen Jungen auf uns zukam. Sie hatten die Haare mit Pomade nach hinten gekämmt und trugen Hosen, die unten so weit ausgestellt waren, dass man ihre Füße nicht mehr sah.

Rudy warf mir einen Blick zu. »Eh, du stinks wie Fisch. Bisten Fisch oder was?«, fragte er. Fisch klang bei ihm wie *Fiesch*. Dann lächelte er, was mich irritierte. Spielte er den Clown oder suchte er Streit?

»Barrakuda«, sagte ich, in der Hoffnung, dass er scherzte.

Rudy grinste. »Pass auf, du Scheißer«, sagte er und stieß mir seinen Finger in die Brust. »Das neue *haole*-Mädchen – lass in Ruh. Sons passiert was.«

Einer seiner Freunde kicherte. »Eh, Rudy. Mach ihm nich so viel Angs, sons scheißt er die Hose voll.« Alle außer Rudy lachten.

Rudys Gesicht war so nah an meinem, dass ich seine Pomade roch. Er stieß noch einmal zu, aber nicht so hart wie vorher. »Vergess nich, eh?«, sagte er, dann spazierte er mit seinem Rudel davon.

Ich kannte nicht einmal den Namen des neuen Mädchens. Ich hatte sie nur mal gesehen und »hallo« zu ihr gesagt. Das war alles.

Von da an machte es sich Rudy zur Gewohnheit, mich im Auge zu behalten, und sagte ständig Sachen wie: »Eh, *haole-Scheißer, wie geht's?«. Am liebsten hätte ich geantwortet: »Gut, manong*-Scheißer.« *Manong* war ein Schimpfwort für Filipinos.

Eines Morgens vor der Schule lief Rudy an Keo und mir vorbei und sagte: »Wie geht's, Hosenscheißer?« Wie üblich waren ein paar Jungen bei ihm.

Keo schnellte herum. »Zu wem hast du gerade Hosenscheißer gesagt?«

Rudy blieb wie angewurzelt stehen. Er sah mich feindselig an, dann Keo. »Wer war das?«

Keo ging ein paar Schritte auf Rudy zu. »Ich war das.«

Rudys Freunde bauten sich neben ihm auf. »Ich sag zu dem Arsch, dass er ein verdammter *haole*-Hosenscheißer is«, antwortete er. »Was geht's dich an?«

»Wenn der ein verdammter *haole*-Hosenscheißer is, dann bist du ein verdammter *manong*-Hosenscheißer«, äffte Keo ihn nach.

»Lass«, sagte ich. »Ist schon in Ordnung.« Ich legte meine Hand auf Keos Schulter, aber er schüttelte sie ab.

Rudy kam auf Keo zu und gab ihm einen Schubs, Rudys Freunde kreisten ihn von hinten ein.

Keo versetzte Rudy einen Schlag ins Gesicht.

Rudy taumelte zurück und hielt sich mit den Händen die Nase. »Du has mir die Nase gebrochen!«, schrie er und hielt den Kopf nach unten. Tränen standen ihm in den Augen.

Zwei von seiner Privatarmee bewegten sich auf uns zu, blieben aber stehen, als ein Freund von Keo dazukam.

Ich packte Keo am Arm. »Los, wir hauen ab.«

Er ließ sich von mir wegziehen, behielt aber Rudys Freunde im Auge. Rudy bahnte sich einen Weg durch die Menge und steuerte auf das Schulgebäude zu, die blutverschmierte Hand schützend über der Nase.

Danach ging er eine Woche nicht zur Schule, und als er wiederkam, hatte sich die Haut um seine Augen herum gelblila verfärbt.

Keo gab mir einen Golfball mit dem Rat, ihn immer mit

mir herumzutragen und ihn so lange zusammenzudrücken, bis mir der Arm wehtat. Dann sollte ich eine kleine Pause einlegen und wieder von vorn anfangen. So würde ich Muskeln für meine Rechte entwickeln. Er riet mir außerdem, mir mit der Faust den Magen zu bearbeiten, damit die Bauchmuskeln hart würden. »Du kannst einem Scheißkerl wie dem Rudy nicht über den Weg trauen«, sagte Keo. »Besonders wenn er denkt, du hast was mit seiner Freundin.«

»Aber ich kenn sie doch nicht mal.«

»Ist doch egal. Es reicht, wenn Rudy das denkt.«

Ich hielt mich von Rudy bis zum Ende des Schuljahres fern. Er war wie einer von den Hunden, die wie angewurzelt stehen bleiben, wenn du dich ihnen näherst, und argwöhnisch jede Bewegung von dir verfolgen; aber wehe, du siehst ihnen in die Augen, dann werden sie wild und schnappen zu.

Für den Sommer vor meinem Senior-Jahr* hatte ich mir eine Arbeit gesucht. Ich fuhr einen kleinen, strohgedeckten Glasboden-Katamaran, den ich hinten in der Bucht neben dem Pier liegen hatte.

Keo war jetzt unabhängig, hatte die Schule abgeschlossen und arbeitete als Deckshelfer für Onkel Raz. Er und Cheryl Otani gingen immer noch miteinander und sprachen vom Heiraten. Keo hatte vor, sich ein Boot wie das von Onkel Raz anzuschaffen und auf Marlinfang zu gehen.

Dad erwartete, dass ich mit ihm auf der *Ipo* Thunfische fing. Aber ich konnte mir nicht vorstellen, Tag für Tag auf einem heißen Boot mitten im Ozean zu verbringen und mich

* Abschlussklasse

von der Sonne rösten zu lassen. Ich wollte in der Nähe der Stadt, der Leute bleiben. Aber ich sagte Dad, dass ich bei dem Job mit dem Glasboden-Boot die Namen der Fische lernen wollte, die ich nicht kannte. Dad hielt das für eine gute Idee und machte alleine weiter.

Das Geschäft mit dem Glasboden-Boot lief wie geschmiert, bis die Paddler kamen.

Ich ließ den Katamaran immer über Nacht in der Bucht am Strand und stellte den 10-PS-Motor in einem Lagerraum des King Kam-Hotels unter. Der weiße Sand in der kleinen halbmondförmigen Bucht war so fein, dass er einem durch die Finger rann wie Traumstaub. Die meiste Zeit war dort nicht viel los. Kleine Kindern spielten und planschten geräuschvoll im seichten Wasser, gelegentlich legte ein Boot in der Bucht an. Morgens stellte ich in der Nähe des Boots ein Schild im Sand auf: »Ausflug mit hawaiischem Glasboden-Boot $5 pro Person und Stunde«, dann saß ich herum, drückte den Golfball zusammen und versetzte mir Schläge in den Magen, bis jemand rausfahren wollte.

Eines Nachmittags kam ich spät mit drei Engländerinnen von einer zweistündigen Tour entlang der Küste zurück. Als wir in die Bucht tuckerten, hatten sich die Paddler über den ganzen Strand verteilt, saßen in kleinen Gruppen zusammen und machten sich unter den Palmen breit, vierzig oder fünzig Kinder vom Kanu-Club, die darauf warteten, dass ihr Kurs begann.

Ich schob den Katamaran an den Strand, die Engländerinnen stiegen aus und gingen in Richtung Pier. Während ich das Boot ordentlich ausrichtete, beobachtete ich die Paddler aus dem Augenwinkel. Ich kannte die meisten aus der Schule, wenn auch nicht sehr gut. Viele von ihnen wohnten im Hochland und waren nicht oft unten im Ort.

Ich schnappte mir Schwamm und Eimer aus dem Heck und ging los, um frisches Wasser zu holen.

Links von mir sah ich eine kleine Gruppe älterer Paddler im Halbschatten einer Palmengruppe sitzen, vier Jungen und zwei Mädchen. Eines der Mädchen war blond. Sie trug einen Pferdeschwanz und über dem linken Ohr weiße Plumeria-Blüten, die auf dem Gold ihres Haares zu schweben schienen. Es war die Neue. Und neben ihr saß – Rudy.

Die Ärmel seines weißen T-Shirts waren aufgerollt, damit man seine hausgemachte Tätowierung sah. Er schaute mich wütend an. »Was glotz du, Fischjunge?«

Ich ging weiter auf das Hotel zu.

»Eh! Scheißer! Ich red mit dir. Was glotz du, hab ich gesagt?«

Ich blieb stehen und drehte mich um. Die Neue schaute weg, als sei es ihr peinlich. Aber die anderen warfen mir miese Blicke zu.

»Ich? Geh nur frisches Wasser holen.« Rudy, der Widerling, spielte den König vom Strand.

»Lüg nich, du Arsch«, sagte er.

»Entschuldigung«, ich wusste nicht, was ich sagen sollte.

»Enschuldigung«, äffte Rudy nach. Seine Freunde machten sich einen Riesenspaß daraus.

Ich ging weg.

Der Paddeltrainer kam, die Kinder schwärmten aus zu den Kanus und trugen sie vorsichtig hinunter zum Meer. Ich füllte den Eimer mit Wasser und machte mich auf den Rückweg, um das Salz von den Sitzen des Katamarans zu waschen. Wie sollte ich es bloß zwei Monate lang am gleichen Strand wie Rudy aushalten?

An einem Nachmittag, etwa zwei Wochen nachdem die Paddler gekommen waren, hatte ich einen Mann und zwei alte Damen an Bord des Katamarans. Wir befanden uns gerade vor der Einfahrt zu Thurstons Hafen, einer in der felsigen Küstenzone künstlich angelegten Lagune, die sich bis zu einem geheimnisvollen Privatgrundstück hin erstreckte.

»Sehen Sie den Fisch genau über der Koralle, die wie ein Blumenkohl aussieht?«, sagte ich zu den Damen.

Sie waren wirklich nett und sagten immer wieder, »Ach ja, ja, der da!« und »Ach, wie hübsch!« Der Mann saß die meiste Zeit mit verschränkten Armen im Boot und nickte.

»Das ist ein *kikakapunukunukuoioi*«, sagte ich, wohl wissend, dass sie der Name sehr beeindrucken würde. Es hatte mich eine Woche gekostet, bis ich ihn glatt über die Lippen brachte.

Da erschien plötzlich ein Körper unter dem Glasboden – langes, blondes Haar breitete sich wellenförmig wie feine Fäden aus Seegras im Wasser aus.

Die Neue.

»Ach du lieber Himmel …«, sagte eine der Damen. »Eine Meerjungfrau.« Der Mann löste seine Arme und beugte sich über das Glas.

Das Mädchen tauchte zum Grund, hob einen roten Seestern auf, holte ihn nach oben und hielt ihn unter den Glasboden. Obwohl sie keine Tauchermaske trug, schwamm sie mit offenen Augen und schaute uns an. Kleine Luftbläschen entwichen ihren Mundwinkeln. Über ihr Gesicht bewegten sich lose Haarsträhnen, die sich beim Hochsteigen und während sie unter uns schwebte nach außen bauschten.

Dann lachte sie. Ein Schwall Luftblasen strömte aus ihrem Mund und blieb am Boden des Glases hängen. Als die Scheibe wieder klar war, war sie verschwunden. Sie tauchte ein paar Meter weit vom Heck entfernt auf, winkte und schwamm zum felsigen Ufer.

»Ist das Ihre Freundin?«, fragte eine der Damen.

»Nein«, sagte ich. »Ich hab sie zwar schon mal gesehen, aber ich kenne sie nicht.«

»Na ja«, sagte sie. »Sieht aus, als hätte sie Ihnen was zu sagen.«

Die Damen kicherten.

Ich schüttelte den Kopf. »Nö … nö.«

Aber von da an verging kaum mehr eine Minute, in der ich nicht an ihr lächelndes Gesicht dachte, das mich durch den Glasboden des Boots angesehen hatte. Es hatte mich ziemlich schlimm erwischt, wie damals mit Melanie McNeil, als ich praktisch vor dem Postamt kampierte, um auf Briefe zu warten, die nie ankamen. Ganz von selbst stiegen diese Gefühle in mir auf, und mein Leben, meine ganze Welt erschien mir plötzlich in einem anderen Licht – heller – *viel* heller. Die Wochenenden waren mir von nun an ein Gräuel, denn da kamen keine Paddler in die Bucht, und ich musste zwei Tage ohne Hoffnung auf einen Blick von der einen verbringen, die ich nun Rudys Freundin nannte.

War sie überhaupt Rudys Freundin?

An einem Tag sah ich sie neben einem Kanu stehen, als sie

sich gerade fertigmachte, um mit der Mädchen-Mannschaft hinauszufahren. Ich verlangsamte den Kat, schlich im Schneckentempo hinein in die Bucht und zum Strand hinauf. Ich fuhr so nah wie ich nur wagte an dem Kanu vorbei und riskierte damit eine Verwarnung vom Trainer.

»Hi«, grüßte ich sie, als ich auf gleicher Höhe war. Sie lächelte und sah mir direkt in die Augen.

Als sie vom Übungsrennen zurückkam, watete sie am Katamaran vorbei zum Strand hinauf. Um ihre Knie bildeten sich kleine Wellen. Sie raffte ihr nasses T-Shirt am unteren Rand zusammen und wrang es aus. Ich saß im Boot unter dem Strohdach, einen Fuß im Wasser, den anderen auf dem Rand des Glaskastens, und hörte Radio mit einem kleinen Transistorgerät. Ich fühlte mich so richtig wohl.

Sie warf den Kopf zurück und rollte mit einer eleganten Bewegung ihr langes Haar auf der Seite wie ein Handtuch zusammen. Sie kam auf den Katamaran zu, blieb einen Augenblick lang stehen und spielte mit ihrem Haar. Ihre Augen blitzten für den Bruchteil einer Sekunde zu Rudy hinüber, dann sah sie mich wieder an.

»Am Freitagabend um halb acht hier«, sagte sie mit leiser Stimme, fast flüsternd. Wieder schaute sie mir in die Augen.

In diesem Augenblick rief Rudy. »Eh, Shelley, komm her!«

Sie senkte schnell den Blick und ging an mir vorbei. Ich schaute auf die Stelle im Wasser, wo sie gestanden hatte.

Mein Herz fühlte sich an, als wolle es mir aus der Brust springen, ihre Worte hallten in meinem Kopf wider: »Am Freitagabend, am Freitagabend, am Freitagabend ...«

Ich versuchte den ganzen Nachmittag nicht zu Rudy und dem Mädchen hinzusehen und putzte das bereits saubere Boot.

Gegen Ende des Paddeltrainings ging Rudy in der Nähe des Katamarans ins Wasser und ließ sich bis zum Hals hineinsinken. Er schwamm herum und starrte mich dabei die ganze Zeit an, bis ich es nicht mehr aushielt. Ich nahm mein Transistorradio und meinen Golfball aus dem Eimer und folgte der geschwungenen Linie des Strandes hinüber zum Pier, um das Einlaufen der Charterboote zu beobachten.

Keo war schon zurück, die *Optimystic* schaukelte an den Fendern vor sich hin. »Wie läuft das Faulenzergeschäft?«, fragte er und spritzte das Achterdeck mit Wasser ab.

»Ziemlich gut. Abgesehen von Rudy Batakan – erinnerst du dich an den Typ, dem du eins auf die Nase gegeben hast?«

Keo grinste. »Wie könnt ich den vergessen? Was treibt der denn da?«

»Paddeln. Aber hör dir das an: Weißt du noch, das blonde Mädchen, das immer bei ihm ist? Sie paddelt auch. Aber das ist nicht alles – sie ist zu meinem Kat gekommen und hat mir was zugeflüstert. Wir treffen uns Freitagabend am Pier, hat sie gesagt.«

Keo zog die Augenbrauen hoch. »Du schlaue Muräne. Du willst es ja wohl nicht anders.«

»Was meinst du damit? Es war doch *ihre* Idee.«

»Wenn ich in deiner hässlichen Haut stecken würde«, sagte Keo und machte eine Pause. Dann boxte er mir in den Arm. »Würd ich hingehn.«

Die drei Tage Wartezeit bis zum Freitag waren zum Verrücktwerden. Ich verkürzte sogar meine Ausflugsfahrten um fünf oder zehn Minuten, um in ihrer Nähe zu sein. Ich wollte sehen, wie sie hinunter zum Strand ging oder Paddelübungen in einem ans Ufer festgetäuten Kanu machte oder wie sie nach einem Training ins Meer tauchte und wieder mit nassem Hemd, das ihr am Körper klebte, aus dem Wasser kam.

Als der Freitagabend schließlich da war, war ich so aufgeregt wie ein Hund, der wusste, dass es auf die Jagd geht. Um halb acht war der Himmel fast dunkel, das leuchtende Rot des Sonnenuntergangs am Horizont verschwunden. Ich stand im Schatten einer Palme, abseits von den brennenden Fackeln, die den Strand und die Hotelgelände säumten, und achtete auf jede menschliche Bewegung so weit ich sehen konnte. Das Pier lag ruhig da, ebenso der Sandstrand in der Bucht.

»Hi«, sagte jemand hinter mir, und ich fuhr vor Schreck fast aus meiner Haut. Rudys Freundin. Sie trug Zehensandalen, ausgebleichte Jeans mit Löchern an den Knien und ein leichtes blaues Jeanshemd, das sie in der Taille zusammengeknotet hatte. Das Haar hing ihr über die Schultern und leuchtete im flackernden Widerschein der Fackeln gelblich-silbern.

»Ich bin froh, dass du da bist«, sagte sie. »Ich hatte schon Angst, du kommst nicht.«

»Warum denn?«

»Wegen Rudy.«

»Tut mir Leid, dass ich das sagen muss, aber er ist der größte Idiot, den ich kenne.«

»Das stimmt.«

»Du heißt also Shelley.«

»Woher weißt du das?«

»Rudy hat dich am Strand so gerufen.«

»Und du bist Sonny Mendoza«, sagte sie lächelnd im schwachen Licht. »Ich hab mich umgehört.«

Ich schaute ihr über die Schulter und sah ein Autodach hinter dem Hafendamm in Richtung Pier kriechen. »Komm, wir gehen woanders hin. Es macht mich nervös, dass ich mich mit Rudys Freundin rumtreibe.«

Ihr Lächeln verschwand. »Ich bin nicht Rudys Freundin und auch von sonst keinem.«

»Das musst du mal Rudy sagen.«

Sie runzelte die Stirn. »Ja, lass uns gehen, ich werd auch nervös.«

Wir beeilten uns, auf die andere Seite der Bucht zu kommen, zum felsigen Teil der Küste gegenüber dem Pier. Wir suchten uns einen Weg durchs Gebüsch und ließen uns schließlich ein, zwei Schritte von der aufschäumenden Gischt auf den glatten Felsen nieder. Ich roch ihr Parfum, so dicht saß sie neben mir.

Ich hob Kieselsteine auf, die zwischen den Felsen lagen, und warf sie hinaus aufs schwarze Wasser. Aber Shelley war nicht so schüchtern wie ich und fing an von sich zu erzählen.

Sie kam aus Chicago. Ihre Eltern besaßen ein paar Häuser dort und hatten eine Menge Geld verdient. Deshalb beschlossen sie, auf die Inseln zu ziehen und sich früh zur Ruhe zu setzen. Ihr Vater hatte ein kleines Flugzeug und dachte darüber nach, ein Air-Taxi-Unternehmen zu gründen und Personen und Güter nach Honolulu und zurück zu befördern. Shelley war siebzehn.

Als ich begriff, dass wir die ganze Abschlussklasse zusammen verbringen würden, erstrahlte meine Zukunft plötzlich in rosigem Licht.

Endlich brachte ich den Mut auf und fragte: »Warum hängst du mit so einem Typ wie Rudy herum?«

»Er ist der erste Junge, den ich hier kennen gelernt habe«,

sagte sie. »Er saß mit Jimmy und Lenny auf der Motorhaube von Lennys Auto auf dem Schulparkplatz.«

Ich nickte.

»Rudy macht mir Angst«, fuhr sie fort. »Ich weiß nicht, wie ich ihn loswerden soll. Er denkt, ich gehöre ihm.«

Ich warf noch einen Stein. »Der denkt, ihm gehört die ganze Insel. Irgendwie hab ich's geschafft, ihm aus dem Weg zu gehen – bis jetzt wenigstens.«

Shelley war einen Augenblick lang still. Ihr Gesicht war im schwachen Licht, das vom Pier herüberfiel, fast nicht zu erkennen. »Tut mir Leid, Sonny. Das ist meine Schuld. Als ich dir in der Schule zum ersten Mal begegnet bin, hab ich Rudy gefragt, wer du bist. Er wollte es mir nicht sagen. Ich hatte keine Ahnung, dass ihn das so aufregen würde.«

»Ach, das macht nichts. Wenn ich es nicht gewesen wäre, dann hätt's einen andern getroffen.«

Ein Auto fuhr bis ans Ende des Piers hinaus. Die Scheinwerfer schossen über die Bucht, dann tauchten sie die Felsen in Licht.

»Duck dich«, flüsterte ich. Wir versteckten uns zwischen den größeren Felsen, während alles um uns herum hell aufleuchtete.

Drei Personen stiegen aus dem Wagen, stellten sich vor die brennenden Scheinwerfer und unterhielten sich. Bei jeder ihrer Bewegungen huschten flackernde Schatten über uns hinweg. Schließlich stiegen sie wieder ins Auto, drehten noch einmal langsam eine Runde auf dem Pier und fuhren davon.

»Ich wette zehn Dollar, dass das Rudy war«, sagte ich. »Wir sollten machen, dass wir hier wegkommen. Wir schleichen uns auf das Grundstück von Thurstons, da drüben über die Steinmauer. Das ist Privatbesitz, aber es ist nicht immer jemand da.«

Wir kletterten auf die Mauer und schauten auf das Grundstück hinunter. Das Haus auf dem Gelände war klein. Der künstliche Hafen lag gleichmäßig schwarz und ruhig da. Er beschrieb einen gleichmäßigen Bogen vor dem unbeleuchteten Haus und öffnete sich auf der anderen Seite zu einer Lagune.

»Jemand könnte im Dunkeln auf der Veranda sitzen«, flüsterte ich. »Wahrscheinlich ist niemand da, aber sicher bin ich mir nicht. Wir gehen besser woanders hin.«

Shelley berührte mich am Arm. »Komm, wir schwimmen rein«, schlug sie vor, »in den Hafen.«

Ich schaute sie an, um zu sehen, ob sie einen Scherz machte. Sie meinte es ernst. Klar. Das war eine tolle Idee. Wir könnten am Haus vorbeischwimmen, vom Hafen aus an Land gehen und uns bis zum Strand am anderen Ende des Grundstücks schleichen. Dort wären wir völlig allein.

Shelley kletterte wieder hinunter zu den Felsblöcken. Als ich sie einholte, hatte sie die Enden ihrer Bluse aufgeknotet, die ihr bis zu den Knien hinunterhingen. Sie kickte ihre Sandalen weg, zog sich die Jeans aus und steckte alles unter einen Stein. Ihre Bluse sah aus wie ein kurzes Kleid.

»Komm«, sagte sie und kroch geduckt über einen großen flachen Felsen zum Wasser hinunter.

Mein Gott, sie hatte sich die Jeans ausgezogen! Ein Skorpion hätte meine Aufmerksamkeit nicht mehr fesseln können. Sie stieß sich ab ins Meer und wurde von dessen Schwärze verschluckt.

Ich behielt meine Shorts an, zog aber mein T-Shirt aus und steckte es unter den Stein zu ihrer Jeans.

Das Meer war warm. Wir schwammen langsam und suchten die hohen Begrenzungsmauern der Einfahrt nach Bewegungen ab. Das Wasser im Hafen war ruhig und viel kälter als das offene Meer. Süßwasserquellen blubberten unter uns hervor und strömten nach oben. Shelley schwamm so dicht neben mir, dass unsere Arme aneinander stießen. Ihr Atem ging schnell.

Sie folgte mir zu einer Steintreppe, die vom Wasser aus über mehrere, von der Lagune aufsteigende Terrassen führte. Geräuschlos bewegten wir uns zu einer grasbewachsenen Stelle, die von einer niedrigen Steinmauer begrenzt und von Palmen gesäumt war. Dahinter lag der Ozean.

Wir ließen uns über die Mauer gleiten und legten uns auf dem Rücken in den Sand. Millionen von Sternen breiteten sich über uns aus, die Milchstraße zog sich wie ein dünner weißer Nebel vom einen Ende des Horizonts zum andern.

»Weißt du was, Sonny«, sagte Shelley. »Zum ersten Mal seit ich in Kona bin, hab ich das Gefühl, dass ich die Augen schließen kann, ohne mir über irgendetwas Sorgen machen zu müssen. Ich kenne dich kaum, aber das spielt keine Rolle. Ich hab das schon gespürt, als ich dir zum ersten Mal in der Schule begegnet bin, noch bevor ich wusste, wer du bist. Wie kommt das?«

»Das darfst du mich nicht fragen«, sagte ich. »Ich habe genug damit zu tun, die Rätsel zu lösen, die du mir aufgibst.« Das stimmte. Ich konnte an nichts anderes denken als an sie.

Und das war nur der Anfang.

Die nächsten drei Wochen vergingen wie ein Traum. Die Welt war auf einmal nicht mehr die gleiche, ganz zu schweigen von dem Ort. Alles, was ich machte, hatte irgendetwas mit Shelley zu tun.

Wann immer wir konnten, trafen wir uns abends und schwammen in Thurstons Hafen. Wir verbrachten Stunden am Strand, lagen nebeneinander, hielten uns bei den Händen und betrachteten die Sterne. Bei Vollmond schien der Nachthimmel zu explodieren, er erstrahlte in einem hellem Silbergrau, das so intensiv war wie die nicht nachlassenden, fast schmerzhaften Gefühle, die mich umtrieben. Wir verbrachten Stunden eng umschlungen und küssten uns, als wäre Küssen das schönste Geschenk des Lebens.

Einmal drehte sich Shelley auf die Seite und legte den Kopf auf meine Schulter, ihr feuchtes Haar schob sich gegen meine Wange. Ich fuhr mit den Fingerspitzen über die zarte Haut ihres Gesichts und reines Glücksgefühl erfüllte meinen Körper. Das Leben, das ich bis dahin gelebt hatte, schien so weit entfernt, so unbedeutend wie ein schwacher Hauch. Zu Hause betrachtete ich Dad und fragte mich, ob er das Gleiche empfunden hatte, wenn ihm meine Mutter etwas ins Ohr flüsterte, ob er sie so gekannt hatte wie ich Shelley.

Shelley wurde nicht müde, mich zu fragen, warum sie das Bedürfnis hatte, jede Stunde des Tages mit mir zu verbringen. Und jedes Mal spürte ich einen Kloß im Hals, der mir die Kehle zuschnürte, und konnte nur mit einem Schulterzucken antworten. Wir sprachen davon, dass wir unser letztes High-School-Jahr zusammen verbringen würden, dann wollten wir vielleicht nach Honolulu auf die Universität gehen oder uns im Ort eine Arbeit suchen.

Es war für Dad nicht zu übersehen, dass ich nachts so viel

Zeit außer Haus verbrachte. Eines Nachmittags am Pier sagte ich: »Siehst du das blonde Mädchen da drüben unter der Kokospalme?«

Dad schaute zur Bucht hinüber, wo Shelley bei Rudy und zwei anderen Jungen saß. Keiner von ihnen hatte uns bemerkt. Dad nickte.

»Das ist Shelley … meine Freundin.«

»Was macht sie dann mit diesen Kerlen da?«

»Das ist eine lange Geschichte.«

Dad hob eine Augenbraue, dann gab er mir seine komplette Lektion in Punkto Aufklärung. »Pass auf, dass du keiner ein Kind machst«, sagte er. Dann lächelte er und ging zu seinem Jeep.

In letzter Zeit hatte Rudy ein wachsames Auge auf mich geworfen. Und obwohl Shelley nachts fast unsichtbar in die Bucht schlüpfte, lebten wir beide in ständiger Angst davor, überrascht zu werden. Shelley saß immer noch mit Rudy am Strand, weil sie Angst davor hatte, was er tun würde, fände er je heraus, dass wir uns trafen. Er hatte sie unzählige Male eingeladen, mit ihm und seinen Freunden in Lennys tiefer geleg-tem, mit Vorspritzfarbe besprühten Chevy wegzufahren, aber sie lehnte immer mit der Erklärung ab, ihr Vater erlaube es nicht.

Nichts bereitete mir im Leben so viele Magenschmerzen, wie die beiden zusammen unter den Palmen sitzen zu sehen, wenn ich von einer meiner Fahrten zurückkam.

In einer mondlosen Nacht, als Shelley und ich draußen an Thurstons Strand waren, hörten wir in der Dunkelheit von den Palmen hinter uns plötzlich Stimmen. Shelley duckte sich in den Sand, als versuche sie zu verschwinden.

Ich drehte mich langsam auf den Bauch und schaute zu den Bäumen hinüber. »Nicht bewegen«, flüsterte ich. Wir lagen in der Nähe erstarrter Lavamassen, so dass man unsere Körper, wenn wir völlig still hielten, für einen Teil der Felsküste halten konnte.

Kein Zweifel, es war Rudys Stimme. »Irgenwo sin die – ich bring den um – den Wichser.«

»Mensch, woher weißt'n das? Vielleicht waren's andere.«

»War'n die, wenn ich's doch sag.«

Shelley grub ihre Finger in meinen Arm und versuchte sich näher an die Felsen zu drücken. Aber wir mussten ganz still liegen bleiben. Eine Zigarette leuchtete rot auf, schoss dann über die Mauer und wirbelte Funken sprühend in Richtung Meer. Hinter uns rollten die Wellen in unaufhörlichem Tosen über die rauen Felsen und fingen sich in kleinen Tümpeln nur wenige Zentimeter unter unseren Füßen.

Einer der Schatten fiel auf den Sand. Ich musste gegen den Wunsch kämpfen, Shelley zu packen und wegzulaufen. Wir könnten es schaffen, dachte ich. Mit einem ordentlichen Vorsprung könnten wir es schaffen.

Der Schatten bewegte sich über den Sand, dann zurück zur Mauer. Plötzlich hielt er inne und schien auf die Stelle zu starren, wo wir lagen. Er kam einen Schritt näher und beugte sich nach vorne.

»Halt dich bereit loszulaufen«, flüsterte ich. »Noch einen Schritt und er sieht uns.«

Aber da wandte sich der Schatten ab und ging zurück zur Mauer. Die vier Umrisse bewegten sich aufeinander zu und sprachen leise murmelnd miteinander, dann trennten sie sich und verteilten sich entlang der Mauer über uns. Jeder Fluchtweg zu den Bäumen war abgeschnitten.

»Sie wissen, dass wir hier sind«, flüsterte ich Shelley zu. »Sie haben uns den Weg versperrt. Wir können warten, bis sie uns fangen oder schwimmen.« Shelleys Körper bebte, als sie sich an mich presste.

»Bleib so dicht es geht bei mir«, sagte ich. »Es wird ganz schön schwierig sein, über die Felsen zu klettern.

»Jetzt!« Ich zog sie an der Hand mit.

Überall hatten sich kleine Tümpel gebildet, die messerscharfen Kanten der spitzen Felsen und Korallen waren von knietiefem Wasser bedeckt. Manchmal mussten wir auf allen vieren vorwärtskriechen und uns den Weg hinaus in die Dunkelheit ertasten. Unser einziger Trost war, dass Rudy demselben Problem gegenüberstand.

Hinter uns riefen sie: »Da! Da! Sie haun ab ins Wasser! Los, hinterher!«

Meine Füße waren zäh, aber Shelley weinte, als sie über die scharfkantige Lava stolperte. Nachdem wir endlich das Meer erreicht hatten, hörte ich sie verzweifelt wimmern, eher aus Furcht als aus Schmerz.

Beim Wegschwimmen schaute ich zurück. Wie Treiber auf einer Wildschweinjagd bewegten sich die vier Schatten an den Felsen entlang. Für sie konnten wir nicht mehr gewesen sein, als zwei fast unsichtbare Punkte in einem Meer schwarz-grau schimmernder Wellen. Schließlich gaben sie auf und verschwanden in den Bäumen.

Wir schwammen am Pier vorbei und quer durch den Hafen, um in der kleinen Bucht vor dem Palast aus dem Wasser zu steigen. Rudy würde wahrscheinlich irgendwo am Pier herumhängen, um uns dort abzufangen.

Als wir uns schließlich an Land schleppten, fehlte uns selbst zum Kriechen fast die Kraft. Shelley setzte sich zitternd dicht neben mich in den Sand.

»Wir gehen lieber weiter nach oben unter die Bäume«, sagte sie, zu müde, um sich das Haar aus dem Gesicht zu streichen. »Er weiß, dass wir es waren.«

»Vielleicht«, sagte ich.

»Ich hab Angst, Sonny. Rudy dreht durch. Ich möchte einfach nur weg und kann nicht. Und jetzt hab ich auch noch dich mit reingezogen.«

»Ich hab mich selber da reingezogen. Hör auf, dir Sorgen zu machen, wir werden eine Lösung finden.«

Ich fragte mich nur, was auf der Welt ich zu tun gedachte. Ich hatte nicht den Mut, Shelley zu sagen, dass ich mich vor Rudy und seiner Bande genauso fürchtete wie sie. Ihr würde er vielleicht ein paar Ohrfeigen verpassen, mir aber würde er mit einem Schnappmesser den Bauch aufschlitzen, ohne darüber auch nur eine schlaflose Nacht zu verbringen, da war ich mir sicher. Und dazu ein Extraschnitt für das, was Keo ihm in der Schule angetan hatte.

Wir folgten der Straße aus dem Ort hinaus zu Shelleys Haus und versteckten uns jedes Mal im Gebüsch, wenn ein Auto sich näherte. Shelley humpelte den ganzen Weg, sie hatte sich die Füße an den Felsen schlimm zerschnitten. Ich band Palmblätter darum, um den Schmerz etwas zu lindern.

Als wir schließlich am Haus ankamen, schlang sie mir die Arme um den Hals und hielt mich noch lange Zeit fest. Sie klammerte sich an mich, als sähen wir uns zum letzten Mal.

Ich schloss die Augen und ließ mich hilflos in den glückseligen, trancehaften Zustand der Nähe gleiten.

Im Haus ging ein Licht aus. Ich ging ein paar Schritte zurück. Shelleys Eltern war ich bisher noch nicht begegnet. Sie hatten immer schon geschlafen, wenn wir nach Hause kamen. Ich wollte nicht, dass sie Shelley mit zerschnittenen Füßen und wirrem Haar sehen und sich fragten, was ich wohl mit ihr angestellt hatte. Und am schlimmsten war, ihre Jeans steckten noch immer unter dem Stein in der Bucht.

»Sei vorsichtig«, flüsterte Shelley, als ich in der Dunkelheit verschwand. »Ich würde sterben, wenn dir irgendetwas zustößt.«

Auf dem Nachhauseweg, der eine Meile an der Küste entlangführte, kehrte ich nach und nach in die Wirklichkeit zurück und spürte, wie langsam wieder die Angst in mir hochkroch.

Die Hunde trotteten zu mir heraus. Ich kniete mich hin, kraulte sie hinter den Ohren und ließ mir von ihnen das Gesicht lecken. Das Licht aus dem Küchenfenster spiegelte sich in ihren Augen. Als ich aufstand, rannten sie zu ihren Schlafplätzen zurück. Einer von ihnen begleitete mich die Stufen zur Veranda hinauf. Oben saß Popoki. Sie hatte hier so ziemlich alles im Griff. Sie stand auf und streckte sich, als ich ihren Namen flüsterte.

Dad saß am Küchentisch mit einem kleinen Stapel Papieren und seinem Scheckbuch, eine Tasse dampfender Kaffee stand neben seiner rechten Hand. Sein welliges Haar kräuselte sich um seine Ohren, und graue Strähnen begannen das tiefbraune Haar über seiner Stirn zu durchziehen. In seinen kräftigen, schwieligen Händen wirkte der dünne Kugelschreiber irgendwie fehl am Platz. Ich setzte mich ihm gegenüber, mein Körper war noch immer feucht und juckte vom Salzwasser.

Dad lehnte sich auf seinem Stuhl zurück und kreuzte die Arme vor der Brust. »In letzter Zeit bist du ja ziemlich beschäftigt.«

Ich nickte und antwortete: »Beschäftigt ist gar kein Ausdruck.«

Er lächelte. »Was ist denn los?«

Erst da fiel mir auf, wie sehr ich mich von ihm zurückgezogen hatte, seit ich Shelley begegnet war. Und alles floss mit einem Mal aus mir heraus. Ich erzählte ihm von den Paddlern und Rudy und Shelley, dann davon, was unten bei Thurstons passiert war. »Es ist, als würde ich durchdrehen oder so. Ich kann an nichts anderes mehr denken als an sie. Aber Rudy. Was soll ich mit dem machen?«

Dad lehnte sich nachdenklich zurück und schaute auf den Tisch.

»Ich wünschte, Mutter wäre hier«. Erst danach wurde mir bewusst, was ich gesagt hatte.

Dad schaute hoch.

»Ich meine … vielleicht hätte sie das mit Shelley und Rudy verstanden.«

Dad betrachtete seine Hände und spielte mit dem Kugelschreiber. Ich hatte immer den Eindruck, dass er sich mit Leuten wie Rudy auskannte und wusste, wie sie denken und wie man mit ihnen umgehen musste. Aber Shelley. Konnte er auch nur ahnen, was in ihr vorging?

»Ja, vielleicht hätte sie das verstanden«, sagte er schließlich. »Sie war wie deine Aunty Pearl. Sie hatte ein großes Herz.«

Dad zog die Stirn kraus. »Könnte es sein, dass das Mädchen erst Rudy und dann dich an der Nase rumgeführt hat?«

»Nein«, sagte ich, seine Worte verletzten mich. »Sie ist nicht so eine. Sie ist einfach neu hier und ist irgendwie mit ihm in Kontakt gekommen, weil sie niemanden kannte, das ist alles.«

Dad schaute mich an. »Dann ist die Sache ziemlich klar für mich, Sohn. Du kannst entweder ständig in Angst vor dem Jungen leben oder ihm Auge in Auge gegenübertreten. Wenn du mit ihr zusammen sein willst, bleibt dir nicht viel anderes übrig.«

»Ich weiß«, sagte ich. Ich wusste es von dem Augenblick an, in dem ich begonnen hatte, Shelley zu mögen.

Ich ging hinaus und zog die feuchten Kleider aus. Die Hunde setzten sich auf und beobachteten, wie ich mir das Salz vom Körper duschte. Die Nachtluft war warm, und der Gummigeruch des Wassers aus dem Schlauch erfüllt mich einen Augenblick lang mit Ruhe und Gelassenheit. Ich war zu Hause, mit Dad, den Hunden und Popoki, der Königin, und fürs Erste sicher, sogar vor meinen eigenen quälenden Gedanken.

Als ich am nächsten Tag mit dem Glasboden-Boot zurückkam, stand eine Mannschaft von Paddlern neben ihrem Kanu bis zum Bauch im Wasser. Rudy, den Arm lose um Shelleys Hals gelegt, lümmelte sich unter den Bäumen. Als der Katamaran auf den Sand glitt, schaute Shelley kurz zu mir herunter, wandte sich aber sofort wieder ab. Sie hatte die Knie unter das Kinn gezogen und die Arme um die Beine geschlungen.

»He, Hosenscheißer!«, rief Rudy.

Ich beachtete ihn nicht und begann das Boot zu säubern.

»He, ich sprech mit dir.« Er sprang auf und mit ihm zwei seiner Freunde.

Eine Welle von Angst durchfuhr mich.

Auf der anderen Seite der Bucht ließ sich Dad gerade auf dem Holzgeländer nieder, das sich am Rand des Piers entlangzog. Er musste seinen Fischtag abgekürzt haben und schaute ins Wasser, als beobachte er Krabben. Er sah mich nicht direkt an, aber ich wusste, warum er da war.

Ich drehte mich zu Rudy um, beachtete ihn aber nicht. »Shelley«, sagte ich.

Ihr Mund öffnete sich leicht. Sie sah mich an, als sei ich total verrückt geworden. Dann schaute sie zu Boden.

Rudy trat zwischen uns und versperrte mir die Sicht auf sie. Er starrte mich an, die Muskeln in seinem Kiefer traten hervor.

Ich trat näher, wollte an ihm vorbeigehen und streckte meine Hand aus. »Shelley, komm mit.«

Rudy schlug mir mit beiden Händen gegen die Brust und schob mich rückwärts zum Katamaran. Seine beiden Freunde bauten sich links und rechts von mir auf, gerade außer Reichweite. Rudy packte mich am T-Shirt, aber ich schlug seine Hand mit dem Arm weg. Einer seiner Freunde griff mich von hinten an, Rudy hob die Faust, hielt aber inne, als sein Freund plötzlich zurücktrat und mit dem Kopf hinüber zum Pier zeigte, wo Dad mit verschränkten Armen dastand und zu uns hersah.

»Ich mach dich zu Hack!«, schrie Rudy und stürzte sich auf mich.

»*Rudy, hör auf!*« Shelley rannte auf uns zu. Rudys Freunde schnappten sie und hielten sie fest.

Ich fiel nach hinten, als Rudy sich auf mich warf, landete hart und rollte ins Wasser. Er sprang schnell auf und setzte sich auf meinen Bauch. Wasser lief mir über die Augen und in den Mund. Mit kurzen Faustschlägen bearbeitete er mein Gesicht.

Ich stemmte den Bauch hoch, rollte zur Seite und warf ihn ab. Beim Fallen ruderte er wie wild und nun schlug ich zu. Ich warf mich auf ihn, war aber zu nah dran, um ihn mit den Fäusten richtig zu treffen. Wir rangen keuchend im Wasser, einer versuchte den anderen unterzutauchen. Ich musste literweise Salzwasser geschluckt haben.

Nach einem weiteren Treffer von mir fing Rudys Mund an zu bluten. Ich spürte, wie mich jemand an der Schulter packte. Der Trainer trat zwischen uns.

»Rudy! Hau sofort ab. Du paddelst heute nicht mehr für mich!« Der Trainer schaute ihn wütend an. Die anderen Paddler drängten sich um uns, hundert Augen warteten.

Rudy rappelte sich auf. Noch ein wenig wackelig auf den Beinen wischte er sich mit der Hand über den Mund und verschmierte dabei das Blut. Ich war auf den Knien und schnappte nach Luft. Als ich ihn kommen sah, ließ ich mich zur Seite fallen. Er verfehlte mich und landete im Wasser. Mit geballten Fäusten sprang ich auf und machte ein paar Schritte zurück. Der Trainer langte hinunter, packte ihn mit einer Hand von hinten an den Haaren und zog ihn auf die Knie. Rudy schlug nach dem Trainer, dachte, ich sei es. Der umfasste Rudys Brust mit dem anderen Arm und hob ihn hoch. Rudy drosch nach hinten, aber der Trainer hielt ihn so lange fest, bis er aufhörte herumzufuchteln.

»Geh nach Hause und reg dich ab.« Er ließ Rudy los.

»Ich mach Hack aus dir, Arschloch, hörs du, *Hack*!« Er spuckte aus, dann funkelte er Shelley an und stürmte in Richtung Stadt.

Drüben am Pier machte sich Dad gemächlich zu den Booten auf. Ich beugte mich vor, die Hände auf die Knie gestützt, um zu Atem zu kommen.

Rudys Freunde ließen Shelley los, sie rannte zum Wasser und kniete sich neben mich. Weinend sagte sie: »Es tut mir Leid, es tut mir so Leid, es ist alles meine Schuld ...«

»Schon gut ...«, stieß ich schwer atmend hervor. »Schon gut ...« Mein Gesicht pochte, meine Beine fühlten sich an wie Gummi und das Herz schlug mir in der Brust wie die Kolben eines Rennwagens.

Shelley half mir, den Katamaran an Land zu ziehen und ihn festzupflocken, dann wusch sie mir das Gesicht mit frischem Wasser ab und wartete stumm, bis ich mich beruhigt hatte.

Wir verbrachten den restlichen Nachmittag auf Dads Boot am Pier, zum ersten Mal bei Tageslicht zusammen. Die Taue knarrten, wenn die langen Wellen unter dem Boot hindurchrollten, uns nach oben hoben und sanft wieder sinken ließen.

Mein Gesicht brannte, aber in meinem ganzen Leben hatte sich die Sonne noch nie so gut angefühlt.

»Was ist denn mit *dir* passiert?«, fragte Keo, als ich ihn am nächsten Tag traf.

»Bin in eine Schlägerei mit Rudy geraten.«

»Weshalb?«

»Shelley.«

»Ich hoffe, das war's wert.«

»Ich würd's wieder machen, wenn's sein müsste.«

Während der nächsten beiden Wochen war ich nervös, in ständiger Erwartung, dass Rudy plötzlich mit zwei oder drei Freunden auftauchen könnte, besonders auf dem Weg hinaus zu mir nach Hause, wo es über lange Strecken nichts als Weiden, Unkraut und Bäume gab.

Von Rudy befreit, wurde Shelley ein neuer Mensch. Wir waren überall und zu jeder Tageszeit zusammen. Sogar ihre Eltern lernte ich kennen.

»Sonny«, sagte ihre Mutter und machte eine Pause, als wolle sie sich meinen Namen merken. »Schön, Sie kennen zu lernen.« Sie sprach mit einem leichten Festlandakzent, hatte einen kräftigen Händedruck wie ein Mann und zog mich gleich ins Haus. »Sie sehen aus, als wären Sie gerade einem Buch von Edgar Rice Burroughs entsprungen«, sagte sie.

»Hmm?«

»Na ja, wie Tarzan.« Ich mochte sie sofort.

Shelleys Vater war ein paar Zentimeter kleiner als sie und genauso nett. Er trug einen dicken blonden Schnurrbart. Keiner, den ich kannte, hatte einen Schnurrbart. Onkel Raz sagte, nur Schwächlinge hätten einen. Aber Shelleys Vater wirkte nicht wie ein Schwächling auf mich.

»Interessieren Sie sich für Autos?«, fragte er.

Ich zuckte mit den Schultern. »Ich denk schon.«

»Gut. Dann wird Ihnen gefallen, was ich in der Garage stehen habe.«

Ich schaute Shelley an, sie verdrehte die Augen und lächelte. Wir folgten ihm in die Garage. Vorsichtig entfernte er eine blaue Segeltuchplane.

»Niedlich, hm?«

Ich schaute verblüfft auf den kleinen schwarzen Alfa Romeo. Er hatte ein Amaturenbrett und ein Lenkrad aus Holz. Noch nie hatte ich so ein Auto gesehen.

Von da an nahm mich Shelleys Vater immer mit dem Wagen mit, wenn er mich auf dem Heimweg traf.

Shelley hörte auf zu paddeln und blieb der Bucht fern, bis das Training vorbei war. Ich versuchte meine Fahrten so zu legen, dass ich fast jeden Nachmittag frei hatte.

Aber noch vor Ende des Sommers traf ich Rudy wieder.

Beim ersten Mal hatten Shelley und ich gerade das Glasboden-Boot nach oben gestellt und waren auf dem Heimweg durch die Stadt. Wir gingen auf der Inselseite der Straße, hielten uns bei den Händen und erzählten. Plötzlich wurde Shelley still.

Rudy lehnte lässig an einer Felswand, vier andere Jungen standen mit versteinerten Gesichtern daneben und alle starrten uns an. Mir lief es kalt den Rücken hinunter, aber Rudy sagte nichts, als wir vorbeieilten.

Beim zweiten Mal saß ich mit geschlossenen Augen auf einer Bank vor dem Friseurladen oben am Berg und wartete auf Dad. Die Luft war kühl in dieser Höhe. Es war so ruhig, dass man ein Auto vier oder fünf Minuten vorher die Straße heraufkommen hörte, ehe es vorbeifuhr.

»Mendoza«, sagte jemand seitlich von mir. Die Sonne blendete mich. Es war das erste Mal, dass Rudy und ich uns alleine trafen. Er lachte und sagte: »Keine Angst, *haole*, ich such kein Streit.«

»Genau wie ich.« Ich schaute blinzelnd zu ihm hoch und schirmte die Augen mit der Hand gegen die Sonne ab.

Rudy grinste. »Der Frisör is'n Vetter von meiner Großmutter – ich schaff für den alten *buk-buk* in seiner Kaffeepflanzung.«

Ich musterte ihn. Rudy benahm sich wie ein normaler Mensch? Was hatte er vor?

Er nickte und wandte sich zum Gehen. »Besser nich bewegen, wenn der alte Mann die Rasierklinge in der Hand hat, ey! Wird langsam alt.« Er lachte und ging die Straße hinunter. Ohne seine Bande schien er ein völlig anderer Mensch zu sein. Fast fing ich an, ihn zu mögen.

Während dieser Tage bemerkte ich an der Art, wie Dad mich behandelte, dass ich in seinen Augen eine Stufe gestiegen war. Und obwohl mir dieser Sommer durch Rudy verleidet worden war, hatten ihm Shelley Flügel, Licht und Hoffnung in die Zukunft verliehen. Wir arbeiteten nun zusammen auf dem Glasboden-Boot. Ich fuhr es, sie sprach die Touristen an und führte sie in die kleine Bucht, tauchte dann nach Korallen und Muscheln, brachte sie nach oben und hielt sie unter das Glas. Danach legte sie sie für die nächste Gruppe vorsichtig wieder an die alte Stelle zurück.

In diesem Sommer tat ich zweierlei – ich lernte fast alles, was ich jetzt über Muscheln, Fische und Korallen weiss, und fiel tiefer und tiefer und tiefer in Shelleys Bann.

11

Inselbewohner
(1966)

Familie.

Mir hätten tausend Sachen einfallen sollen, als Shelley mich nach meiner fragte. Aber alles, was ich sagte, war: »Da sind nur Dad und ich. Wir sind so ziemlich auf uns allein gestellt, meistens …«

Das klang so leer.

An der Spitze vor Thurstons Hafen beobachteten wir den Sonnenuntergang und sprachen über die Zukunft. Shelley hatte vor, Hotel-Management an der Universität von Hawaii in Honolulu zu studieren, und wollte, dass ich mitkam. Wir beide zusammen, wir könnten uns dort eine Arbeit suchen und gemeinsam auf die Universität gehen – und unser eigenes Leben leben, wie Aunty Pearl und Onkel Harley.

Wir saßen nebeneinander im Sand zwischen den Felsen, unsere Arme und Knie berührten sich. Würde ich es denn überleben, wenn ich nicht mit ihr ginge?

Shelley tippte mir auf den Arm und zeigte in die Richtung, wo der Leuchtturm stand, an den äußersten Rand der Bucht. Ein unbekanntes Boot steuerte auf den Hafen zu – eine Jacht. Shelley lehnte sich an meine Schulter und wir beobachteten, wie es sich hereinbewegte.

Es war das beste Boot, das ich je zu Gesicht bekommen hatte. Das sah ich daran, wie es durch die Wellen schnitt. Ein

Mann stand am Steuer in einem tief liegenden Cockpit, und am Bug rollte eine Frau ein Tau auf. Die Jacht segelte lautlos vorbei wie der Geist einer Katze. Auf dem dunklen Holz des Hecks stand in goldenen Lettern *Moineau, Papeete*.

»Heiliger Bimbam«, flüsterte ich und pfiff leise.

»Spatz«, sagte Shelley. »Was für ein hübscher Name.«

»Hä?«

»Spatz, das ist der Name des Boots. *Moineau* bedeutet Spatz auf Französisch.«

Ich nickte abwesend, verzaubert von den scharfen, klaren Linien der Jacht. *Spatz*. Schlicht und einfach. Es passte.

Meine Phantasie trug mich davon. Ich stand am Ruder, segelte in meiner eigenen Geschwindigkeit, wohin ich Lust hatte, das Steuer glatt und fest in den Händen. Die Jacht gehörte Shelley und mir. Wir segelten allein über die Weltmeere.

Plötzlich schossen andere Bilder durch meinen Tagtraum. Ich sah Dads Sampan vor mir, aber es war ein schwarzes, verlassenes Geisterboot – ein Schatten, der langsam davontuckerte und unter der scharfen blauen Linie, die Meer und Himmel trennt, verschwand.

Wo kam das Bild her?

Ich schloss die Augen, um den Gedanken abzuschütteln, und wischte meine schwitzenden Hände am T-Shirt ab.

Die *Moineau* ankerte drinnen, mit dem Bug zum Meer, das Heck am Pier vertäut. Shelley und ich schwammen auf dem Rückweg von Thurstons Hafen an seinem blütenweißen, hölzernen Bootskörper vorbei. Ich ließ meine Hand am Wasserspiegel über die Außenseite gleiten, um die Glätte zu spüren.

Der Mann und die Frau arbeiteten Seite an Seite, bargen die

Segel und verstauten das Gerät ohne zu sprechen, als segelten sie schon ewig zusammen. Beide sahen nicht älter aus als zwanzig oder fünfundzwanzig. Wie war es möglich, dass sie in diesem Alter bereits ein solches Boot besaßen?

Der Mann blieb einen Augenblick stehen, als er bemerkte, dass wir ihm zusahen. Er nickte, und ich hob das Kinn. Dann drehte er sich um und nahm einen Eimer hinauf aufs Pier.

Wir fanden Keo und Onkel Raz mit einem Bier in Onkel Raz' Pick-up. Die beiden hatten es sich auf den Sitzen bequem gemacht, die Wagentüren standen offen. Als wir näher kamen, schwenkte Onkel Raz seine Flasche hin zur *Moineau*.

»Schicki-micki, was?«

Keo grinste und winkte an Onkel Raz vorbei Shelley zu.

»So 'n Boot«, fuhr Onkel Raz fort, »ist nur zum Teetrinken geeignet.«

Ich drehte mich um und warf noch einmal einen Blick auf die Jacht. Onkel Raz hatte nichts übrig für Leute, die für ihren Lebensunterhalt nicht arbeiten mussten, nicht einmal für solche wie Shelleys Eltern, die bereits in jungen Jahren genug verdient hatten, um sich zur Ruhe zu setzen. Eher würde man ihn in einem rosafarbenen Cadillac-Kabriolet sehen als auf so einem Feine-Pinkel-Boot wie der *Moineau*.

»Ich finde es irgendwie ... toll«, sagte ich.

»*Toll!*« Onkel Raz kniff die Augen zusammen und legte den Kopf in den Nacken, dann wandte er sich an Keo. »Ist das jetzt ein Fischer oder ein Dandy?«

Keo schaute zu mir herüber und grinste. »Ein Dandy, natürlich.«

»Wieso? Was ist denn mit dem Boot?«, fragte Shelley.

Onkel Raz sah aus, als hätte er gerade in eine Zitrone gebissen. »Was soll man damit anfangen? Zum Fischen taugt es nicht. Leute passen auch kaum welche drauf. Nicht mal den Namen kann man aussprechen. Damit kann man nur rumfahren, das ist alles.«

Shelley hielt seinem Blick stand und Onkel Raz blinzelte. Er konnte einen Mann in den Boden starren, aber Tutu Max hatte ihn vor langer Zeit eines Besseren belehrt, was Frauen betraf. Er zeigte mit seinem Bier auf mich und sagte zu Shelley, ohne sie anzusehen: »Du musst mit seinem Daddy mal raus zum Fischen fahren, der zeigt dir dann, wozu ein Boot gut ist.«

»Wo ist er übrigens?«, fragte ich Onkel Raz. »Er müsste doch schon seit einer Stunde zurück sein.«

»Unten hinter Milolii, das war das Letzte, was ich von ihm gehört habe.«

Ich blinzelte in die untergehende Sonne und suchte den Horizont ab. Keine Boote zu sehen. Fischer waren in manchen Dingen merkwürdig, abergläubisch. Und Dad machte da keine Ausnahme. Eine Frau mit zum Fischen zu nehmen brachte Unglück, wie Bananen an Bord. Ich fragte mich, was er wohl davon halten würde, Shelley mitzunehmen. Er kannte sie kaum. Er war immer freundlich, nickte ihr aber gewöhnlich nur zu und fuhr mit seiner Arbeit fort. Es schien Shelley nichts auszumachen.

»Ich frag ihn mal«, sagte Shelley.

Onkel Raz lächelte. »Du bist schon in Ordnung, Mädchen. Hast was von einem Jungen in dir, das seh ich.«

Shelley hakte ihren Arm bei mir ein und sagte. »Wer weiß … vielleicht.«

Onkel Raz fuchtelte wieder mit seinem Bier herum, seine Lieblingsbewegung. Er sagte zu Shelley: »Vielleicht kann Sonny noch was von dir lernen. Kannst ihm ein bisschen auf die Sprünge helfen, was Boote betrifft.«

Ich zog Shelley weg. »Komm, wir gehen. Es ist peinlich, wenn man mit so einem *babooze* verwandt ist.«

Es war inzwischen dunkel geworden und die Lichter der *Moineau* sandten ihre Strahlen in langen, wackeligen Linien übers Wasser. Einen Augenblick lang schoss mir der unheimliche Gedanke wieder durch den Kopf – Dads Boot, ein Geisterboot, das hinter dem Horizont verschwand.

Ich machte große Schritte und zog Shelley hinter mir her.

»Was ist los?«, fragte sie. Sie blieb stehen und zwang mich, ihr in die Augen zu sehen. »*Was ist*?«

»Ich weiß nicht. Irgendwie habe ich ein komisches Gefühl, das ist alles.«

»Und was ist das für ein Gefühl?«

Ich schaute zum schwarzen Himmel hinauf, stützte die Hände in die Hüften und nahm einen tiefen Atemzug. »Geister«, sagte ich.

Shelley fing an zu kichern, brach aber sofort ab. »Entschuldige, Sonny. Wirklich. Aber es klang so komisch, wie du das gesagt hast. Was meinst du mit ›Geister‹?«

»Ich weiß nicht ... Wahrscheinlich mache ich mir nur Sorgen um Dad. Er müsste längst zurück sein.«

Shelley schmiegte sich an meinen Arm, kuschelte sich dicht an mich. Das allein genügte und ich schmolz dahin wie Eis in der Sonne. Sie schaute mich einen Augenblick lang an, dann gab sie mir einen Stups. »Du brauchst jetzt eine heiße Suppe und ein schönes Bett. Er kommt schon zurück.«

Ich blieb fast die ganze Nacht auf und wartete. Hin und wieder fiel ich in unruhigen Schlaf. Um fünf Uhr morgens rief ich bei Onkel Raz an, aber er nahm nicht ab. Kaum hatte ich aufgehängt, klingelte das Telefon.

»Onkel Raz hat gerade vom Pier angerufen«, sagte Keo. »Das Boot von deinem Dad ist nicht da. Ist er zwischendurch nach Hause gekommen?«

»Nein.«

Keo schwieg einen Moment. Dann sagte er: »Wir sind auf dem Weg zum Pier. Geh los, wir lesen dich auf der Straße auf.«

Meine Hände wurden feucht. Wo war er bloß? Warum meldete er sich nicht über Funk?

Die Hunde winselten, als ich das Küchenlicht andrehte, und versammelten sich um die Veranda vor der Fliegentür, als wüssten sie, dass etwas nicht stimmte. Ich gab ihnen zu fressen und eilte hinaus auf die dämmrige Straße. Die Sonne stand noch weit hinter dem Berg, aber der Himmel begann bereits frühmorgendlich fahl zu leuchten.

Keo und Onkel Harley lasen mich ungefähr eine Meile vor dem Ort auf. Die Scheinwerfer wurden schwächer, als Onkel Harley den Fuß vom Gaspedal nahm. Ich kletterte über das Reserverad auf den Rücksitz.

»Erzähl mir alles, was du weißt. Wo er gestern hingefahren sein könnte«, sagte Onkel Harley.

»Ich weiß nichts«, sagte ich. »Er ist einfach weggegangen wie immer. Was meinst du, wo er ist?«

»Keine Ahnung. Aber er hätte das Funkgerät benutzt, wenn er in Schwierigkeiten wäre.«

»Vielleicht ist ihm der Sprit ausgegangen.«

»Kann sein. Aber auch dann würde er sich über Funk melden.«

Eine Weile sagte niemand etwas. Ich schaute zwischen den Bäumen hindurch auf das graue ruhige Meer und das geisterhafte Weiß der brechenden Wellen, die unter den Palmen aufschäumten. *Was weißt du?*

Nichts.

Der Gedanke überraschte mich. Und er machte mir Angst. Ich hatte keine Ahnung, wo Dad war. Wusste ich überhaupt, *wer* er war? Unser Leben floss dahin. Das war alles.

Als wir auf den Pier hinausfuhren, war Onkel Raz gerade dabei, die *Optimystic* von ihrem Liegeplatz in den Hafen zu bringen. Dads Boje war blassweiß gegen die flache See zu sehen, das kleine Boot daran festgetäut.

Keo und ich sprangen aus dem Jeep und suchten den Ozean entlang der südlichen Küstenlinie angestrengt nach einem Signal ab, einem Licht, einem dunklen Punkt.

Onkel Harley stemmte sich hoch, stellte sich auf den Sitz und studierte den Horizont durch ein Fernglas. »Nichts«, sagte er. »Nur ein Segelboot.«

Ich schaute dorthin, wo die *Moineau* am Abend zuvor geankert hatte. Sie war verschwunden.

Onkel Raz legte mit dem Boot an und kam zu uns herüber. »Ich versuche Raymond schon seit einer Stunde über Funk zu erreichen, aber er antwortet nicht.«

»Oder kann nicht antworten«, sagte Onkel Harley. »Was solln wir machen?«

»Weiterfunken und ihn suchen«, sagte Onkel Raz.

Wir beschlossen, dass Keo und ich Onkel Raz im Boot begleiteten und Onkel Harley die Küste entlangfahren und die

Häfen kontrollieren würde. Wir wollten bis drei Uhr suchen. Wenn er bis dahin nicht aufgetaucht wäre, wollten wir die Küstenwache verständigen.

»Sonny«, sagte Onkel Harley. »Denk genau nach – hat er überhaupt nichts gesagt, in welche Richtung er gestern fahren wollte?«

Ich schüttelte den Kopf.

Onkel Harley presste die Lippen zusammen, dann sagte er: »Okay, gehn wir.«

»Sonny.« Keo zeigte mit dem Kopf zum Pier hin. »Deine Freundin.«

Shelley und ihr Vater fuhren in dem Alfa Romeo auf uns zu. Shelley stieg aus. »Ist er heimgekommen?«

»Nein«, antwortete ich. »Wir fahren jetzt raus und suchen ihn.«

Shelley drehte sich zum Wagen um. »Daddy …«

Ihr Vater machte den Motor aus und kam auf uns zu. »Mick Pierce«, sagte er und streckte Onkel Harley die Hand hin, dann Onkel Raz. »Hallo, Jungs«, sagte er zu Keo und mir. Dann legte er mir die Hand auf die Schulter. »Shelley hat mir erzählt, dass Sie wegen Ihrem Vater beunruhigt sind.«

Shelley sah mich mit vor Sorge verengten Augen an.

»Wir sind alle beunruhigt, Mr. Pierce«, sagte Onkel Harley. »Er ist letzte Nacht nicht in den Hafen zurückgekommen und über Funk erreichen wir ihn nicht.«

»Sagen Sie Mick zu mir«, sagte er mit einem Lächeln. »Ich kann ihnen suchen helfen. Ich habe eine kleine einmotorige Cessna draußen am Flughafen.«

Onkel Harley sah Onkel Raz an. Der zuckte mit den

Schultern und sagte: »Er kann viel mehr Wasser überblicken als ich.«

Onkel Harley dachte einen Moment nach, dann schaute er Mr. Pierce in die Augen. »Wir könnten Ihre Hilfe gebrauchen, Mick ... aber vielleicht ist auch alles umsonst. Es ist eine Menge Wasser da draußen.«

Mr. Pierce nickte. Sein Lächeln war verschwunden.

»Sie müssen nach einem blau-orangeroten Sampan suchen«, fuhr Onkel Harley fort. »Ungefähr neun Meter lang. Offenes Deck.«

»Ich kenne das Boot. Shelley hat es mir gezeigt. Ich werde nach Norden fliegen und mich dann nach Süden vorarbeiten. Wir können über Funk Verbindung aufnehmen.« Er rief Shelley, als er zum Wagen zurückging.

Shelley sah Onkel Raz an und blieb stehen.

»Warum nicht«, sagte Onkel Raz, seine angestrengte Miene entspannte sich. »Komm an Bord.«

Mr. Pierce nickte und fuhr los.

Als wir aus dem Hafen jagten, brach die Morgensonne über den Berg und goss Farbe ins Meer. Ich starrte hinaus aufs Wasser, die Knie gegen das Dollbord gestützt. Shelley stand hinter mir und hatte die Arme um mich geschlungen.

Um zehn Minuten nach zehn kam Mr. Pierce' Stimme knackend aus dem Funkgerät, seine Worte wurden durch starke atmosphärische Störungen unterbrochen.

»...rufe die *Opti...stic*, rufe...die *Op...ystic...*«

Onkel Raz packte den Hörer. »Hier *Optimystic*, over.«

»Ich ha...d...Boot gefunden...etwa fünfzehn Meil...nordwest...v...Flugha...ich...b133zweimal...rüber...kreist...sehe

...ab...niemand...an...Bo... sie...fäh rt...weg... vo...Insel ...aberlangs...viellei...paar...Knoten...over.«

»Er könnte unten im Laderaum sein«, sagte ich zu Onkel Raz.

»Mick ... können Sie erkennen, ob die Luke zum Laderaum offen ist? Sie müssen beim Steuer nachsehen, over.«

Man hörte nur Knistern über den Lautsprecher. Niemand sprach.

»Die ... Tür ... offen ... aber ... scheint ... kein ... drin ... zu... sei ...so weit...ich...erkenn...kann...over.«

Onkel Raz hielt das Mikrofon vor den Mund, sagte aber nichts. War Dad über Bord gefallen?

»Ich bin auf dem Weg«, sagte Onkel Raz schließlich. »Können Sie oben bleiben, bis Sie mich kommen sehen ... nur lang genug, um mir einen Anhaltspunkt zu geben? Over.«

»Roger. Ich kann Ih... zwanzig Min... geben, dann muss ich ...ückfliegen, over.«

»Bleiben Sie dran, Mick«, sagte Onkel Raz. »*Optimystic* unterwegs.«

Onkel Raz schwenkte mit dem Boot herum und schoss mit dreitausend Umdrehungen pro Minute davon. Immer noch im Windschatten der Insel war das Meer glatt, und Onkel Raz' Boot glitt darüber hinweg wie ein Fliegender Fisch.

Mr. Pierce hatte den Sampan meilenweit von den Stellen entfernt geortet, wo Dad normalerweise fischte. Warum? Und das Boot fuhr, ohne dass jemand an Bord war. War er krank? Das war's. Er war krank und lag im Laderaum, um sich vor der Sonne zu schützen. Zu krank, um nach oben zu klettern, als er das Flugzeug hörte.

Shelley legte mir die Hand auf die Brust. »Sonny.«

»Wir werden ihn finden«, sagte Onkel Raz. »Und wenn wir von hier bis Neuseeland suchen müssen, wir werden ihn finden.«

Keo nahm Onkel Raz' Fernglas mit hinauf aufs Dach der Kajüte. Er hatte den ganzen Morgen über kein Wort gesagt. Was würde uns auf dem Sampan erwarten? Ob Dad da war?

Zum ersten Mal in meinem Leben hatte ich Angst davor, auf Dads Boot zu steigen.

Als Mr. Pierce die *Optimystic* auf Dads Boot zurasen sah, rief er durch und sagte uns, dass wir genau auf Kurs waren. »Immer noch kein Lebenszeichen«, fügte er hinzu. »Vielleicht ist er über Bord gefa…«

Onkel Raz antwortete langsam. »Wir übernehmen hier, Mick. Alarmieren Sie die Küstenwache.« Onkel Raz machte eine Pause, dann sagte er. »Ich lad Sie auf 'n Bier ein, wenn wir wieder draußen sind. Over.«

»Abgemacht.«

Onkel Raz drehte das Funkgerät leiser. Er sagte nichts, aber ich wusste, was er dachte. Wenn Dad im Wasser war, dann war es verdammt schwer, ihn zu finden.

Dads Sampan tauchte auf und verschwand wieder in den höher werdenden Wellen. Langsam bewegte er sich in nordwestlicher Richtung und hielt einen festen Kurs. Wahrscheinlich mit Selbststeuerung, meinte Onkel Raz. Während ich das Boot durch das Fernglas betrachtete, fühlte ich mich merkwürdig hohl, als wäre ich nicht wirklich da, als wäre alles nur ein Traum.

Wir erreichten Dads Sampan gegen halb drei. Die Tiefseewellen waren beträchtlich höher geworden, obwohl kein Wind aufgekommen war.

»Keo!«, rief Onkel Raz zum Dach hinauf und streckte dabei den Kopf aus dem Fenster. Keo ließ sich aufs Achterdeck herunter.

»Ich werd mich jetzt danebensetzen«, sagte Onkel Raz, »und so lange auf gleicher Höhe bleiben, bis du rüberspringen kannst.«

»Ich geh mit ihm«, sagte ich.

»Nein. Ich brauch dich hier.«

»Aber …«

»Warte nur noch einen Augenblick«, sagte Onkel Raz.

Onkel Raz drosselte die *Optimystic* und kroch an Dads Sampan heran. Die See war rau, und Onkel Raz musste zweieinhalb bis drei Meter Abstand halten, denn der Sampan hätte unerwartet abdrehen und uns rammen können. Ein Selbststeuerungssystem hatte immer ein gutes Stück Spiel.

Die *Ipo* wirkte unheimlich, als wir an ihrer Backbordseite fuhren. Dads Gaff schlidderte an Deck durch die Bewegung des Bootes von der einen Seite auf die andere und das führerlose Steuerrad drehte sich von alleine hin und her.

Die Luke zum Laderaum stand offen und schlug gegen das Schott. Wenn Dad an Bord war, befand er sich da drinnen. Meine Beine wurden schwach und begannen zu zittern.

Onkel Raz tastete sich näher heran. Die Dieselmotoren des Sampans übertönten mit ihrem Tuckern die geräuscharmen Benzinmotoren der *Optimystic*. Wenn sich das Heck beim Wellengang aus dem Wasser hob, drangen die Abgase gurgelnd aus den Auspuffrohren.

Keo stand auf dem Schandeck und hielt sich mit der Hand

an der Griffstange fest. Er wartete. Als beide Boote in ein leichtes Wellental fielen, sprang er, traf hinter der Fischkiste auf und taumelte gegen das Schandeck des Sampans auf der anderen Seite des Decks. Er stand schnell auf und ging nach vorne zum Laderaum. Als er das Steuer erreichte, schaltete er das Boot in den Leerlauf und sah zu uns herüber.

Onkel Raz nickte und Keo duckte sich hinunter in den Laderaum. Aber da war nur die Koje und ein Haufen Zeug – Rettungswesten, Notverpflegung, Fischfanggerät, sonst nichts. Ich sah es so klar, als wäre ich selbst dort.

Keo krabbelte heraus. »Er ist nicht da.«

»Fahr näher ran«, forderte ich.

Keo und ich suchten jeden Zentimeter des Bootes nach einer Spur ab, einem Anhaltspunkt. Wir fanden einen sechzig bis siebzig Pfund schweren Thunfisch in der Fischkiste und Dads T-Shirt auf Deck in der Nähe des Steuers, aber alles andere war wie immer.

Außer dem Netz.

»Der Kescher ist weg«, rief ich Onkel Raz zu.

Shelley schaute vom Schandeck rüber. Sie stand da, wo Keo vor dem Sprung auf den richtigen Augenblick gewartet hatte.

Onkel Raz schaute mich finster an.

»Kontrollier den Sprit!«, rief er.

»Ist in Ordnung!«, schrie Keo einen Augenblick später.

»Sonny, spring wieder rüber, und Keo, du bringst das Boot rein nach Kailua. Ruf Harley und sag ihm, was los ist. Sag ihm, dass wir draußen bleiben und ihn im Wasser suchen.«

Keo legte den Gang ein und brachte den Sampan näher an die *Optimystic* heran. »Spring, wenn du so weit bist«, sagte er und schaute mich an, als wolle er noch etwas sagen.

Als der Sampan abdrehte, sah Keo fast wie Dad aus. Mit ernstem Blick starrte er aufs Wasser wie ein Fischer, schwang das Steuer herum und ging auf Kurs. Er balancierte auf dem ruckenden Deck, als wäre er dort zur Welt gekommen.

Ich sah die *Ipo* dahinschrumpfen und fühlte keine Übelkeit, keine Sorgen mehr. Ich war wie betäubt. Sogar Shelley hatte ich vergessen.

Als der Himmel sich schwarz färbte, gaben wir auf und fuhren landeinwärts in Richtung Hafen. Einen Mann im offenen Meer zu finden, war bereits am hellen Tag so schwierig wie die Suche nach einem Angelhaken im Sand. Nachts war es unmöglich.

Keo meldete sich über Funk und sagte, dass er gerade den Leuchtturm unweit von Thurstons Hafen passierte. Er könne Lichter am Pier sehen. »Da ist irgendwas los«, sagte er. Nach einer langen Pause fuhr er fort.

»Sonny … Onkel Raymond ist ein guter Schwimmer … wenn er über Bord gefallen ist, könnte er es bis zum Ufer schaffen …«

Mein Kiefer schmerzte vom ständigen Zähnezusammenbeißen. Es bis zum Ufer zu schaffen war eins. Die Haie waren ein anderes Problem. Und wenn er nun nicht über Bord gefallen war? Wenn etwas anderes passiert war? Das Bild von Dads Boot, das hinter dem Horizont versank, schoss mir durch den Sinn und verschwand. Dann wieder die alte Traumerinnerung, die unerklärlichen Erinnerungsfetzen, die mich schon so lange verfolgten. *Tu das nie wieder, Kind! Nie! Jetzt beruhige dich … es ist nichts passiert …*

Ich schaute ins schwarze Wasser. Meine Kehle begann zu

brennen. Shelley stand hinter mir, die Arme um meinen Bauch gelegt. Ich legte meine Hände auf ihre und spürte ihren Kopf auf meiner Schulter.

Die Lichter der Stadt waren mir immer warm und einladend eschienen, wenn ich nachts vom Meer hereinkam. Aber diesmal wirkten sie anders, fast fremd. Eine Gruppe von Fischern verschmolz im fahlen Licht der Fischwinde. Dads Sampan lag längsseits am Pier. Keiner sprach, als wir dahinter anlegten.

Onkel Harley sprang hinunter ins Boot. »Was Neues?«

Ich schüttelte den Kopf.

Onkel Raz kam achtern, tiefe Ringe unter den Augen. »Und jetzt?«

»Die ganzen Männer hier werden morgen früh auslaufen«, sagte Onkel Harley und nickte in Richtung Pier. »Jeder von uns wird eine Meile Küstenlinie abdecken und im Zickzackkurs so weit rausfahren, wie's geht.« Er drehte sich um und sah Shelleys Vater an, der auf dem Pier wartete. »Mick wird von der Luft aus suchen. Und die Küstenwache schickt ein Rettungssuchboot. Es ist schon unterwegs.«

Onkel Harley legte mir die Hand auf die Schulter. »Schlaf heute Nacht bei uns, Sonny. Vor morgen früh können wir nichts mehr tun.«

Ich sagte, dass ich zuerst nach Hause müsse, um die Hunde zu füttern, und später hochkäme. Ich würde Dads Jeep nehmen. Aber was ich eigentlich wollte, war Zeit zum Nachdenken.

»Kann ich mit dir fahren?«, fragte Shelley.

Ich nickte. Als wir zum Jeep kamen, konnte ich nicht einsteigen und ich begann auf und ab zu gehen. Mir war wieder übel, ich dachte an Dad, der allein im Meer schwamm in der Nacht – falls er das noch konnte, falls er am Leben war – oder unterging vor Schwäche, wie seine Lungen sich mit Wasser füllten, ihn würgten.

Es ist nichts passiert, Kind. Jetzt beruhige dich … Du bist doch kein Baby mehr … Ich war im Wasser, unter Wasser, atmete Wasser ein, versuchte verzweifelt, in den Fluten Halt zu finden, versuchte zu schreien … Etwas schlug mir in den Rücken, riss an mir …

»Dad!«

»Sonny!«, rief Shelley, die Augen vor Schreck weit aufgerissen. »Was ist los?«

Da war sie, die Erinnerung.

Ich *erinnerte* mich!

Ich muss ein oder zwei Jahre alt gewesen sein. Ich war mit Dad in seinem kleinen Boot unterwegs und saß vorne im Bug mit einer viel zu großen Schwimmweste. Dad fuhr schnell, das Boot schlug auf die Wellen. Ich beugte mich mit dem Gesicht über das Wasser und spürte, wie die Luft mir in die Nase drang, an mir vorbeiströmte. Dann stießen wir gegen etwas, eine harte Welle, und ich fiel über Bord. Ich geriet unters Boot, wurde nach hinten geschleudert und vom Propeller erfasst, meine Schwimmweste zerfetzte. Ich taumelte herum, versuchte zu schreien und schluckte Wasser. Alles war plötzlich wieder da. Die ganze Erinnerung. Die panische Angst. Dann zog mich Dad an Bord. *Mach das nie wieder, hörst du! Nie!,* sagte er. Ich schrie, und er schüttelte mich. *Jetzt beruhige dich. Du bist nur nass geworden. Es ist nichts passiert.* Dann nahm er mich in die Arme. Ich erinnere mich noch, wie er zitterte. *Du bist doch kein Baby mehr*, flüsterte er. *Alles in Ordnung, nichts passiert …*

Shelley sagte nichts, beobachtete mich nur. *Alles in Ordnung*, hatte er zu mir gesagt. Aber es war *nicht* in Ordnung. Es war keinesfalls *nichts*. Es war *alles*.

Ich schlug mit der Hand auf die Kühlerhaube, und sie begann schmerzhaft zu pochen. Ich sprang in den Jeep und startete ihn, trat das Gaspedal ganz durch, gab Vollgas. Dann nahm ich den Fuß vom Gas, saß einfach nur da und starrte geradeaus. »Komm«, flüsterte ich.

Shelley wartete einen Augenblick, dann stieg sie schweigend ein.

Ich raste durch die Stadt, die Augen auf die Straße vor mir geheftet, von kalter Wut gepackt. So fuhr ich ungefähr zwei, drei Meilen, bis Shelley sagte: »Halt an. Ich möchte aussteigen.«

Ich fuhr auf den unbefestigten Seitenstreifen und kam schliddernd zum Stehen. Staub wirbelte auf.

»Was ist los? Warum bist du so *wütend*?«

Ich umklammerte mit zusammengebissenen Zähnen das Steuerrad. »Ich weiß es nicht«, sagte ich schließlich. »Ich bin einfach wütend. Wütend auf Dad. Und wütend auf mich.«

Shelley griff nach meiner Hand. Als sie mich berührte, schnürte sich mir die Kehle zu. Tränen stiegen mir in die Augen. Shelley rückte näher und legte ihre Arme um mich.

»Und wenn er tot ist?«, flüsterte ich.

»Dann werden wir damit fertig werden.«

Ich legte meine Stirn auf das Lenkrad, mein Körper begann zu zittern. Dad – den ich kannte und doch nicht kannte – war möglicherweise tot. Er hatte immer nur für sich gelebt, sich zurückgezogen, sogar von mir. Und ich hatte immer Angst gehabt, in seine Welt einzubrechen, sogar davor, es nur zu versuchen. Ich war ein *Feigling*, ein *Waschlappen*, ein *Scheißer … hatte Angst vor dem Meer.*

Langsam hörte das Zittern auf, ich war wie ausgelaugt und seltsam entspannt. Langsam fuhr ich Shelley nach Hause und wollte sie dort nicht aussteigen lassen.

»Was auch immer passiert, Sonny«, sagte sie sanft, »wir bleiben zusammen … wir bleiben immer zusammen.«

Als ich nach Hause kam, stand Grampa Joes Wagen im Gras. Schwere Schatten umgaben die Bäume unter einem klaren, mondlosen Himmel. Ich machte den Motor aus. Die Hunde kamen die Stufen der Veranda heruntergerannt.

Grampa Joe saß auf der obersten Stufe in der Dunkelheit.

»Geht's, Omilu?«, fragte er, als ich die Stufen zum Haus hinaufstieg.

»Ja, Grampa.«

Er stand auf und streckte sich. »Schöner Abend.« Ich betrachtete seinen geisterhaften Schatten. »Komm rein.«

Er folgte mir und kniff die Augen zusammen, als ich das Licht andrehte. »Sag mal, hast du die Katze noch?«, fragte er.

Ich deutete nach hinten auf die Fliegentür. Grampa Joe öffnete sie und ließ Popoki herein. »Mensch«, sagte er. »Die Katze hat vielleicht ein Glück. Was ist denn aus dem Jungen geworden, der sie totschießen wollte?«

Ich zuckte die Schultern. »Der ist wieder aufs Festland zurück. Vielleicht verkauft er inzwischen Autos. Er konnte dir alles aufschwatzen.«

Grampa Joe lachte leise.

Warum war er gekommen? Was wollte er eigentlich?

»Ach ja«, Grampa Joe redete weiter drauflos. »Erinnerst du dich noch an die Flutwelle?«

Ich schaute ihn stirnrunzelnd an. Wieso musste er die gerade *jetzt* erwähnen.

»Wir haben den roten Pick-up gesehen und gedacht, die sind weg vom Fenster.« Grampa Joe schaute kopfschütelnd auf den Boden. »Raz und dein Daddy haben uns damals ganz schön gefoppt, oder nicht?«

Ich wartete.

Grampa Joe hob die Augenbrauen. »Na ja …« Er wollte gehen.

»Grampa … kann ich mit dir fahren?«

Er warf mir die Schlüssel zu und wartete, bis ich die Hunde gefüttert hatte.

Als ich bei Keo zu Hause ausstieg, rutschte Grampa hinters Steuer. Vom Licht der Scheinwerfer bildeten sich scharfe Schatten auf der Veranda.

»Omilu«, sagte er. »Mit den Jahren lernt ein alter Mann einiges über das Leben auf einer Insel. Ich hab dich schon lange beobachtet. Du trennst dich nicht gern vom Ufer, bleibst immer nah am Land … und das ist in Ordnung. Das Land ist richtig für einen Mann, genau wie das Meer. Aber dein Daddy ist anders … das Meer ist sein Leben und sein Freund … sogar wenn es ihm wehtut … sogar wenn es dir wehtut.«

Grampa Joe sagte eine Weile nichts und schaute hinnuter auf das Lenkrad. Dann sah er mich wieder an und nickte. »Das ist alles.« Er stieß zurück und fuhr in die Nacht hinaus.

Nicht lange, nachdem Keo und ich eingeschlafen waren, rüttelte uns Onkel Harley wach. Erschrocken fuhr ich auf. »Wir müssen runter zum Pier«, sagte er.

Wir taumelten in die Küche.

Das Telefon klingelte. Mein Magen zog sich zusammen. Onkel Harley nahm den Hörer vor dem zweiten Klingeln ab, lauschte und starrte dabei in Aunty Pearls Fischbecken. »War es Raymond?«, fragte er.

Stille. Keo und ich sahen Onkel Harley an.

»Ich ruf einen Krankenwagen. Wir sind in zwanzig Minuten unten.« Onkel Harley hängte ein und eilte zum Seefunkgerät, das in der Küche stand. Es knisterte und krachte, als er es anmachte.

»Das war Raz«, sagte er zu uns. »Die Küstenwache hat einen Ruf von einem Segelboot erhalten. Vor ein paar Tagen war es hier, das von Tahiti. Sie haben einen Mann an Bord … kurz vor Sonnenuntergang haben sie ihn aus dem Wasser gefischt … wahrscheinlich Raymond. Raz sagte, die Küstenwache ist noch ein paar Stunden weit draußen. Sie haben den Franzosen gesagt, sie sollen Keauhou anlaufen.«

Ich stand auf. »Und was ist mit ihm?«

»Das wusste Raz nicht.«

Der Krankenwagen hatte es geschafft, vor uns da zu sein. Zwei Männer in weißen Hemden warteten in der Dunkelheit auf dem langen, hölzernen Pier. Der kleine Hafen war nicht beleuchtet, nur vor den Häusern, die das Ufer säumten, standen vereinzelt Laternen. Die Positionslichter der Jacht hüpften in der Ferne und näherten sich langsam dem Eingang der Bucht. Ich schaute angestrengt zu ihnen hinaus. Es war kurz nach Mitternacht.

Die *Moineau* ankerte vor dem Ende des Piers. Der Mann auf dem Segelboot warf eine Leine herein, und Onkel Harley zog das Heck näher ans Pier. Die Kette rasselte durch die Trosse am Bug, als die Frau den Anker gerade so weit draußen herunterließ, dass jemand an Bord gehen konnte.

Ich sprang als Erster auf, Onkel Harley und die Männer vom Krankenwagen folgten. Der Franzose führte uns hinunter in die schwach beleuchtete Kabine.

Dad.

Er lag unbeweglich da. Sein freier Oberkörper übersät mit Schnitten, ebenso Arme und Hände. Sein rechtes Knie war rot und geschwollen und hatte die Größe einer Riesenmango.

Der Franzose beugte sich zu ihm hinunter und legte Dad die Hand auf die Schulter. Einen Augenblick lang geschah nichts. Dann öffnete Dad die Augen und bewegte seinen Kopf zur Seite. Als er mich sah, versuchte er zu lächeln und seinen Arm zu heben. Aber mehr als ein paar Zentimeter schaffte er nicht.

Die Männer vom Krankenwagen schoben sich vorbei und machten sich an ihm zu schaffen, nahmen seinen Puls, flüsterten. Onkel Harley zog mich weg, und zusammen gingen wir hinaus an Deck. Keo hockte wartend am Pier.

Der Franzose kam von der Kabine herauf und hielt eine über und über mit Entenmuscheln bedeckte Glaskugel von der Größe einer Boje in den Händen. Er zeigt hinunter zur Kabine. »Mann …«, sagte er, dann schlang er die Arme um die Glaskugel und hielt sie sich vor die Brust. Er reichte sie Onkel Harley zusammen mit dem Kescher von Dads Boot.

Onkel Harley betrachtete die Glaskugel, drehte sie hin und her und betastete die Entenmuscheln.

Langsam schüttelte er den Kopf.

Am nächsten Tag ging ich nicht zur Schule. Morgens fuhr ich zum Pier hinunter, saß bis gegen zehn im Jeep herum und beobachtete die Charterboote, die vor Anker lagen oder ausliefen. Ich hatte Dad gesagt, dass ich ihn erst mal schlafen ließe und am Nachmittag hinauf ins Krankenhaus käme.

Die Traumerinnerung ging mir nicht aus dem Kopf. Wie hatte ich es nur geschafft, sie aus meinem Gehirn zu verbannen? Warum hatte Dad nie mit mir darüber gesprochen? Und ich musste immer daran denken, was Dad zugestoßen war, was es hieß, ganz allein auf dem offenen Meer zu treiben.

Nachdem wir Dad ins Krankenhaus gebracht hatten, war es Onkel Harley gelungen, die Einzelteile der Geschichte zusammenzufügen:

Dad fischte in einem Schildkrötenschwarm, die Thunfische schwammen darunter. Der Schwarm bewegte sich weiter, und Dad schaltete die automatische Steuerung ein, damit das Boot ihnen folgte, während er achtern ging, um seinen Köder vorzubereiten. Als er ein Stück *opelu* zerschnitt, sah er genau neben Steuerbord die Glaskugel, die uns der Franzose gegeben hatte. Dad holte schnell seinen Kescher und beugte sich übers Wasser, um die Kugel herauszufischen. Er verlor das Gleichgewicht und fiel über Bord, dabei schlug er mit dem Knie auf das Schandeck und brach sich die Kniescheibe. Das Boot fuhr langsam weiter, aber Dad konnte es mit seinem Knie, das vor Schmerz zu explodieren schien, nicht mehr einholen. Daher schwamm er zurück zur Glaskugel und klammerte sich an ihr fest. Der Kescher lag noch immer über der Kugel und Dad ließ ihn dort. Er sagte, ohne ihn wäre er zum Nachtisch für einen großen Hai geworden, der sich ihm neugierig genähert, aber eilig davongemacht hatte, als er ihm mit dem Griff des Keschers einen Stoß versetzte.

Er verbrachte die Nacht und den ganzen nächsten Tag im Wasser, bevor er den Franzosen sah.

»Wieder hatte ich Glück, dass ich den Kescher hatte … Ich winkte damit nach dem Segelboot«, sagte Dad. »Wenigstens war das Wasser warm«, fuhr er nach einer Weile fort. »Der verdammte Ozean fragt nicht danach, wer du bist oder was du machst. Da draußen bist du immer auf dich allein gestellt. Ein Glück, dass der Franzose vorbeikam … und ein Glück, dass er keine Angst hatte, nachts zu segeln … es war fast dunkel, als er mich fand.«

Ich blieb im Jeep sitzen, bis die Sonne so heiß wurde, dass meine Schultern unter dem T-Shirt brannten. Da draußen bist du immer auf dich allein gestellt. Keo und Onkel Raz waren jetzt da draußen beim Fischen, als wäre nichts passiert, und wahrscheinlich würden sie jeden Tag ihres Lebens dort verbringen. Genau wie Dad, sobald es seinem Bein besser ging.

Aber was war mit mir?

Ich war nicht einer von ihnen. Nicht, dass ich anders sein *wollte*. Ich war es einfach. Ich hatte nicht den Mumm, wie sie zu sein.

Ein bisschen nervös fuhr ich die alte Straße zum Krankenhaus hinauf. Was sollte ich sagen? Ich stellte mir vor, wie Dad auf einem glatten, azurblauen Meer zu den Fischgründen hinaustuckerte. Es lag Schönheit darin, das hatte ich immer so empfunden. Aber mir war die Kraft des festen Bodens lieber – die geschlungenen, alten, holprigen Straßen und die quietschenden Sitze des Jeeps, der heiße Stahlboden unter den nackten Füßen, der süße Geruch faulender Mangos, die wogenden Bäume, die flimmernden Tupfer der frühen Morgensonne.

Und Shelley.

Sie fragte sich sicher, wo ich war und warum ich sie nicht angerufen hatte, was ich hätte tun sollen. Ich war ziemlich hart zu ihr gewesen. War ich dabei, so wie Dad zu werden? Verschloss ich mich wie Dad?

Dad wartete draußen auf mich, er saß mit verbundenen Armen auf einer Bank, neben ihm lag ein Paar Krücken. Der Arzt hatte ihm geraten, wenigstens noch einen Tag zu bleiben, aber dort zu sein, machte Dad schon nervös. In diesem Krankenhaus war meine Mutter gestorben.

Auf dem Heimweg redeten wir nicht viel miteinander, sprachen nur darüber, wer was gefangen hatte, und ich erzählte ihm von unserer Suche und dass Mr. Pierce den Sampan gefunden hatte, der zur anderen Seite der Erdkugel unterwegs gewesen war.

Dad hörte zu, erzählte aber nichts davon, was *er* da draußen durchgemacht hatte. Das macht mich *verrückt*.

Ich wusste, dass Dad mit seinem ewigen Schweigen auch Aunty Pearl verrückt machte. Eines Tages war ich zu ihr gegangen, weil ich mich niedergeschlagen und leer gefühlt hatte. Ich erzählte ihr, dass Dad und ich uns fast nie unterhielten. Sie fragte mich, ob Dad mit mir schon über meine Mutter gesprochen habe. »Nur ganz wenig«, sagte ich. »Siehst du?«, antwortete sie. »Das ist es, was ich meine. Er hat mit dir noch nicht einmal über das Wichtigste in deinem Leben und in seinem Leben gesprochen. Niemand weiß, was in diesem Mann vorgeht, nicht einmal du. Von der Sorte wie er laufen so viele Männer rum, die sich in sich zurückziehen. Sie haben Angst darüber zu reden, was sie fühlen, oder auch nur über ihre Gefühle nachzudenken. Aber dein Daddy kann mir nichts vormachen. Er ist stolz auf dich, Sonny. Und er hat dich lieb – sehr lieb. Aber er hat keine blasse Ahnung, wie er es dir zeigen soll.«

Die Luft erwärmte sich, als wir uns dem Meeresspiegel näherten. Dad schaute hinaus aufs Meer, bis die Bäume ihm die Sicht versperrten.

»Hattest du Angst?«, fragte ich endlich.

Dad dachte einen Augenblick lang nach. »Ich konnte die ganze Zeit das Land sehen.«

»Aber was ist mit den Haien? Hast du dir wegen denen keine Sorgen gemacht?«

»Nein.«

Ich lachte innerlich. Welche Antwort hatte ich denn erwartet?

Am nächsten Morgen fuhr ich vor Sonnenaufgang zum Pier. Ich wollte mit Dads Boot zum Fischen rausfahren, solange er sich erholen musste und würde den Schulstoff später nachholen. Mein Noten waren ziemlich gut. Aber als ich zum Hafen kam, lag die *Ipo* schon am Pier, und Keo kramte im Licht des Schotts auf Deck herum.

Ich fuhr den Jeep ans Boot ran. »Was machst du denn da?«

»Hey, Landratte«, sagte er und lächelte, als führe er heute den ersten Tag mit seinem eigenen Boot raus. »Ich mach alles fertig zum Fischen, oder was hast du gedacht?«

»Aber …«

»Onkel Raz hat mir ein paar Tage freigegeben«, sagte Keo. »Du musst ja noch in die Schule.«

»Kann ich nachholen.«

»Nee, nee. Geh nur. Ich kümmer mich schon um den Kahn.« Während er sprach, räumte er Dads Ausrüstung auf Deck hin und her und verstaute sie an Stellen, die ihm praktischer erschienen. »Aber wenn du wirklich was machen willst, kannst du mir die Leine zuwerfen. Zeit, in die Gänge zu kommen, bevor alle anderen Boote draußen sind.«

Ich stieg aus dem Jeep und machte langsam die *Ipo* los. »Keo …«

»Kein Problem, Angsthase. In dir steckt sowieso kein Fischer.«

»Ich kann so gut wie du fischen, jederzeit.«

»Quatsch«, sagte er und schüttelte den Kopf. Er wickelte die Leine ordentlich an Deck auf, dann ging er nach vorn zur Steuerung. Er winkte mir zu, als er Gas gab und hinaus in den Hafen fuhr.

Ich saß auf der Haube des Jeeps und sah Dads alten Sampan zu einem schwarzen Punkt auf dem Meer zusammenschrumpfen. Meine Kehle brannte und in den Ohren dröhnte es. Ich war dankbar, dass niemand da war, der etwas hätte fragen können, denn Antworten wäre mir zu schwer gefallen.

Dad, Onkel Raz, jetzt auch Keo. Alles Seemänner.

Alles Männer aus meiner Familie.

Alles verdammte, dickköpfige Kraftmeier.

Eine Woche später machten Shelley und ich ein Feuer an einer sandigen Stelle zwischen den Felsen bei mir unten am Meer, wie Keo und ich es schon viele hundert Male zuvor getan hatten. Onkel Raz hatte mir einen frischen *aku* gegeben, den ich in einer Zitronen-Butter-Soße einlegte. Wir luden Dad ein, uns Gesellschaft zu leisten. Ich wollte nach dem, was passiert war, unser Leben irgendwie wieder näher zusammenbringen.

Dad sah uns beim Kochen zu. Seine Krücken hatte er neben sich gelegt und sein Bier lehnte in einer Felsspalte. Shelley und ich steckten unsere eisgekühlte Cola in den Sand, und dann saßen wir alle drei um das knisternde Feuer und aßen Fisch und Reis. Wir unterhielten uns leise unter dem schwarzen Himmel. Das schwache Zischen der Brandung füllte die die Stille, wenn niemand etwas sagte.

Seit damals, als wir Dad gefunden hatten, war ich immer wieder in Gedanken durchgegangen, was ich ihm sagen wollte – ich musste etwas tun, unser Leben konnte nicht einfach so schweigsam weitergehen. Ich dachte daran, Shelley um Rat zu fragen, aber es war mein Problem. Ich muss in dieser Woche ziemlich still gewesen sein, denn Shelley hatte schließlich gesagt: »Du wirst allmählich genauso wie dein Vater. Du behältst alles für dich.«

»Es tut mir Leid«, sagte ich. »Mir geht nur so viel im Kopf herum.«

»Was zum Beispiel?«

»Dad … *ich* und Dad.«

Shelley wartete.

»Ich glaube, mir ist etwas klar geworden, während er da draußen an der Glaskugel hing«, fuhr ich fort. »Ich bin doch nicht so sehr auf mich allein gestellt.«

Und was hatte ich noch gelernt?

Dass ich keiner von ihnen war? Dass ich anders als Dad oder Keo oder Onkel Raz war? War das *wirklich* so?

Oder wem machte ich da etwas vor?

Ich war genauso ein Teil von ihnen wie der Sand Teil des Meeres war. Das Einzige, was mich von ihnen trennte, war ich selbst, war die Art, wie ich über mich dachte. Sicher, ich war nicht so mutig wie Keo oder Dad oder Onkel Raz. Aber war ich deswegen so anders? Bedeutete das, dass ich keinen Mumm hatte? Vielleicht nur in meinem eigenen Kopf. Und selbst wenn ich ihnen nicht besonders ähnlich war, unterschied ich mich jedenfalls nicht allzu sehr von Onkel Harley oder von Grampa Joe oder auch von Mick Pierce. *Dein Onkel ist weich*, hatte Aunty Pearl einmal über Onkel Harley gesagt. Als ich daran denken musste, wurde mir plötzlich viel wohler. Noch mehr, ich fühlte mich *großartig.*

Nach dem Essen saßen Dad, Shelley und ich um das Feuer herum und sahen zu, wie sich unsere Papierteller in den Flammen kräuselten. Dads Hunde lagen friedlich um uns geschart. Als Dad aufstand, um reinzugehen, stieß mich Shelley mit dem Ellbogen an.

»Dad … bleib noch einen Augenblick«, sagte ich und stand auf. »Ich muss dir was sagen.«

Shelley griff nach meiner Hand und zog sich neben mir hoch. »Ich glaube, ich geh lieber mal«, sagte sie. »Ich hab ’ne Menge Hausaufgaben auf.« Sie ging auf Dad zu. »Ich bin froh, dass Sie wieder zu Hause sind, Mr. Mendoza. Sie haben uns einen ganz schönen Schrecken eingejagt.«

Dad lächelte ein wenig, dann schaute er mich an. »Geh rauf und hol die Glaskugel.«

Ich holte die Kugel aus der Garage, wo er sie die ganze Woche geputzt hatte. Sie war jetzt wunderschön, nachdem alle Entenmuscheln weggekratzt waren – ein alter japanischer Schwimmer, der früher beim Fischfang verwendet wurde, vielleicht vierzig oder fünfzig Jahre alt und sehr selten.

Dad ließ seine Hand über die Kugel gleiten. »Gib das deinem Vater«, sagte er und reichte sie Shelley.

Shelley nahm sie entgegen und drückte sie an sich, den Blick gesenkt. Sie schien über etwas nachzudenken. Ihre Augen füllten sich mit Tränen. Plötzlich legte sie die Kugel in den Sand, machte einen Schritt auf Dad zu und umarmte ihn.

Ich hatte in meinem ganzen Leben noch nie jemanden Dad umarmen sehen.

Dad, der mit herunterhängenden Armen dastand, war genauso überrascht wie ich. Er warf mir einen kurzen Blick zu und schaute dann sofort wieder weg. Langsam bewegten sich seine Arme auf Shelley zu und umschlossen sie. Für ein paar lange Sekunden standen die beiden so da, dann lösten sie sich.

Shelley verschwand mit der Glaskugel in der Dunkelheit. Dad und ich sahen ihr nach, bis sie nicht mehr auszumachen war.

Als keiner von uns beiden etwas sagte, humpelte Dad auf seinen Krücken zurück zum Haus, die Hunde strichen schwanzwedelnd um seine Beine herum.

»Erinnerst du dich noch, wie ich als kleiner Junge aus dem Boot gefallen bin? Und vom Propeller erfasst wurde?«

Dad blieb stehen und drehte sich zu mir um.

»Ich hatte entsetzliche Angst. Konnte nicht mehr atmen. Du hast mich geschüttelt und gesagt, es sei nichts passiert. Ich habe geschrien, und du hast gesagt, ich soll mich beruhigen. Ich sei kein Baby mehr.«

Dad wartete und sah mich genau an.

»Ich war so verstört, dass ich das alles aus meinem Gehirn verbannt habe. Ich hatte mein ganzes Leben lang Angst vor dem Meer.«

Die Hunde legten sich hin. Dad sah mich an. »Was ist los, Sonny?«

»Ich … ich hab immer versucht, das zu verbergen. Ich wollte nicht, dass du das merkst oder Keo.«

»Ich erinnere mich daran«, sagte Dad. Er schwieg lange, stand auf seine Krücken gestützt und starrte auf den Sand. »Ich bin noch mehr erschrocken als du. Ich war zu schnell gefahren. Als du aus dem Boot gefallen bist und der Propeller dich erfasst hat, dachte ich, du wärst tot. Ich hatte fürchterliche Angst. Ich hab dich geschüttelt, weil ich solche Angst hatte. Ich dachte, ich hätte dich auch verloren.«

Die Stille wuchs.

»Das war nur ein Jahr, nachdem deine Mutter gestorben war«, fuhr er fort.

Ohne nachzudenken fragte ich flüsternd: »Wie war sie, Dad?«

Dad stocherte in Gedanken versunken mit der Krücke im Sand herum. »Warte hier«, sagte er, dann humpelte er ins Haus. Mit einem Buch unter dem Arm kam er zurück und gab es mir.

»*Zur Anatomie des Hundes*. Was ist das?«

»Lies den Namen, der drinsteht.«

Ich schlug das Buch auf. *Crissy St. George*. Ich sah Dad an.

»Sie liebte Tiere, so wie du. Sie wollte Tierärztin werden und sie wäre es auch geworden. Ich habe zwei Kisten mit solchen Sachen weggepackt. Die wollte ich dir eines Tages geben.«

Er lächelte mich an, ein einsames Lächeln. »Ich habe immer gewusst, dass du mehr von ihr hast als von mir.« Dad lachte leise auf und sagte dann: »Ein Glück für dich.«

Ich hielt seinem Blick stand, und er schaute wieder auf den Sand.

»Lass dir von mir nichts vormachen, Sohn. Ich habe auch viele Dinge verborgen.« Er wandte sich zum Gehen. Sogar mit Krücken bewegte er sich sicher und ruhig.

»Dad, warte«, sagte ich. »Es ist noch ein bisschen Feuer übrig.«

Langsam ließ er sich in den Sand hinunter und bedeutete mir, mich neben ihn zu setzen. Auch die Hunde ließen sich um uns herum nieder und sahen ins Feuer.

»Erzähl mir von ihr, Dad.«

Drei Wochen später fuhr ich um sechs Uhr morgens mit Dads kleinem Boot hinaus aufs Meer. Zwei Meilen geradewegs auf den Horizont zu. Der Ozean war ruhig und so glatt wie ein Fischauge. Und blau – jenes frühmorgendliche Blau, das man in sehr tiefem Wasser hat.

Als die Stadt zu einer Ansammlung von roten und weißen Punkten am Rand der Insel zusammengeschrumpft war, machte ich den Motor aus und ließ das Boot treiben. Ein schwaches Klatschen war unter ihm zu hören, als ich mein T-Shirt auszog. Jetzt konnte ich nicht mehr zurück, obwohl niemand außer mir je davon erfahren würde. Ich schaute über den Rand des Bootes in die sinkende, saugende, bodenlose Tiefe.

Die Angst begann mit einem Beben um den Mund herum, meine Hände zitterten, als ich mich ins Wasser fallen ließ und vom Boot wegschwamm. Ich schwamm so lange, bis ich sicher war, dass ich weiter hinausgeschwommen war, als es Keo je getan hatte. Vielleicht sechzig, siebzig Meter, aber es kam mir unendlich weit vor.

Ich hielt an, horchte auf das Klatschen und Dröhnen des Meeres und atmete die salzig-dicke Luft ein. Schnell drehte ich mich um mich selbst, schaute rundherum und zog die Füße ein. Haie geisterten mir durch den Kopf.

Langsam rollten die Tiefseewellen unter mir hindurch zum Land hin. Ich trieb auf dem Rücken und atmete mit ihnen, lange, gleichmäße Züge. Ich ließ mich zehn oder fünfzehn Minuten lang treiben und betrachtete den grenzenlosen Himmel. Der Ozean war lebendig mit seinem Murmeln und doch merkwürdig still.

Hunderte silbriger, nur wenige Zentimeter großer Fische tauchte aus dem Nichts auf und begann an meiner Haut zu knabbern. Ich musste lachen und rollte zurück auf den Bauch. Blitzschnell schossen sie davon, als ich zum Boot zurückschwamm.

Die Insel war eine dunkle Silhouette, als die Sonne hinter dem Berg hochstieg. Winzige kleine Punkte von Fischerbooten machten sich in der Nähe des Hafens fächerförmig auf den Weg zu ihren geheimen Stellen im Ozean.

Ein großer Friede stieg aus den Tiefen auf.

Glossar

ahi, *aku*: Speisefische
aloha: hawaiisch für Liebe, wird auch als Gruß verwendet
babooze: Spinner, Verrückter
Big Island: anderer Name für die Insel Hawaii, die als größte Insel der Inselgruppe ihren Namen gegeben hat
buk-buk: philippinische Bezeichnung für Filipino
galanos: In der Erzählung »Der alte Mann und das Meer« von E. Hemingway betitelt der alte Mann so die Haie. Hat hier wohl die Bedeutung von »Gefleckter«, könnte aber auch »mein Schöner« heißen
Grampa: amerikanische Kurzform für Großvater
haole: Weißer, auch hellhäutiger Ausländer, Fremder
König Kalakaua: letzter männlicher König von Hawaii
lei: Kette oder Haarkranz, heute meist aus duftenden Blüten. Sie sind ein kulturelles Symbol Hawaiis
lolo: verrückt, Verrückter
luao: hawaiisches Fest, ursprünglich Zusammenkunft zu einem Festmahl im Familienkreis zur Feier wichtiger Lebensereignisse
mahimahi: delikater Speisefisch
moi: tropischer Fisch
muumuu: Hawaiikleid, früher nur Unterkleid
omilu: zäher, starker Fisch, der schwer zu fangen ist
ono: hawaiisch für wohlschmeckend, lecker, auch Name eines Speisefischs
opakapaka: tropischer Fisch
opelu: tropischer Fisch
opihi: kleine Felsschnecken
pachook (portugiesischer Herkunft): Verbrecher, Schläger
petoots (portugiesischer Herkunft): kleine Kinder
Plumeria: hawaiische Blütenart, oft für den *lei* verwendet
puhi: hawaiisch für Muräne
sashimi: rohe Fischstreifen
Schwarze Witwe: giftige Spinnenart
tsunami: Flutwelle
Tutu: hawaiisch für Großmutter
ulua: tropischer Fisch

Danksagung

Ich danke meinen Freunden und Mentoren: William Melvin Kelley, Diane Lefer, Pamela Painter, Gladys Swan, Wendy Lamb, Emilie Jacobson und Marian Biscay. Mein besonderer Dank gilt Alex Haley, der mit seinem außergewöhnlichen Roman *Wurzeln* einen unstillbaren Lesehunger in mir geweckt hat.

Miep Diekmann
Zwei Zeiten des Lebens
Roman
Aus dem Niederländischen von Siegfried Mrotzek
Gulliver Taschenbuch (78752), 288 Seiten *ab 14*

Josje ist 14 und ausnahmsweise einmal froh, ein Mädchen zu sein, denn sonst hätte Bob wohl nicht dieses Glitzern in den Augen. Abgesehen davon sieht die Welt für Josje nicht sonderlich rosig aus: Prüde Nonnen in der Schule, mit denen sie sich regelmäßig anlegt, »Onkel«, denen sie auf die grabschenden Finger schlagen muß, und ein Vater, der in seiner Wut mit Gegenständen um sich wirft. Und das alles nur, weil von dem Baum, auf dem die Kinder wachsen, die Jungen schon alle abgepflückt waren. – Das Leben auf Curaçao in Westindien ist oft geheimnisvoll und rätselhaft, aber Angst hat Josje nicht – schon gar nicht vor den »wilden Negern«. Mit den Schwarzen versteht sie sich nämlich blendend. Gefahr droht ihr von ganz anderer Seite. Und als die dunkle Gestalt in der weißen Uniform sie über das Dach verfolgt und Hände nach ihr greifen, steht Josje einen Schritt zu nahe am Abgrund …

Beltz & Gelberg
Beltz Verlag, Postfach 100154, 69441 Weinheim